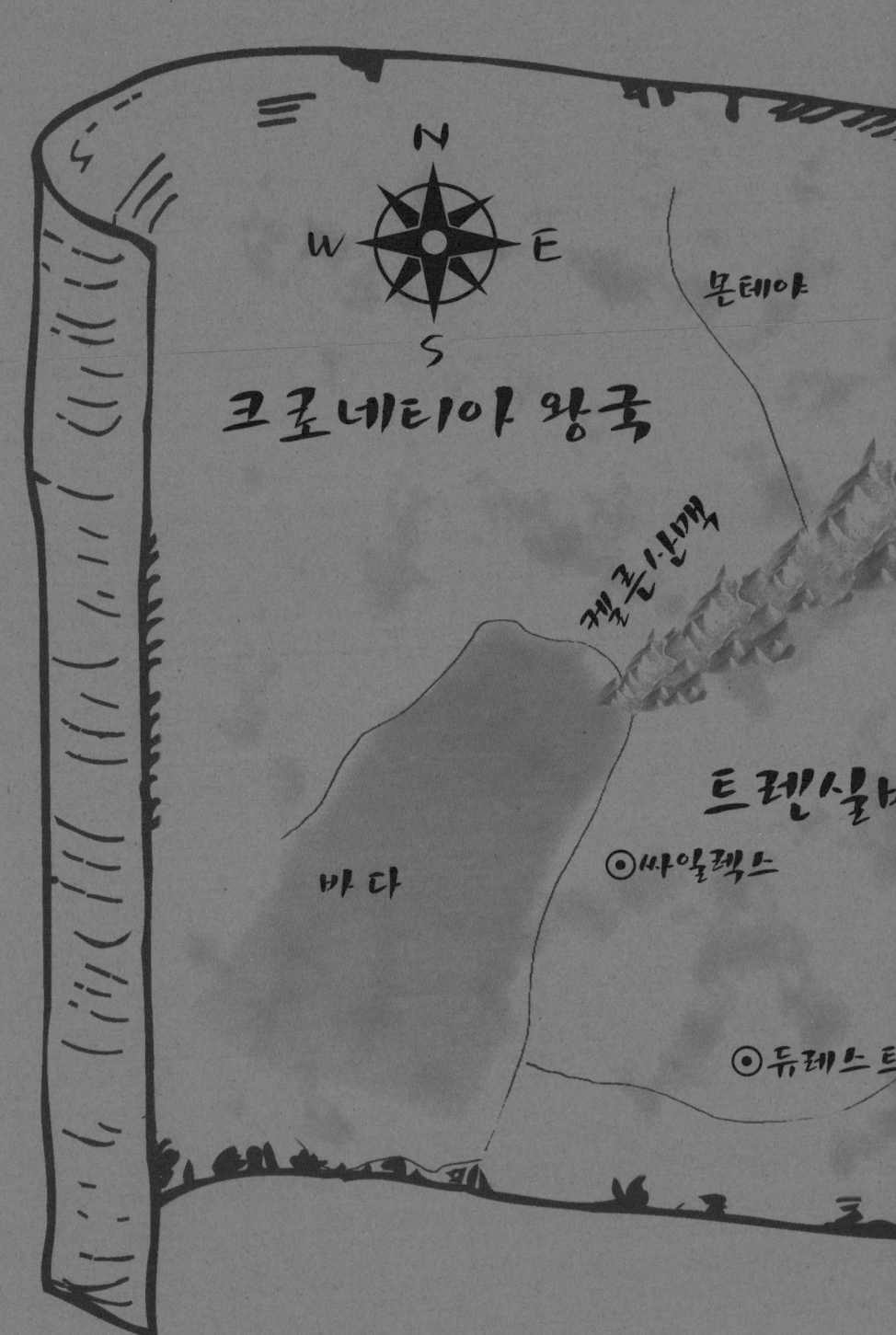

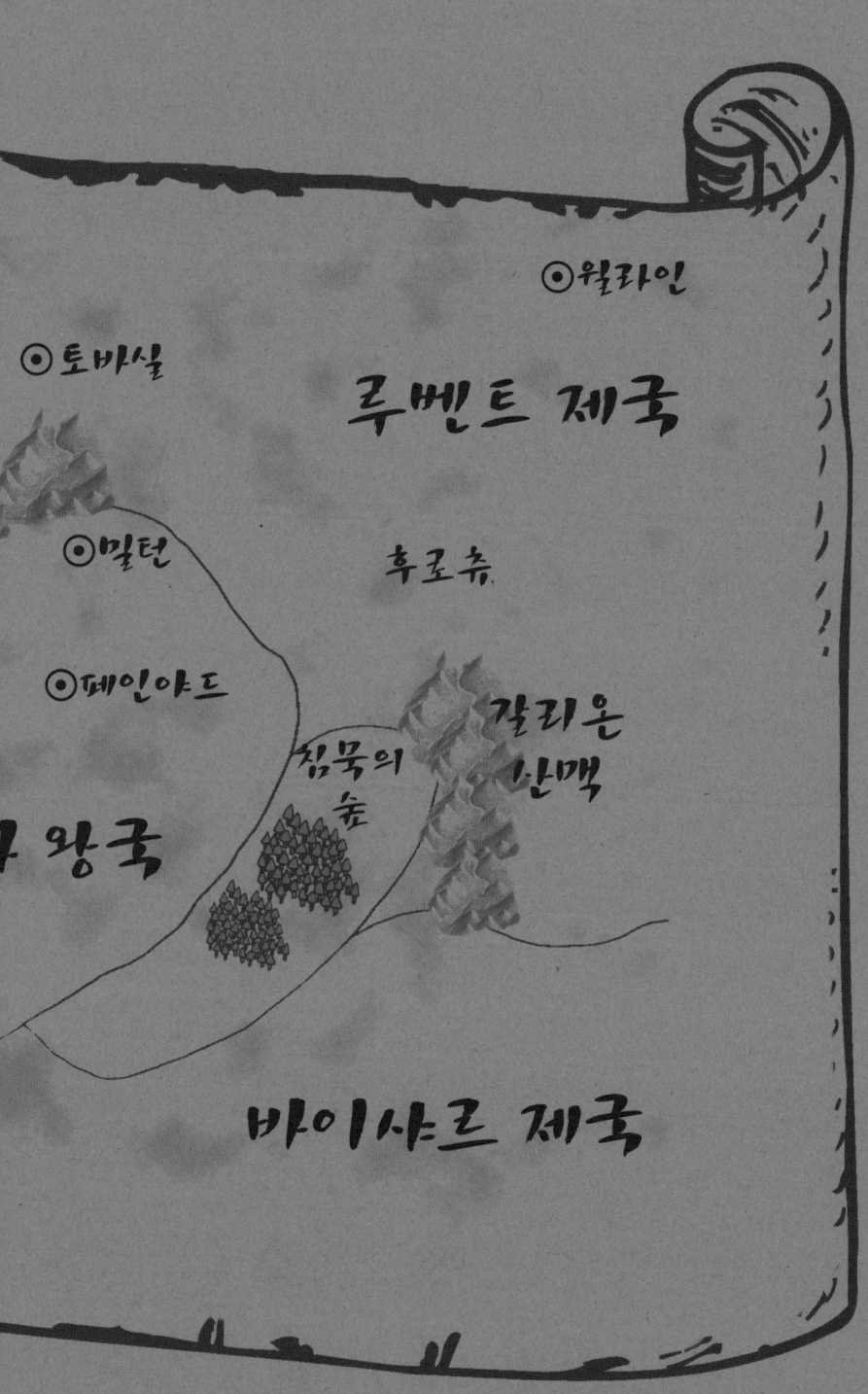

드래곤 체이서 4

드래곤체이서 4
최영채 판타지 장편 소설

초판 1쇄 찍은 날 § 2000년 10월 25일
초판 1쇄 펴낸 날 § 2000년 10월 30일

지은이 § 최영채
펴낸이 § 서경석
펴낸곳 § 도서출판 청어람

등록번호 § 제 1081-1-89호
등록일자 § 1999. 5. 31

주소 § 경기도 부천시 원미구 심곡1동 350-1 남성B/D 3F (우) 420-011
전화 § 032-656-4452   팩스 § 032-656-4453

ⓒ 최영채, 2000

값 7,500원

※ 잘못된 책은 바꿔드립니다.
※ 저자와 협의하여 인지를 붙이지 않습니다.

ISBN 89-88818-93-8 (SET) / ISBN 89-5505-017-8 04810

최영채 판타지 장편 소설

드래곤 체이서

4

깨어나는 전설

도서출판
청어람

목 차

제31장   화이트 드래곤
         카이시아네스 I / 7
제32장   화이트 드래곤
         카이시아네스 II / 37
제33장   봉인의 의미 / 67
제34장   암살자들 / 95
제35장   그리운 집으로 / 129
제36장   비조앙의 죽음 / 159
제37장   죽음과 복수 / 189
제38장   블랙 드래곤의 레어 / 219
제39장   국왕의 서거 / 247
제40장   조짐 / 271

제31장
화이트 드래곤 카이시아네스 I

 데미안 일행이 깊은 숲으로 들어서면서 처음 발견한 것은 엄청 나게 무성한 덩굴 숲이었다. 그렇지 않아도 빽빽하게 자란 나무의 가지와 잎 때문에 햇볕을 거의 볼 수 없었는데, 나무의 줄기를 타고 나무 끝까지 자란 덩굴마저 사방으로 줄기와 잎을 뻗어 하늘을 온통 가리고 있었다.
 그런 탓인지는 모르지만 바람 한 점 느껴지지 않았고, 후텁지근하고 습한 기운이 느껴지는 것이 사람의 기분을 불쾌하게 만들기에 충분했다. 게다가 주위에 있는 나무 둥치 밑에는 짐승의 뼈가 널려 있어 퀴퀴한 냄새마저 풍기고 있었다.
 "대체 이 덩굴들은 뭐지? 이렇게 지저분하게 생긴 덩굴은 난생처음 봤어."
 데보라의 짜증에 모두들 동감을 표시했다. 덩굴에 잎사귀가 붙어 있는 곳은 덩굴의 끝 부분, 그러니까 나무 위로 뻗어 햇볕을 받는 부분뿐이었다. 잎 하나 매달려 있지 않은 줄기에 해당되는 부분은 칙칙한 회색을 띠고 있어 마치 몸통이 긴 뱀이 나무를 친친 감고 올라가고 있는 것처럼 보였다. 게다가 지면에 드러난 뿌리들은 지면에 드러난 채 사방으로 퍼져 있어 마치 수백 마리의 뱀들이 땅 위를 덮고 있는 것 같았다.

그런 광경 탓인지 일행들의 발걸음은 자신도 모르게 조심스러웠고, 그런 탓에 이동 속도는 더욱 늦을 수밖에 없었다. 게다가 산 기슭을 향해 올라가면 갈수록 덩굴은 더욱 심하게 얽혀 있어 일행들의 발걸음을 더욱 더디게 만들었다.

잠시 주위를 둘러보던 데미안은 인상을 쓰면서 과거 선더버드의 신전이 있던 켈른 산맥의 덩굴 숲을 떠올렸다. 그러는 사이 일행들은 점점 깊은 덩굴 숲속으로 들어가고 있었다. 주위가 어두워지자 일행들은 잠시 이동을 멈추었다.

"데미안님, 어떻게 하시겠습니까?"

"뭘 어떻게 해?"

"데미안님도 알고 계시겠지만 이 레아논산은 저희가 처음 와보는 곳이지 않습니까? 그렇기 때문에 어떤 위험이 있는지 알 수 없습니다. 무작정 이동한다는 것은 위험할 수도 있으니 계속 전진할 것인지, 아니면 이곳에서 하루를 쉬고 이동할 것인지를 결정해야 합니다."

헥터의 말에 데미안은 잠시 주위를 둘러보았다.

날이 점점 어두워지자 나무를 휘감고 있던 덩굴의 회색이 더욱 선명하게 드러나는 것이 보는 사람의 기분을 불쾌하게 만들기 충분했다.

"기분이 이상하니 일단 이 덩굴 숲을 통과한 후에 쉬는 것은 어때?"
 데미안의 말에 일행들은 모두 동감을 표시하듯 고개를 끄덕였다.

 데미안의 말대로 계속 걸음을 옮기던 일행들 가운데 뮤렐, 아니, 차이렌은 뭔가 열심히 자신의 기억을 더듬고 있었다. 옆에서 그 모습을 지켜보던 데보라가 못마땅한 표정으로 차이렌에게 말을 던졌다.
 "또 무슨 흉계를 꾸미고 있는 거야?"
 "어느 책에선가 이 덩굴에 대해서 본 것 같은데 어디서 봤는지 기억이 나지 않아."
 "빌어먹을. 이건 어디서나 흔하게 볼 수 있는 덩굴이잖아. 색이 칙칙한 회색이라는 것이 마음에 들지 않지만."
 "아니야. 그런 게 아니라 뭔가 일반적인 덩굴과는 다른 내용이 었던 것 같았는데… 그게 뭐였더라?"
 차이렌의 말이 막 끝났을 때였다. 조심스럽게 발걸음을 옮기던 로빈의 눈에 이상한 것이 보였다. 나무 위에서 늘어진 덩굴의 줄기가 순간적으로 꿈틀거린 것처럼 보였다. 혹시 바람에 흔들린 것이 아닐까 생각해 보았지만 그런 것과는 움직임이 다른 것 같았다.
 다시 한 번 신중하게 그 덩굴의 줄기를 보았지만 조금 전과는 달리 별다른 움직임이 보이지 않았다. 로빈이 고개를 갸웃거리는 순간 믿을 수 없는 일이 벌어졌다.
 바닥에 널려 있던 덩굴의 뿌리와 늘어져 있던 덩굴의 줄기가 마치 살아 있는 뱀처럼 빠르게 움직이며 순식간에 로빈의 팔과 발목을 휘감는 것이었다. 덩굴의 움직임이 빠른 탓도 있었지만 로빈은 나무가 살아 있는 뱀처럼 자신을 공격했다는 사실에 너무 놀라 그 자리에서 꼼짝도 못 했다.

"악! 따가워!"

로빈의 비명에 가까운 소리에 일행들은 모두 발걸음을 멈추고 고개를 돌려 로빈을 바라보았고, 일행들은 너무 놀라 꼼짝도 하지 못했다. 일행들이 잠시 멍해 있는 순간 차이렌이 큰 소리로 외쳤다.

"맞아! 그건 식인 덩굴 스킬드Skild야. 모두 조심해!"

챙—!

미처 차이렌의 말이 끝나기도 전 데미안의 레이피어와 라일의 롱 소드가 거의 동시에 뽑히며 로빈의 팔과 다리를 휘감고 있는 덩굴을 향해 휘둘러졌다. 그러나 데미안은 너무도 급한 나머지 레이피어에 마나를 제대로 집어넣지 못했다. 그래도 레이피어가 가진 날카로움을 생각하면 손가락 두 마디 정도의 굵기를 가진 덩굴 정도는 가볍게 잘려져야 정상이었다. 그러나 데미안의 레이피어는 맥없이 튕겨나갔고, 덩굴의 줄기를 잘라낸 것은 라일의 롱 소드였다.

툭! 하는 소리와 함께 잘려진 덩굴에서는 소름 끼치게도 싯벌건 핏물이 주르륵 흘러나왔다. 그 모습에 일행들은 몸서리를 쳤고, 황급히 로빈에게 다가간 데미안은 그의 상처를 살폈다. 덩굴이 휘감긴 로빈의 왼팔과 왼다리에는 마치 가시가 촘촘히 박힌 무엇인가에 쓸린 듯 수십 개의 작은 구멍이 뚫린 채 피가 배어나오고 있었고, 왼쪽 발목 부분은 독에 중독이라도 된 듯 시커멓게 변색이 된 채 벌써 부어올랐다.

데미안은 재빨리 품에서 대거를 꺼내 로빈의 팔과 다리에 작은 상처를 냈다. 그러자 역한 냄새와 함께 시커멓게 죽은 피가 한동안 흘러나왔고, 조금의 시간이 지나자 붉은 피가 흘러나왔다. 데미안은 힐링 포션을 로빈의 상처에 뿌렸다.
 상처는 힐링 포션의 약효 때문인지 빠른 속도로 아물었고, 기절해 있던 로빈이 천천히 눈을 떴다. 그 모습을 본 데미안이 황급히 물었다.
 "로빈, 몸은 괜찮아?"
 잔뜩 긴장한 채 자신의 얼굴을 보는 사람들의 모습에 로빈은 잠시 어리둥절한 표정을 짓더니 입을 열었다.
 "여러분들, 왜 그런 얼굴로……?"
 로빈의 말에 데보라가 한쪽을 가리켰다. 고개를 돌려 데보라의 손짓이 가리키는 방향을 본 로빈은 자신도 모르게 부르르 떨었다.
 잘려진 덩굴의 단면에서 보기에도 섬칫하게 싯벌건 핏물이 흘러내리고 있는 것이 아닌가? 그 모습에 로빈은 잔뜩 겁을 먹은 듯 떨리는 음성으로 물었다.
 "저, 저게 뭐죠?"
 "저건 말이다, 식인 덩굴 가운데 하나인 스킬드야."
 로빈의 음성에 대답한 사람은 차이렌이었다. 대답을 하는 차이렌도, 또 그 말을 듣는 주위 사람도 긴장으로 인해 얼굴이 딱딱하게 굳어 있었다.
 "나도 그저 책에서만 본 식인 식물로 한자리에서 군락(群落)을 형성하고, 지나가는 것은 무엇이든 공격해 자신의 영양분으로 삼는 지독한 마물(魔物)이란 말이야. 빌어먹을! 이 식인 덩굴은 어지간한 마법은 아예 통하지도 않고, 재생력이 너무 좋아 웬만한 검술 실력을 가진 기사들이라도 이놈들에게는 상대도 안 돼."
 차이렌의 말에 일행들의 얼굴에는 불신의 기색이 완연했다. 그 모습을 본 차이렌은 간단하게 1싸이클의 파이어 볼을 캐스팅하고는 덩굴들이 드리워져 있는 곳을 향해 집어던졌다.

펑—!

과히 크지 않은 소리와 함께 몇 개의 덩굴 줄기에서 순식간에 불길이 일었다. 일반적인 나무의 특성을 생각하면 가는 가지와 잎 정도는 순식간에 타올라 재로 변해야 정상이다. 그러나 믿을 수 없게도 차이렌이 파이어 볼을 날리자 몇 개의 덩굴이 서로 얽혀 스스로 파이어 볼을 막아내는 것이었다.

불은 곧 꺼졌고, 덩굴은 얽혔던 자신의 몸을 스스로 풀고는 조금 전과 마찬가지로 불어오는 바람에 자신의 몸을 맡기고는 흔들거렸다. 그 모습을 본 일행들은 너무도 황당해 아무런 말도 할 수 없었다.

로빈이 신성 주문을 외어 자신의 상처를 치료하고 있는 순간에도 일행들은 주위의 덩굴들을 불안한 눈길로 바라보고 있었다. 이윽고 로빈이 조금은 피곤한 모습으로 자리에서 일어나자 일행들은 자신도 모르게 서로의 얼굴을 쳐다보았다. 그러나 입을 여는 사람은 아무도 없었다.

데미안은 레이피어를 신경질적으로 휘두르며 근처에 있던 덩굴의 줄기를 잘랐다. 역시 마찬가지로 덩굴에서는 검붉은 핏물이 흘러내렸고, 잘려나간 덩굴은 마치 도마뱀의 잘려진 꼬리처럼 계속 꿈틀거리고 있었다. 그 모습에 역겨움을 느낀 데미안은 잘려진 조각을 향해 파이어 볼을 날렸다.

지지직—!

듣기에도 역겨운 소리와 함께 덩굴은 아주 서서히 불에 탔다. 그러는 와중에도 덩굴은 마치 소금이 뿌려진 지렁이처럼 아주 격렬한 움직임을 보였다. 결국 그 조각이 완전히 타 없어진 것은 한참의 시간이 흐르고 난 다음이었다.

일행들은 더 나아갈 수도, 그렇다고 후퇴할 수도 없었다. 잠시 고심을 하는 사이 상황은 급격히 악화됐다. 이제껏 아무런 움직임도 보이지 않았던 덩굴들이 살아 있는 뱀처럼 꿈틀거리며 일제히 움직이기 시작한 것이다. 희미한 달빛을 받으며 뱀처럼 꿈틀거리는 덩굴의 모습은 진정 보기 드문 광경인 것만은 분명한 사실이지만, 지독하게 혐오스러운 모습인 것도 사실이었다.

자연스럽게 일행들은 서로의 등을 맞대고 검을 뽑은 채 주위를 바라보며 잔뜩 긴장했다. 주위에 빽빽하게 들어선 나무를 휘감고 있던 덩굴들이 데미안 일행들을 향해 마치 먹이를 노리는 뱀처럼 꿈틀거리며 밀려들기 시작했다.

"마법이 통하지 않는다고 했으니 로빈과 뮤렐은 안으로 들어오고, 나머지는 덩굴을 막으며 계속 전진한다."

라일의 말에 일행들은 일제히 고개를 끄덕였고, 로빈과 뮤렐을 보호한 채 조심스럽게 걸음을 옮겼다. 잠시 대치 상태가 이어진다고 느끼는 순간, 식인 덩굴 스킬드의 공격이 시작되었다. 가장 먼저 공격을 받은 사람(?)은 레오였다.

레오의 전신에는 이미 호랑이 문양의 털이 솟아나 있었고, 손과 발에는 날카로운 손톱과 발톱이 희미한 달빛을 받아 빛나고 있었다. 레오는 자신을 향해 날아오는 서너 개의 덩굴을 보고는 나직하게 으르렁거렸다. 그리고는 그대로 덩굴을 향해 몸을 날렸다. 그 모습을 본 데보라와 로빈은 깜짝 놀랐다.

"위험해!"

레오의 몸은 덩굴을 피해 줄기 부분을 향하고 있었다. 그의 손톱이 허공을 가를 때마다 검으로도 자르기 힘들었던 덩굴이 썩은 밧줄처럼 잘려나갔고, 잘린 덩굴 줄기에서는 싯벌건 수액인지, 피인지 구별하기 힘든 액체가 주르륵 흘러내렸다. 그러는 사이 잘려진 덩굴의 줄기들은 지면에서 몸부림을 치고 있었고, 몸통에 해당되는 부분은 마치 겁을 먹은 듯 잔뜩 움츠러들었다.

레오가 그 틈을 타 다시 일행에게 돌아오려는 순간 수십 개의 덩굴이 일제히 레오를 향해 달려들었다. 그 모습을 본 데미안은 레오를 향해 외쳤다.

"레오, 몸을 숙여!"

데미안의 외침에 레오는 재빨리 몸을 숙였고, 데미안은 제자리에서 뛰어오르며 레오의 머리 위쪽을 향해 바스타드 소드를 휘둘렀다.

"슬러그스 스타!"

데미안의 바스타드 소드에 붉은 마나의 모습이 보이는 순간 전면을 향해 날아갔다. 붉은 마나는 날아가면서 다시 수십 개의 조각으로 나뉘어졌고, 나뉘어진 붉은 조각들은 레오의 머리 위를 스쳐 덩굴들에게로 무자비하게 쏟아졌다.

콰콰콰쾅!

요란스런 폭음과 함께 산산이 부서진 나무와 덩굴 조각들이 어두운 하늘로 치솟았고, 덩굴에서 뿌려진 붉은 수액이 지면을 붉게 물들였다. 레오는 재빨리 일행들에게로 다가왔고, 그때부터 식인 덩굴의 공격이 본격적으로 시작되었다.

라일은 자신을 향해 날아오는 덩굴 서넛을 잘라버린 후 일행들에게 주의를 주었다.

"얼마나 더 가야 이 덩굴 숲을 지날지 모르니 최대한 마나를 아끼도록 해라."

　라일의 말에 일행들은 더욱 조심하며 식인 덩굴을 상대했다. 그러면서 조금씩 이동해 갔다. 식인 덩굴의 공격은 드셌지만 어렵지 않게 막아낼 수 있었다. 그러나 문제는 이런 식인 덩굴 숲을 얼마나 가야 벗어날 수 있는지 아는 사람이 아무도 없다는 것이었다.

　그들이 식인 덩굴과 싸움을 시작한 지도 벌써 한 시간. 그러나 그들이 이동한 거리는 겨우 1킬로미터 정도에 불과했다. 게다가 시간이 지날수록 일행을 공격하는 식인 덩굴의 숫자는 늘어만 갔다.

　데보라가 조금씩 지치기 시작했을 때 돌연 지면을 뚫고 덩굴의 뿌리가 뻗어와 데보라의 발목을 향해 날아갔다. 그러나 데보라는 전면에서 날아드는 식인 덩굴을 막아내느라 미처 그 뿌리를 발견하지 못했다. 그런 데보라의 등뒤에서 자신이 일행들에게 별 도움이 못 된다는 사실에 풀이 죽어 있던 로빈이 그 모습을 발견하고는 재빨리 치유의 구슬을 앞으로 내밀며 신성 주문을 외쳤다.

　"안티 포이즌(Anti-poison : 해독)!"

　로빈의 외침과 함께 그가 들고 있던 치유의 구슬에서 푸른빛이 뿌리를 비추었다. 칙칙한 회색이었던 식인 덩굴의 뿌리가 잠시 푸른색으로 빛나더니 곧 검붉은색으로 변했다. 그러나 데보라의 발목을 향해 뻗어나가는 속도는 조금도 줄지 않았다. 식인 덩굴이 발목을 휘감자 데보라는 따끔함을 느끼며 깜짝 놀랐다. 황급히 눈을 돌려 아래를 바라보자 검붉은색을 띤 괴상한 덩굴 하나가 자신의 발목을 휘감고는 식인 덩굴이 집단으로 모여 있는 곳으로 잡아당기는 것이었다.

데보라는 단숨에 브로드 소드를 휘둘러 덩굴의 뿌리를 잘라버렸고, 잘린 뿌리에서는 검붉은 액체가 사방으로 뿌려지며 지면을 검게 물들여갔다. 데보라가 대거를 꺼내 식인 덩굴이 감겼던 부분에 상처를 내려고 하자 로빈이 소리쳤다.

"이미 그 덩굴은 해독을 시켰기 때문에 그럴 필요 없어요."

로빈의 말을 들은 데보라는 혐오스럽기는 마찬가지였지만 식인 덩굴의 색이 칙칙한 회색이 아니었던 것을 떠올리며 다시 몸을 돌려 날아드는 덩굴을 막아냈다.

"로빈, 고마워."

데보라의 말에 얼굴을 붉히는 로빈과는 달리 차이렌은 주위를 둘러보다 뭔지 모를 룬어를 캐스팅하기 시작했다. 그러나 일행들은 덩굴을 막아내느라 그런 차이렌의 행동을 알지 못했다. 캐스팅을 끝낸 차이렌이 일행들에게 큰 소리로 외쳤다.

"모두 몸을 숙여!"

차이렌의 갑작스런 말에 일행들은 자신도 모르게 엉거주춤하게 몸을 숙였고, 그런 그들의 머리 위를 지나 엄청난 불길이 주위로 쏟아졌다.

"파이어 버스트(Fire Burst : 화염 폭발)!"

주위는 순식간에 불바다가 돼버렸고, 주위의 나무와 식인 덩굴이 온통 불길에 휩싸이며 타 들어갔다. 식인 덩굴의 공격이 잠시 멈칫하자 일행들은 겨우 한숨을 돌릴 수 있었다. 불길 속에서 꿈틀거리는 식인 덩굴의 모습을 보며 안심하던 데보라가 나직하게 중얼거렸다.

"진작 불을 질러버렸으면 됐을 걸 괜히 고생했잖아."

데보라의 말이 끝나기도 전에 식인 덩굴은 공격은 다시 시작되었다. 게다가 조금 전보다 더욱 위험해진 것이 식인 덩굴의 줄기는 불이 붙은 채였고, 잠잠하던 뿌리마저 지면을 뚫고 나와 일행들을 공격하기 시작한 것이다. 흡사 마지막 발악을 하듯 식인 덩굴의 공격은 살인적이었다.

불길에 휩싸인 채 날아드는 식인 덩굴의 모습에 일행들은 질린 표정을 짓지 않을 수 없었다. 표면이 지글지글 타오르고 있으면서도 일행들에게 덤벼드는 모습은 공포 그 자체였다.

식인 덩굴을 상대로 검을 휘두른 지 벌써 세 시간째.
라일과 일행들에 의해 보호받고 있던 차이렌과 로빈을 제외하고는 모두 크고 작은 상처를 입고 있었다. 특히 데보라와 레오의 상처가 제일 심했다. 로빈은 틈이 나는 대로 데보라의 상처를 치료해 주었지만 그녀가 워낙 지친 탓에 상처는 아물기도 전에 다시 새로운 상처가 생겼다. 게다가 레오 같은 경우는 치유의 구슬로 치료를 해도 아무런 변화가 없었다. 수인족의 특성 때문인지는 모르지만 전혀 효과가 없었다.

데미안과 헥터 역시 크지는 않았지만 몇 군데에 상처가 생겼다. 데미안이나 헥터 역시 지친 표정이 역력했다.

특히 데보라 같은 경우에는 식은땀을 흘릴 정도로 지쳐 금방이라도 쓰러질 듯 보였다. 그 모습을 본 라일이 일행들에게 자신의 생각을 말했다.

"내가 전면을 향해 검기(Force of Sword)를 날릴 테니, 그 틈을 놓치지 말고 이동하도록."

단호하게 말을 하고 라일은 자신의 롱 소드에 마나를 집어넣고는 그대로 전면을 향해 빠르게 휘둘렀다. 그러자 푸른색의 마나

덩어리가 전면을 향해 날아갔고, 그 고형화(固形化)된 마나에 닿는 것은 그것이 무엇이든 잘려나갔다.
 그 모습을 발견한 일행들은 신속한 속도로 이동을 했고, 순식간에 100여 미터를 전진할 수 있었다. 그러나 숲은 여전히 어둠과 식인 덩굴에 쌓여 있었고, 라일은 세 번 더 검을 휘두르고는 마나가 심하게 고갈되는 것을 느끼지 않을 수 없었다.
 라일의 모습을 본 헥터는 라일의 앞으로 나서며 전면을 향해 커다란 자신의 바스타드 소드를 휘둘렀다. 라일의 경우와는 달리 눈에 보이지 않는 무엇인가가 전면을 향해 날아가는 것 같았다. 나무의 가지와 잎사귀들이 세찬 바람에 휘말린 것처럼 흔들렸고, 중심에 해당되는 부분에 걸린 것들은 으깨지듯 잘려나갔다.
 헥터 역시 두세 번 바스타드 소드를 휘두르고는 지친 표정을 지으며 뒤로 물러서야 했다. 그러자 이번에는 데미안이 나섰다. 자신의 검술 실력이 헥터보다 떨어지기는 하지만 구경만 하고 있을 수는 없는 일이었다. 만약 조금만 더 시간이 지난다면 레오나 데보라가 견디지 못하고 스킬드의 재물이 될 것만 같았다.
 하나 공격할 마땅한 검술을 알지 못한다는 것이 문제였다. 얼마 전에 익힌 슬러그스 스타는 파괴력도 좋고, 넓은 지역을 공격할 수 있다는 장점이 있기는 하지만 명중률이 낮은 것이 흠이었고, 슈팅 스타는 명중률도 좋고, 파괴력도 좋지만 공격할 수 있는 범위가 한정이 돼 있어 지금 같은 상황에서는 별로 좋은 결과를 기대할 수 없다는 것이 문제였다.
 그런 데미안의 머리 속에 저항군의 검술 훈련장에서 익혔던 수법 하나가 스치고 지나갔다. 재빨리 몸 속의 마나를 회전하고는 바스타드 소드와 레이피어에 마나를 잔뜩 집어넣었다. 그러자 레이피어와 바스타드 소드의 끝에는 거의 2미터는 족히 될 듯 보이는 붉은 마나가 보였다.

"앱솔루트 아머!"

데미안은 기합과 함께 두 자루의 검을 풍차처럼 휘두르며 앞으로 달려나갔다. 검에서 길게 뻗어나온 붉은 마나에 걸린 것은 그것이 무엇이든 모조리 잘려나갔다. 앞으로 달려나가는 데미안의 뒤를 따라 일행들은 뒤따랐고, 데미안은 계속 전진했다. 그러나 그 두 가지 수법은 5싸이클의 마법을 연속적으로 사용하는 것만큼 심한 마나의 소모를 가지고 왔다.

이미 날은 서서히 밝아오건만 데미안 일행은 아직도 식인 덩굴의 숲에서 벗어나지 못하고 있었다. 데미안 이 극심한 마나의 소모를 견디지 못하고 걸음을 멈추자 일행들도 멈춰 서야 했다. 숨을 헐떡거리던 데미안은 자신을 회복시켜 주려는 로빈을 잠시 제지하고는 차이렌을 향해 말을 했다.

"차이렌! 당신이 알고 있는 마법 가운데 아이스 윈드와 비슷한 마법이 있나?"

"그야 물론 몇 개 알고 있…… 아! 무슨 말인지 알았으니까 일단 내 솜씨나 봐두라고."

데미안의 말을 이해한 차이렌은 재빨리 스펠을 캐스팅하고는 전면을 향해 양손을 뻗었다.

"프리징 애로우(Freezing Arrow : 결빙 화살)!"

차이렌의 외침이 들리고 그의 주위에는 십여 개의 얼음 알갱이로 이루어진 화살이 보였다. 그 화살은 차이렌의 손짓에 따라 정면으로 날아갔고, 화살에 적중된 식인 덩굴이나 나무들은 삽시간에 꽁꽁 얼어버렸다. 그 화살 하나에 4, 5미터 안에 있던 모든 덩굴과 나무들이 꽁꽁 얼어버린 것이다.

헥터는 재빨리 앞으로 달려가 얼어버린 식인 덩굴들을 사정없이 내려쳤고, 꽁꽁 얼어붙었던 식인 덩굴은 맥없이 부서져 나갔다. 그 모습에 신이 난 차이렌은 연속적으로 얼음 화살을 날렸고, 헥터와 약간의 기운을 차린 데미안은 앞장서서 식인 덩굴과 나무들을 차례로 제거하며 전진했다.

마침내 잠시 휴식을 취하며 마나를 회복시킨 라일이 다시 앞으로 나왔고, 그가 두 번째 검을 휘둘렀을 때 드디어 일행들은 길고 길었던 식인 덩굴의 숲에서 벗어날 수 있었다.

기진맥진한 일행들은 누가 먼저라고 할 것도 없이 바닥에 쓰러져 숨을 헐떡거렸다. 로빈은 일행들의 상처를 치료해 주면서 그들을 회복시키기에 여념이 없었다.

누워서 로빈의 치료에 몸을 맡기던 데보라의 시선이 허공의 한 곳에 고정이 되었고, 그녀의 입에서는 신음 같은 음성이 흘러나왔다.

"비, 빌어먹을! 저건 또 뭐야?"

데보라의 말에 일행들의 눈은 자연스럽게 허공으로 향했고, 그런 일행들의 눈에 무엇인가가 빠르게 그들을 향해 날아오는 모습이 보였다.

* * *

"뭐라고? 어디 다시 한 번 말해 보시오."
"알렉스 전하께서 싸일렉스에 계신 것이 확인되었습니다."
"그럼 싸일렉스 백작이 알렉스를 보호한단 말이오?"

"글쎄… 제가 알기로는 그렇지는 않은 것 같습니다. 예전에 싸일렉스 백작이 알렉스 전하께 검술을 가르쳐 드린 적이 있지 않았습니까? 아마 그런 인연으로 잠시 피신해 있는 것으로 사료됩니다."

왕실 근위 기사단의 단장인 랄프의 말에 제로미스의 눈살이 찌푸려졌다.

만약 자렌토 싸일렉스가 알렉스를 감싸고 돈다면 문제는 의외로 심각해질 수 있다. 물론 귀족원을 휘어잡고 있는 안토니오가 자신을 지원하는 것이니만큼 별 문제가 없을 것은 사실이지만 트렌실바니아 왕국의 모든 귀족들이 귀족원에 소속되어 있는 것은 아니기 때문이다.

처음 귀족원을 설립한 목적은 귀족들간의 친목을 도모하기 위해서지만 점차 변질이 되어 이제 귀족원이라면 마치 권력을 상징하는 것처럼 변했다. 그렇게 되자 페인야드에서 멀리 떨어진 곳의 영지를 다스리는 힘없는 백작, 남작, 자작들은 자연스럽게 귀족원을 그만두게 되었고, 반대로 비록 작위가 낮더라도 막대한 금력을 소유하고 있으면 귀족원에 소속되는 기이한 작태가 벌어진 것이다.

자연 지방에 있는 귀족들의 불만은 날로 커졌지만 워낙 가진 힘이 약해 속으로 울분만 삭히며 지내야 했다. 그렇지만 만약 자렌토 싸일렉스가 알렉스를 옹호하고 나선다면 상황은 급속도로 변할 것이 분명했다.

비록 기난의 세력이 요즘 들어 갑자기 커진 것이 조금 신경 쓰이는 것이 사실이었지만, 위험하다고는 단 한 번도 생각해 본 적이 없었다. 기난을 보호하고 있는 해리슨이 조금 신경이 쓰이기는 했지만 자신의 곁에는 자신의 신변을 보호하기 위해 7인 위원회에서 특별히 피지엔 드 화렌시아 후작이 와 있지 않은가? 그러나 알렉스라면 문제가 조금 달랐다.

그렇지 않아도 알렉스는 선더버드를 믿고 따르는 대신관인 칼슨 메로아나 궁정 마법사인 유로안 디미트리히 같은 원로들이나 젊은 귀족들에게 인기를 끌고 있는데, 만약 싸일렉스 백작의 도움으로 재야 귀족들의 힘까지 모아진다면 아주 곤란한 사태가 발생할 수도 있는 것이다.

잠잠히 듣고 있던 안토니오가 제로미스 뒤에 굳은 자세로 서 있는 피지엔을 바라보며 말을 건넸다.

"화렌시아 후작, 미안하지만 잠시만 자리를 비켜주겠소?"

"미안하지만 그럴 수 없소이다. 본인은 샤드 공작 각하께 설사 본인의 목숨이 위험한 일이 발생한다고 하더라도 절대 제로미스 전하의 곁을 떠나지 않겠다고 맹세를 했소이다. 제로미스 전하와 귀하들이 지금부터 어떤 대화를 나누더라도 본인은 절대 다른 사람에게 말하지 않을 것을 화렌시아 가문을 걸고 맹세하겠소. 그 상대가 설사 샤드 공작 각하나 국왕 폐하라 하더라도 말이오."

단호하기 이를 데 없는 피지엔의 대답에 안토니오는 어쩔 수 없었다. 단순히 가문의 화려함만을 따진다면 화렌시아 가문을 쫓아갈 가문이 트렌실바니아 왕국에는 존재하지 않는다. 100여 년 전 루벤트 제국의 침공을 받았을 때 그의 조부인 위드센 폰 화렌시아 공작은 누구보다 앞장서서 트레디날 제국을 위해 싸웠지만 애석하게도 루벤트 제국에게 패하고 말았다. 그때 위드센 폰 화렌시아 공작은 루벤트 제국에게 저항했다는 죄목으로 공개 처형을 당했다.

실질적으로 당시 많은 고위 귀족들이 목숨을 잃었기에 샤드나 체로크, 안토니오 같은 신흥 귀족들이 고위 귀족이 될 수 있었으니 조금은 아이러니한 일이었다.

안토니오는 샤드의 심기를 건드려 그가 왕위 계승 문제에 개입할 여지를 제공할 수는 없는 일이기에 어쩔 수 없다는 표정을 짓고는 입을 열었다.

"제로미스 전하, 랄프 경의 말대로라면 아주 곤란한 일이 발생할 수도 있습니다. 신속한 조치가 있어야 합니다."

"그걸 모르는 것이 아니라 지금 같은 상황에서 내가 무슨 조치를 취할 수 있단 말이오?"

제로미스의 말에 안토니오는 그의 뒤편에 서 있는 피지엔을 잠시 바라보고는 말을 이었다.

"지금 가장 문제가 되는 것은 알렉스 전하의 태도와 존재입니다. 알렉스 전하께서 현재 애매한 태도를 취하고 계시다는 것, 그 때문에 그분 주위로 사람들이 모여든다는 것이 문제입니다. 이대로 둔다면 알렉스 전하를 따르는 사람들이 늘어나 이 트렌실바니아 왕국이 두 개로 나누어질지도 모를 일입니다. 결국 그렇게 된다면 왕국 전체가 멸망의 길을 걷게 될 것임은 누가 봐도 알 만한 일이 아닙니까?"

그 말을 하는 안토니오의 얼굴은 비장했다. 자신의 목표를 이루기 위해서라면 수단과 방법을 가리지 않겠다는 기색이 역력했다. 잠시 생각을 정리한 안토니오는 나직하지만 단호한 음성으로 입을 열었다.

"지금의 사태에서 벗어날 수 있는 것은 오직 한 가지 방법뿐입니다."

"한 가지 방법?"

"그렇습니다. 실력이 좋은 자들을 선발해 싸일렉스로 보내 알렉스 전하를 납치하는 것입니다."

"알렉스를 납치?"

안토니오의 말에 제로미스도, 랄프도, 그리고 뒤에서 딱딱한 얼굴로 서 있던 피지엔도 깜짝 놀라고 말았다.

"그렇습니다. 지금의 상황을 종결시키려면 그 방법밖에 없습니다. 게다가 알렉스 전하께서는 전하의 생명까지 노린 적이 있지 않았습니까? 알렉스 전하를 납치하는 것만으로 이 상황을 종결시킬 수 있다면 국민들이나 여러 귀족들의 피해를 줄이기 위해서라도 그 방법을 사용해야 한다고 생각합니다."

안토니오의 표정은 단호했다. 그 말을 듣고 있던 랄프는 그런 안토니오를 조금은 두려운 시선으로 바라보았고, 제로미스는 고심에 싸였다. 그러나 그 고심의 시간은 그리 길지 않았다.

"알렉스를 어떻게 하자는 것도 아니고 단순히 납치하는 것만으로 사태를 수습할 수 있다면 그렇게 하도록 합시다. 그렇지만 알렉스 곁에는 7인 위원회 사람들 가운데 맥시밀리언 후작이 버티고 있는데 그 문제는 어떻게……?"

"전하께서 허락만 하신다면 나머지는 제가 알아서 계획을 진행시키도록 하겠습니다. 화렌시아 후작, 비밀을 지키겠다는 그대의 맹세를 믿어 의심치 않겠소."

"니컬슨 후작, 지금 귀하는 우리 가문을 모욕하는 것이오?"

딱딱한 얼굴로 안토니오가 묻자 피지엔은 조금은 열이 오른 얼굴로 안토니오를 노려보았다. 그러나 안토니오는 눈 하나 깜짝하지 않았다.

"물론 화렌시아 후작의 명성을 생각하면 믿는 것이 당연하겠지만, 워낙 상황이 어수선한지라……"
 비록 말을 하지는 않았지만 피지엔이 안토니오의 뜻을 어찌 모르겠는가? 피지엔은 어금니를 악물고 다시 한 번 맹세를 했다.
 "분명하게 맹세를 하지만 이 자리에서 들은 이야기는 절대 다른 곳에서 말하지 않겠소."
 "그럼 난 화렌시아 후작의 맹세를 믿겠소. 전하, 그럼 저는 이만 돌아가겠습니다."
 말을 마친 안토니오는 방을 빠져 나왔다.

 자신의 저택에 도착한 안토니오는 자신의 오른팔이라고 할 수 있는 조나단 헤밍턴 자작을 불렀다. 정성스럽게 수염을 기른 조나단은 데미안이 침묵의 숲을 향해 가던 중 밀턴시에서 만난 적이 있던 자였다. 그리 밝지 않은 서재에서 만난 두 사람은 곧 실무적인 대화를 나누었다.
 "조나단, 지금부터 내가 하는 말은 자네와 나, 단 두 사람만이 알고 있어야 하는 이야기네."
 평소 자신에게 아무 거리낌 없이 말을 하던 안토니오가 오늘따라 말을 하기도 전에 다짐부터 받으려고 하자 조나단은 이상한 생각이 들었지만 일단 대답부터 했다.
 "이미 제 목숨은 안토니오님께 맡긴 지 오래입니다. 무슨 일인지는 모르지만 지금부터 들은 이야기는 제가 무덤에 갈 때까지 비밀로 하겠습니다."
 조나단의 말에 안토니오는 고개를 끄덕이고는 자신의 생각을, 누가 듣기라도 하듯 작은 음성으로 이야기하기 시작했다.

"제로미스 전하께서 드디어 승낙하셨네."
"네에?"
난데없는 소리에 조나단은 반문하지 않을 수 없었다.
"제로미스 전하께서 알렉스 전하를 납치하는 데 승낙을 하셨단 말이네."
그제야 이해가 간 조나단은 고개를 끄덕였지만 그것이 이렇게 조심해서 말을 해야 할 일인지는 이해가 가지 않았다. 그런 안토니오의 생각은 오래 전부터 알고 있었기 때문이다.
"제로미스 전하께서 어려운 결심을 하셨군요."
"그렇지만 난 제로미스 전하를 배신하려고 하네."
이어진 안토니오의 말에 조나단은 또다시 이해가 가지 않았다. 그러나 그가 설명을 해주리라는 생각에 그에게 질문을 하지는 않았다.
"제로미스 전하께는 알렉스 전하를 납치해야 한다고 말씀을 드렸지만, 난 트렌실바니아 왕국의 안정을 위해서도 알렉스 전하께서 살아 있어서는 안 된다고 생각을 하네."
"그, 그렇다면 설마……?"
안색이 하얗게 질린 조나단을 향해 안토니오는 굳은 얼굴로 고개를 끄덕였다.
"사고를 가장해 알렉스 전하를 제거해야 하네."
조나단으로서는 가장 듣고 싶지 않았던 이야기를 들어야만 했다.
"자네가 해줄 일은 사고를 위장해 알렉스 전하를 제거할 솜씨 좋은 암살자들을 뽑는 일이네."
"안토니오님도 아시겠지만 지금 알렉스 전하 근처에는 7인 위원회의 한 분이신 세무엘 드 맥시밀리언 후작과 그분들을 제외하고 가장 뛰어난 검술 실력을 자랑하는 싸일렉스 백작이 버티고 있습니다. 계획대로 되기도 어려울 뿐더러 만약 실패를 한다면 오히려 저희 쪽에 불리할 수도 있습니다."

걱정 섞인 조나단의 말에 안토니오는 가볍게 고개를 흔들고는 말을 이었다.

"자넨 오늘따라 왜 그리 어리석은 말만 하는가? 방법이야 많지 않은가? 예를 들어 얼마 전 있었던 제로미스 전하의 암살 미수 사건에 알렉스 전하가 연루되어 있다는 소문이 사실은 루벤트 제국의 음모라는 것을 제로미스 전하께서는 이미 알고 계시니 은밀하게 만나뵙기를 원하고 계신다. 자세한 이야기는 단둘이 만나 은밀하게 이야기를 나누고 싶다. 이런 계획은 어떤가? 만약 이 방법이 마음에 들지 않는다면 또 다른 계획을 세울 수도 있겠지."

조금의 흔들림도 없이 말하는 안토니오의 모습에 조나단은 뭐라고 말을 해야 좋을지 몰랐다.

"그, 그렇지만 그런 거짓말을 해도 될까요?"

"누가 거짓말이라고 했나?"

안토니오의 말에 조나단은 깜짝 놀랐다.

"정말이란 말씀입니까?"

"자네도 생각을 해보게. 자네가 알고 있는 알렉스 전하의 성격상 제로미스 전하를 암살하려 했다는 사실을 믿을 수 있겠는가?"

담담한 안토니오의 질문에 조나단은 머리 속에서 알렉스의 성격에 대해 떠올려보았지만 그것은 불가능한 일이었다. 그가 자신도 모르게 고개를 젓자 안토니오가 말을 이었다.

"결론적으로 말해 알렉스 전하께서 하지 않았다면 남은 사람은 기난 전하가 아니면 루벤트 제국의 음모뿐이라는 말이 되지 않는가? 만약 기난 전하와 루벤트 제국이 은밀하게 손을 잡은 것이 아니라면 말이네."

안토니오의 너무도 태연한 설명에 조나단은 소름이 오싹 끼쳤다. 그러니까 안토니오의 말을 종합해 보면 안토니오는 이미 제로미스 왕자의 암살 미수 사건의 배후가 알렉스 왕자가 아니라는 사실을 알고 있었던 것이다. 그럼에도 불구하고 그런 사실을 밝히지 않고 비밀로 한 것은 오히려 이 상황을 이용해 알렉스 왕자를 제거하고 제로미스 왕자의 입지를 굳히는 데 사용하겠다는 것이 아닌가?

물론 그의 말대로 절호의 기회가 될 수도 있는 상황이었다. 그렇지만 모든 죄를 아무런 죄도 없는 알렉스에게 뒤집어씌워 그를 제거한다는 것이 조나단의 마음을 무겁게 했다.

"설사 알렉스 전하께서 사건의 주모자라 하더라도 마찬가지네. 제로미스 전하의 입지를 공고히 하려면 알렉스 전하의 희생이 불가피하네. 난 우리 트렌실바니아 왕국을 위한 길이라면 이보다 몇 배 더한 짓도 할 수 있네."

비정한 안토니오의 말에 조나단은 한마디도 할 수 없었다. 바로 조금 전까지만 하더라도 자신이 20여 년 동안 모셔왔던 안토니오가 솔직히 두렵다는 생각까지 들었다. 그러나 그런 행동을 하는 목적이 트렌실바니아 왕국을 위한 것이란 말을 듣는 순간 온몸에서 전율이 일었다.

자신도 모르게 자리에서 일어난 조나단은 안토니오 앞에 무릎을 꿇고 머리를 숙였다. 일평생을 조국 트렌실바니아 왕국의 번영만을 위해 헌신해 온 한 사내에 대한 존경심을 도저히 숨길 수 없었던 것이다.

"안토니오님! 이 조나단 헤밍턴이 비록 아무런 재주도 없는 놈이지만 안토니오님께서 하시는 일에 조금의 도움이라도 된다면 이 목숨, 기꺼이 안토니오님을 위해 바치겠습니다."

"어서 일어나게. 자네가 날 이해해 준다니 난 그것이 더 고맙군. 난 트렌실바니아 왕국의 앞날을 위해서 제로미스 전하께서 왕위를 이어받아야 된다고 생각하네. 자넨 이런 날 도와주겠나?"

"맡겨주십시오. 제 생명을 걸고 반드시 안토니오님의 계획을 성공시키겠습니다."

무릎을 꿇고 있는 조나단을 일으켜 세운 안토니오는 그의 어깨를 두드려주며 고개를 끄덕였다.

*　　　*　　　*

점으로 보이던 물체가 데미안 일행에게 다가온 것은 순식간의 일이었다.

몸 길이는 대략 1미터 60에서 70센티미터 정도이고, 몸의 색깔은 연한 물기가 묻은 듯 보이는 청록색, 자신의 키보다 더욱 큰 날개를 가진 그것은 얼굴 모양도 괴상하게 생겼다. 이마에는 뿔과 같은 두 개의 돌기가 양쪽으로 나 있었고, 특히 새의 부리처럼 생긴 괴상한 입의 양쪽에는 날카로운 이빨들이 무수히 돋아 있었다. 손은 새의 발톱처럼 예리하게 휘어져 있었고, 발은 사자의 다리를 붙여놓은 듯 조금 엉거주춤해 보였다. 게다가 엉덩이에는 1미터 가량의 꼬리마저 붙어 있었다.

일행들은 한번도 보지 못했던 괴상하게 생긴 몬스터의 모습에 할 말을 잃은 듯 아무 말도 하지 못했다. 데미안 역시 데보라의 말을 자신도 모르게 따라했다.

"대, 대체 저건 또 뭐야?"

일행들 가운데 그 괴상한 몬스터의 정체를 아는 사람이 없는지 아무도 대답이 없었다. 십여 마리의 몬스터들이 허공을 빙글빙글 돌며 데미안 일행을 노려봤다. 필사적으로 기억을 더듬은 차이렌이 대답했다.

"내 기억이 맞다면 저건 틀림없이 가고일Gargoyle이야."

"가고일? 그게 뭐야?"

"얼마나 위험한 거야?"

차이렌의 말이 끝나기 무섭게 일행들의 질문이 쏟아졌다. 생각을 정리한 차이렌이 가장 중요한 사실만 재빨리 일행들에게 전했다.

"가고일은 하늘을 나는 몬스터로 엄청나게 빠른 속도로 날아다니며 이유없는 살육을 즐기는 놈들인데, 저놈들의 몸이 지독하게 단단해서 어지간한 무기로는 죽이기는커녕 몸에 상처도 낼 수 없어."

"젠장, 카이시아네스란 놈은 대체 어디서 저런 괴물을 긁어모은 거지?"

데보라의 말을 들으며 일행들은 재빨리 일어나 원형으로 등을 맞댄 채 가고일의 습격에 대비했다. 일행들의 중앙에 선 로빈은 땀을 뻘뻘 흘리면서 일행들의 원기를 회복시키는 데 주력했다. 그러나 한참의 시간이 지나도록 가고일들은 허공을 빙글빙글 돌 뿐 좀처럼 내려올 생각을 하지 않았다.

그 모습은 이유없는 살육을 즐긴다는 차이렌의 말과는 달라 일행들은 그저 가고일들의 모습을 바라볼 뿐이었다. 30분 이상을 가고일들은 그저 허공만 돌자 데미안 일행은 자신도 모르게 긴장감이 풀어지는 것을 느꼈다. 바로 그 순간, 가고일들의 모습은 지상의 먹이를 발견하고 허공에서 덮치는 독수리처럼 엄청난 속도로 일행들을 덮쳤다.

일행들은 당황했지만 그 자리에서 움직이지는 않았다. 라일은 재빨리 일행들에게 지시를 내렸다.

"검에 마나를 집어넣고 상대하도록 해라!"

그 말에 검을 쓰는 사람은 검에 마나를, 마법을 사용하는 사람은 알고 있는 최강의 공격 마법을, 그리고 레오는 손톱에 힘을 주었다.

그런 일행들의 모습에 일직선으로 떨어지던 가고일들은 급격히 몸을 틀어 일행들의 곁을 스치고 지나갔다. 그 동작이 얼마나 빠른지 마치 한 줄기 바람에 스치고 지나가는 듯했다. 데미안은 가고일이 자신의 머리 위를 스치듯 지나칠 때 수중의 바스타드 소드에 잔뜩 마나를 집어넣고는 힘껏 휘둘렀다.

챙!

날카로운 쇳소리와 함께 데미안은 손목에 상당한 충격을 받았다. 마치 단단하기 이를 데 없는 돌로 된 벽을 향해 검을 내려쳤을 때와 마찬가지의 충격을 받은 것이다. 자신도 모르게 손목을 움켜잡았을 때, 이미 가고일은 데미안을 스치고 지나가 다시 허공을 돌고 있었다.

다른 사람들도 공격에는 성공을 했지만 데미안과 마찬가지로 별다른 성과가 없는 듯했다. 특히 차이렌의 경우 6싸이클의 공격 마법인 파이어 랜스Fire Lance로 공격을 했으나, 오히려 가고일의 발톱이 어깨를 스치고 지나가 상처를 입고 말았다. 뒤에 있던 로빈이 재빨리 상처를 치료하기는 했지만 차이렌의 자존심은 상당히 상해 입을 꾹 다물고 있었다.

"아까 덩굴 숲을 지날 때 썼던 그 결빙 마법을 사용하는 것이 어떻겠습니까?"

헥터의 말에 차이렌이 얼굴을 돌렸다. 그러나 헥터는 이미 고개를 돌리고는 데미안과 데보라를 향해 자신이 생각한 것을 이야기했다.

"제가 생각하기에 일단 저들을 몸통을 공격하는 것이 별 의미가 없을 듯합니다. 그럴 바에는 차라리 날개를 공격하는 것이 어떻겠습니까?"

"날개?"

"그렇습니다. 가고일들이 저렇게 높게 떠 있어서는 저희들이 상대할 방법이 없으니 그 방법이 좋을 것 같습니다. 일단 가고일들이 지상으로 내려오게 되면 공중에서처럼 빨리 행동하지는 못할 테니 상대하기가 훨씬 쉬울 것 같습니다."

"음, 알았어."

데보라가 대답을 하자 데미안은 차이렌에게 다가가 말을 걸었다.

"그 프리징 애로운가 하는 마법이 몇 싸이클의 마법이야?"

"5싸이클의 마법인데, 그건 왜 묻는 거야?"

"그럼 빨리 나에게 그 룬어로 된 스펠을 가르쳐 줘."

데미안의 말에 차이렌은 잠시 그의 얼굴을 보고는 복잡하기 이를 데 없는 룬어를 가르쳐 주었다. 데미안은 몇 번인가 나직하게 중얼거리고는 차이렌에게 말을 건넸다.

"가고일을 공격할 때 몸통보다는 날개를 공격하는 것이 좋을 것 같아. 아무래도 날개가 얇으니까 얼리기도 훨씬 쉬울 거야."

헥터의 말을 다시 한 번 반복하는 데미안의 말에 차이렌은 어이가 없었다. 물론 데미안의 검술 솜씨는 차이렌도 인정을 하는 바였다. 덩굴의 숲을 빠져 나올 때 데미안이 사용한 검술은 자신처럼 오래 산 사람도 구경해 보지 못한 희한한 검술이었다.

검술이야 자신이 잘 모르는 분야니 데미안처럼 젊으면서도 강한 사람이 있을 수 있을지 모르는 일이었다. 그러나 마법만큼은 그럴 수 없는 일이라는 것을 누구보다 그 자신이 잘 알고 있었다.

마법사라고 불릴 수 있는 5싸이클이나 6싸이클의 마법을 익히려면 그야말로 평생 동안 마법만을 공부해야 겨우 익힐 수 있는 것이다. 물론 자신은 어렸을 때부터 수재(秀才) 내지는 천재(天才)라고 불렸기에 6싸이클의 마법까지 익힐 수 있었지만, 데미안의 나이를 생각해 볼 때 설사 그가 엄마 뱃속에서부터 마법을 익혔다고 하더라도 그 나이에 벌써 5싸이클의 마법을 사용한다는 것은 말도 안 되는 소리였다.

물론 자신이 토끼였던 시절(?)에 들었던 데미안의 과거가 맞는다고 하더라도 드라시안이기 때문에 마법을 쉽게 익힐 수 있다는 것도 말이 안 되는 소리였다. 만약 그렇다면 데미안을 제외한 나머지 드라시안들은 모두 대마법사가 되었어야 정상이 아닌가?

차이렌이 자신의 얼굴을 멍하니 보자 데미안은 가볍게 인상을 찌푸리며 말했다.

"뭘 그렇게 봐? 내 얼굴에 뭐 묻었어?"

"아, 아니. 네 나이에 벌써 5싸이클의 마법을 사용하다니 믿을 수 없어서……."

"남의 일에 신경 그만 써. 그것보다 어깨의 상처는 좀 어때?"

"어? 이거? 저 꼬마가 제때 치료를 해줘서 움직이는 데는 이상

없는 것 같아."

"조심하라고. 그 몸은 네 것이 아니라 뮤렐의 것이니까."

그 말을 남기고 데미안은 잔뜩 긴장하고 있는 레오를 향해 걸음을 옮겼다. 그 모습을 보던 차이렌이 작은 음성으로 중얼거렸다.

"조심해서 사용한 후에 돌려주지."

그때였다.

"조심해! 가고일이 다시 공격한다."

제32장
화이트 드래곤 카이시아네스 II

　라일의 외침에 일행들은 잔뜩 긴장한 채 가고일의 공격에 대비했다. 그리고 차이렌과 데미안은 프리징 애로우를 캐스팅하고는 가고일들의 공격에 대비했다.
　가고일들은 조금 전 데미안 일행의 반격이 별것이 아니라고 생각했는지 거침없이 공격을 시작했다.
　"왔다! 모두 조심해라!"
　라일의 외침과 함께 일행들은 긴장한 채 가고일이 덤비기를 기다렸다.
　불과 숨을 몇 번 내쉬지 않아 가고일이 덮쳐 왔다. 라일과 헥터, 그리고 데보라는 자신의 검에 마나를 잔뜩 집어넣은 채 가고일의 공격을 기다렸고, 차이렌과 데미안은 프리징 애로우의 스펠을 캐스팅하고 있었다. 레오는 잔뜩 긴장을 한 채였고, 로빈은 고개를 숙인 채 치유의 구슬을 잡고 일행들 주위에 보호막을 치기 위해 정신을 집중하고 있었다.

덮쳐 오던 가고일과의 사이가 10미터 정도가 되자 차이렌과 데미안은 수십 발의 프리징 애로우를 가고일의 날개를 향해 날렸다. 가고일들은 자신들의 튼튼한 몸을 믿기 때문인지 자신들을 향해 날아오는 순백색의 화살들을 보고도 전혀 피할 생각을 하지 않았다. 그러나 그 화살은 허공에서 급격하게 방향을 틀더니 가고일들의 날개를 향해 날아들었다.

가고일들이 잠시 멈칫하는 사이 화살은 가차없이 가고일의 날개에 적중되었고, 순식간에 주위의 공기와 함께 날개가 하얗게 동결되는 것을 일행들도 분명하게 확인할 수 있었다. 굳어진 날개를 향해 나머지 수십 발의 프리징 애로우가 계속 날아들며 폭발을 일으켰다. 날개를 움직이지 못한 십여 마리의 가고일들이 지상으로 떨어져 내렸다.

가고일들의 날개는 고드름이 매달린 채 꽁꽁 얼어붙어 있었고, 떨어지면서 지면과 부딪친 충격 탓인지 엷은 부분들은 작은 얼음 조각으로 부서져 나갔다.

갑작스러운 상황에 가고일들도 당황했는지 지면에서 일어나 자신들의 날개를 연신 만져 보며 괴성을 질러댔다. 그 모습을 본 라일과 헥터, 그리고 데보라는 자신들의 검을 움켜잡고는 재빨리 가고일들을 공격했다.

날개가 얼어붙어 채 높은 곳에서 떨어져 날개가 박살이 난 것만 해도 당혹스러운 일인데, 라일 등이 갑자기 자신들을 공격하는 것에 가고일들은 당황해 어쩔 줄 몰라 했다.

뒤늦게 출발했지만 레오는 라일보다 빨리 가고일에게 달려들었다. 달려들던 속도로 가고일의 날개를 향해 손에 힘을 주어 휘두르자 겨울 호수 위를 덮고 있던 얼음을 깨졌을 때나 들을 법한 소리가 들려왔다.

가고일의 날개에서 남아 있던 부분은 완전히 얼음 조각이 되어 산산조각이 났고, 날개의 뿌리 부분에서는 짙푸른색의 피 같은 것이 흘러내렸다.

거의 동시에 도착한 라일은 롱 소드에 적당히 마나를 주입해 사방을 향해 휘둘렀고, 그의 검에 부딪친 가고일들의 날개는 사정없이 깨져 날아갔다. 뒤이어 도착한 헥터와 데보라도 일단 가고일들의 날개를 향해 검을 휘둘렀다.

열세 마리에 달하던 가고일들의 날개가 모두 부서져 나가는 모습을 발견한 데보라가 막 공격을 하려는 순간 데미안의 외침이 들렸다.

"모두 눈을 감아!"

일행들이 눈을 감은 것을 확인한 데미안은 큰 소리로 외쳤다.

"익스플루젼 오브 플레쉬(Explosion of flash : 섬광 폭발)!"

그러자 일행들은 눈을 감았음에도 분명하게 빛의 폭발을 느낄 수 있었다. 그 순간 데미안의 외침이 다시 들렸다.

"슬러그스 스타!"

펑—!

케에엑!

크아앙!

거의 짐승의 울음소리와 비슷한 울부짖음이 들리는 것을 듣고 일행들은 눈을 떴다. 가고일들은 조금 전의 그 빛의 폭발 때문인지 눈도 뜨지 못한 채 괴로움에 가득 찬 비명을 터뜨리고 있었다.

데미안은 재빨리 바스타드 소드에 마나를 잔뜩 집어넣고는 가고일을 향해 달려갔다. 그리고는 가고일의 머리 부분을, 특히 눈 부분을 집중적으로 공격했다. 데미안의 마법 공격에 눈살을 찡그렸다 겨우 시력을 찾은 가고일이 막 눈을 뜨려고 할 때 데미안의 레이피어가 사정없이 파고들었다.

케에엑!

처절한 울부짖음과 함께 가고일의 눈에서는 청록색의 액체가 흘러나왔다. 그 모습을 본 헥터와 데보라, 그리고 레오는 가고일의 눈을 집중적으로 공격했고, 라일은 막강한 마나를 바탕으로 아예 가고일의 목을 날려버렸다. 그러나 소드 마스터인 라일의 실력으로도 튼튼하기 이를 데 없는 가고일의 목을 베는 것은 그리 쉽지는 않았다.

시력을 잃은 가고일들은 자신의 주위를 향해 무작정 팔을 휘둘렀다. 물론 자신의 동료를 공격하기도 했지만, 전혀 예측할 수 없는 방향에서 공격이 날아왔기에 데미안이나 데보라 등은 공격은 고사하고 몸을 안전하게 피하기에 급급했다.

결국 30분 정도의 시간이 지나 라일의 검에 마지막 남은 가고일의 목이 날아가는 것을 보고야 일행들은 그 자리에 주저앉아 겨우 안심할 수 있었다.

가고일의 눈을 공격한 데미안의 재치 때문인지 레오를 제외하고는 상처를 입은 사람은 없었다. 게다가 레오는 이미 자신의 재생력을 이용해 스스로 상처를 치료한 후였다. 일행들에게 다가온 로빈은 자신이 가지고 있던 치유의 구슬을 이용해 일행들의 지친 몸에 새로운 기운을 불어넣기 위해 신성 주문을 외웠다.

그러는 사이 주위를 둘러보던 라일은 과연 자신들만의 힘으로 화이트 드래곤을 만나 무사할 수 있을까 하는 생각을 했다. 비록 상대가 아직 1,000살도 되지 않은 어린 드래곤이라고 해도 드래곤은 드래곤이지 않은가?

그가 부하로 부리고 있는 가고일을 해치우는 데도 이렇게 죽을 고생을 했는데, 드래곤이야 두말할 것도 없지 않겠는가? 감히 인간과는 비교도 할 수 없는 능력을 지닌 드래곤을 만나 무엇인가를 묻는다는 생각을 했다는 것 자체가 정신 병자나 할 소리였다.

어제 저녁에 만났던 스킬드의 숲에서도 만약 밤이 아닌 낮이었으면 자신은 아마 일행들을 구할 수 없었을지도 몰랐다. 프레드릭에게 치료를 받은 후부터는 낮에 비록 활동을 할 수 있었지만, 원래 자신이 가진 능력의 3할 정도밖에 사용할 수 없었다.

원래의 능력을 십분 발휘하려면 밤이 되어야만 가능한 일이고, 다행히 스킬드의 본격적인 공격이 시작된 것이 밤이기에 일행들을 구할 수 있었던 것이다.

만약 화이트 드래곤 카이시아네스를 낮에 만나게 된다면 자신이 일행들에게 아무런 도움도 될 수 없을 것이라고 생각을 하니 조금 답답한 생각이 들었다. 자신이야 순결의 검이 아니면 죽으려고 해도 죽을 수 없는 몸이지만, 일행들은 카이시아네스가 내뿜는 아이스 브레스Ice Breath 한 방이면 겨울에 갓 잡아올려 순식간에 얼어버린 생선꼴이 될 것은 보지 않아도 뻔한 일이었다.

골드, 실버, 레드, 블루, 화이트, 블랙, 그린.

이 일곱 가지 색으로 대변되는 드래곤 가운데 가장 약한 것이 화이트 드래곤과 그린 드래곤이다. 물론 약하다고 하더라도 그것은 다른 드래곤과 비교했을 때 그렇다는 것이지, 드래곤이 지상 최강의 생명체인 것만은 변함없는 사실이다.

특히 성질이 고약한 것으로 따진다면 레드 드래곤에게만 한 수

양보할 뿐인 화이트 드래곤이고 보면 보통 심각한 문제가 아니었다. 한 가지 위안이라면 드래곤의 엄청난 수명을 생각할 때 카이시아네스가 이제 막 유아기(?)를 보낸 어린 드래곤이란 사실뿐이었다.

카이시아네스를 만나러 가겠다는 데미안이야 고집을 부리기 시작하면 아무도 말릴 사람이 없다곤 하더라도, 나머지 사람들은 제각기 다른 이유로 데미안을 쫓아온 것이다.

자신은 데미안이 제자니까 보호하기 위해서고, 헥터는 자신의 목숨을 바쳐 지켜야 할 대상이니까 따라온 것이라면, 데보라 같은 경우는 데미안을 사랑하니까 약간의 도움이라도 되기 위해 따라나선 것이다. 레오야 아주 단순하게 데미안과 자식(?)을 만들기 위해 따라온 것이고, 로빈은 데미안과 동료라고 부득부득 우겨 따라온 것이다. 그렇게 따지고 보면 뮤렐, 아니, 차이렌만은 재미있는 일이 생길 것 같아 따라왔을 뿐 특별한 이유가 없었다. 이유야 어떻게 되었든 모두 데미안과 관련이 있는 사람들이었다.

라일이 그런 생각을 하고 있을 때 기운을 차린 일행들이 라일 곁으로 다가왔다.

*　　*　　*

"세 왕자들의 반목이 심하다고 합니다."
"그럼 계획대로 된 것인가?"
"예, 특히 제1왕자인 제로미스 왕자의 경우 자신을 암살하려 한 사람이 알렉스 왕자라는 것을 알고는 보복할 생각으로 그를 납치할 계획까지 세운 것으로 알려졌습니다."

"제로미스가 그런 생각까지 했단 말인가?"

책상에 올려놓은 채 부하의 보고를 듣던 40대 후반의 사내는 자신의 콧수염을 만지다 말고 되물었다. 그의 정면에서 보고를 하던 검은 마스크의 사내는 고개를 저었다.

"아닙니다. 그 의견은 안토니오가 제시한 것입니다."

"안토니오라……. 빌어먹을 그 늙은이가 드디어 독한 결심을 했군. 실질적인 이득은 자신이 취하고 모든 죄는 우리에게 덮어씌우겠다는 것인가?"

"예?"

"자네가 그런 것까지 알 필요는 없고, 세 왕자를 돕는 세력 분포는 어떻게 되는가?"

"제로미스 왕자는 오랫동안 권력을 잡아온 귀족원의 명문 귀족들이 주축입니다. 정계뿐만 아니라 군대 계통에도 상당히 많은 귀족들이 퍼져 있어 막강한 세력을 가지고 있습니다. 그에 반해 저희가 지원하는 기난 왕자는 신흥 귀족들과 특히, 상인들에게 지지를 받고 있기는 하지만 워낙 능력이 떨어지는 인물이라 이 이상 세력을 키우는 것은 불가능할 것 같습니다. 그리고 마지막으로 알렉스 왕자는 이제 세력을 키우기 시작했지만 무섭게 세력을 불리고 있습니다. 게다가 정치적으로 아무런 영향력을 가지지 못했던 귀족들이 몰리고 있어 문제가 의외로 복잡해질 수도 있습니다."

"자렌토 싸일렉스도 알렉스에게 가담했는가?"

"아닙니다. 아직까지 그런 움직임을 보이지는 않았습니다. 아마도 자신이 말한 정치적 중립을 지키려는 것으로 보입니다."

"정치적 중립? 빌어먹을, 그 싸일렉스란 성을 가진 놈들은 왜 하나같이 문제를 일으키는 거지? 블랙이란 놈은 애송이에 불과한 데미안 싸일렉스란 놈에게 당하고, 멍청한 기난이란 놈은 제레니 싸일렉스에게 헬렐레해 가지고 정신을 못 차리고, 자렌토 싸일렉스는 계속 예상에서 벗어난 행동을 해대고. 하나같이 마음에 들지 않아."

자리에서 벌떡 일어난 중년 사내는 뒷짐을 진 채 한참 동안 뭔가를 고심하다 갑자기 고개를 돌리고는 마스크를 쓴 사내를 바라보았다.

"본국에서 온 기사들이 얼마나 남았는가?"

"예, 60명 정도입니다."

"얼마나 투입하면 알렉스 왕자를 암살할 수 있겠는가?"

"예?"

"싸일렉스에 있는 알렉스를 먼저 제거해야겠어. 그리고 그 죄를 모조리 제로미스에게 뒤집어씌우는 거야. 당연히 민심이 안 좋아지겠지. 그때 기난이 나선다면 별 힘을 들이지 않아도 세력을 키울 수 있을 거야. 그때 제로미스를 제거한다면 우리는 멍청한 기난을 앞세워 별 문제 없이 이 트렌실바니아 왕국을 루벤트 제국령(領)으로 만들 수 있을 거야."

말을 마친 중년 사내는 몸을 돌리고는 허리를 숙이고 있는 마스크의 사내를 향해 싸늘한 음성으로 말했다.

"지금 즉시 소드 익스퍼트 상급 이상의 실력을 가진 자들을 모조리 집합시켜라. 내가 직접 명령을 내리겠다."

"알겠습니다."

대답을 한 마스크의 사내는 곧 서재를 나갔고, 중년 사내는 뒷짐을 진 손에 힘을 주어 힘껏 주먹을 말아쥐었다. 손에서 우드득 하는 섬뜩한 소리가 들리고 다시 중년 사내의 말이 이어졌다.

"장장 20년의 세월이었다. 나 세바스챤 힝기스가 이 빌어먹을 트렌실바니아 왕국을 루벤트 제국령으로 만들기 위해 노력한 20년. 이제 그 결실을 드디어 내 눈으로 볼 때가 된 것이다. 그리고 난 당당히 루벤트로 돌아가 마침내 공작의 반열에 들어서게 되는 거지. 흐흐흐."

중년 사내, 세바스챤 힝기스는 낮게낮게 웃음을 흘렸다.

*   *   *

다시 산의 정상을 향해 출발한 데미안 일행은 헤아릴 수 없이 많은 몬스터와 혈전을 벌이지 않으면 안 됐다. 잠시의 쉴 틈도 없었다. 마치 온 세상의 몬스터란 몬스터는 다 긁어모은 듯 몬스터의 공격은 끝없이 이어졌다.

트롤, 오거, 코볼드Kobold, 4미터가 넘는 키에 외눈을 가진 자이언트Giant, 여인의 상반신에 하반신은 뱀의 몸통을 가진 레이미어Lamia 등등 쉴새가 없었다.

덕분에 바빠진 것은 로빈이었다. 처음 별 상처 없이 탈진하기만 했던 일행들의 몸에 하나둘 상처가 생겼고, 끝없이 이어지는 몬스터와의 싸움으로 다친 동료들의 상처를 치료하느라고 오히려 로빈이 쓰러지기 일보 직전이었다.

특히 위험했던 것은 레이미어와의 싸움이었다. 몸통 길이가 5미터가 넘는 레이미어와의 혈전으로 일행들은 모두 탈진해 버렸다. 더구나 시간이 낮이기 때문인지 라일도 일행들에게 별 도움이 되지 못했다. 게다가 레이미어의 상반은 벌거벗은 여성의 모습을 하고 있었기 때문에 헥터나 데미안, 로빈 등은 상대를 제대로 쳐다보지도 못했다.

　아무렇지도 않은 사람은 데보라와 레오뿐이었지만 두 사람의 힘만으로는 십여 마리의 레이미어를 물리치는 것은 거의 불가능한 일이었다. 데미안과 헥터도 곧 레이미어에게 덤벼들었지만 그들의 행동이 너무 빨라 공격을 제대로 할 수 없었고, 특히 몸통 부분에 덮인 비늘이 얼마나 단단한지 마나로 감싼 검도 맥없이 튕겨나갈 뿐이었다.

　차이렌 역시 일행들을 돕기 위해 스펠을 캐스팅했지만 레이미어가 얼마나 빠르게 움직이는지 마법을 시전할 생각도 못 했다. 또, 어쩌다 파이어 버스트를 날리려고 해도 폭발 범위가 너무 넓어 함부로 사용할 수도 없었다.

　그러는 사이 밤이 찾아왔고, 자신의 힘을 되찾은 라일이 레이미어들을 모조리 제거하지 않았으면 아마도 일행들 가운데 몇몇은 목숨을 잃었을지도 모르는 일이었다.

　데미안도 팔과 옆구리에 깊지는 않지만 제법 긴 상처를 입었다. 물론 데보라와 레오도 상처를 입었지만 데미안이 그들 앞을 가로막고 보호해 두 사람의 상처는 그리 크지 않았다. 치료를 받은 후 데미안은 재빨리 명상을 통해 남은 상처 치료와 몸에서 빠져 나간 마나를 보충했다.

　잠시 후 명상에서 깨어난 데미안은 지친 모습으로 앉아 있는 데보라를 향해 말을 건넸다.

　"데보라, 괜찮아?"

　"어, 괜찮아. 그저 조금 지쳤을 뿐이야."

　"정말 고마워, 데보라."

　"뭘 그런 소리를 해? 난 괜찮으니까 신경 쓰지 마."

데미안의 미안함이 가득한 말에 데보라는 얼굴을 조금 붉혔다. 그 모습을 본 레오는 뾰로통한 얼굴로 데미안의 품으로 뛰어들었다. 그리고는 데미안의 가슴에 자신의 머리를 마구 비벼댔다. 그런 레오의 행동에 데미안은 쓴웃음을 지으며 산의 정상 쪽을 바라보았다.
 워낙 정신없이 이동을 했기에 대체 자신들이 얼마나 먼 거리를 왔는지 알 수 없었다. 하지만 산의 아래가 구름에 가려져 있는 것으로 보아 상당한 거리를 이동한 것만은 사실이었다. 로빈의 도움으로 기력을 되찾은 일행들은 다시 출발을 했고, 차이렌은 아무 소리도 없이 로빈을 업었다.
 그렇게 한 시간 정도를 이동을 했을 때 갑자기 라일이 손을 들어 일행들을 멈추게 했다.
 "뭔가가 우리 쪽으로 다가오고 있다. 모두 조심해라."
 라일의 말에 일행들은 긴장을 하였고, 잠시의 시간이 지난 후 데미안과 헥터도 뭔가 상당한 무게를 가진 어떤 것들이 자신들을 향해 오는 것을 느낄 수 있었다. 쿵쿵! 하는 소리와 함께 모습을 드러낸 것은 한마디로 기가 막힌 생물이었다.
 엄청난 근육질의 몸통에 붙어 있는 것은 분명히 황소의 머리였다. 일행들을 향해 일직선으로 다가온 두 마리의 황소 머리를 한 몬스터는 충혈된 눈으로 일행들을 노려보고는 들고 있던 엄청난 크기의 배틀 엑스와 글레이브를 조금의 망설임도 없이 휘둘렀다.
 황소 머리를 한 몬스터의 크기는 거의 4미터는 되어 보였고, 그들이 들고 있는 배틀 엑스와 글레이브가 휘둘러질 때마다 세찬 바람이 데미안 일행의 얼굴을 스치고 지나갔다.
 차이렌과 로빈을 제외한 나머지 사람들은 재빨리 몬스터를 포위한 채 몬스터의 공격에 대비했다. 그러나 그들의 얼굴에는 당혹감이 어려 있었다.

"이봐, 차이렌! 이 괴물은 대체 뭐야?"

눈을 떼지 않은 채 고함을 지르는 데미안의 질문에 차이렌은 자신의 기억을 더듬어 그 몬스터에 대한 기억을 떠올렸다.

"내 기억이 틀리지 않다면 아마 미노타우로스Minotauros가 분명할 거야."

"미노타우로스? 그럼 약점은 어디야?"

"약점? 제기랄, 본 적도 없는데 그걸 어떻게 알아? 기록에도 특별한 약점은 없다고 알려졌어."

차이렌의 말에 데미안과 나머지 사람들은 긴장하지 않을 수 없었다. 특별한 약점이 없다면 무슨 수로 이 괴물을 물리친단 말인가? 일행들이 그런 걱정을 하는 사이 레오가 먼저 미노타우로스에게 달려들었다.

두 마리의 미노타우로스는 순간적으로 레오의 모습을 놓쳤고, 그 틈에 레오는 미노타우로스 근처로 다가갔다. 자신의 키보다 더 큰 미노타우로스의 허벅지를 향해 자신의 손톱을 사정없이 휘둘렀다.

끼끼끽―

마치 철판을 검으로 긁는 듯한 소리가 사정없이 일행들의 귓전을 자극했지만 미노타우로스의 다리에는 아무런 상처도 생기지 않았다. 그런 레오의 모습에 옆에 있던 미노타우로스가 레오를 향해 배틀 엑스를 휘둘렀다.

깡!

그러나 레오는 이미 그 자리를 떠난 후였고, 배틀 엑스는 애꿎은 동료의 발등을 강타했다. 그러나 요란한 소리가 들렸을 뿐 미노타우로스의 발등은 멀쩡했다.

그 모습에 일행들은 어이가 없었다.

'깡!' 이라니? 설마 저렇게 커다란 몸뚱이가 모두 쇠로 만들어졌단 말인가? 멍청한 표정으로 그 모습을 보던 데보라가 입을 열었다.

"동료의 도끼에 발등을 찍히고도 어떻게 멀쩡할 수 있지? 대체 저건 뭘로 만든 거야?"

그 말을 중얼거리는 사이에도 미노타우로스의 배틀 엑스와 글레이브는 멈추지 않고 일행들에게 날아들었다. 그 모습을 본 데미안은 옆에 있던 헥터를 향해 입을 열었다.

"헥터, 일단 저 미노타우로슨가 황소인가 하는 놈들의 무기를 먼저 빼앗는 게 어때?"

데미안의 말에 헥터는 고개를 끄덕이고는 수중의 바스타드 소드에 잔뜩 마나를 집어넣었다. 그리고는 자신의 전면에서 글레이브를 휘두르는 미노타우로스의 품 안으로 뛰어들었다. 그리고는 미노타우로스가 들고 있는 글레이브의 손잡이를 향해 힘껏 바스타드 소드를 휘둘렀다.

헥터와 미노타우로스의 덩치를 비교하면 아버지와 서너 살 된 어린 아들처럼 보였지만, 그 바스타드 소드에 실린 힘만은 그리 만만한 것이 아니었다. 미노타우로스가 한쪽 손을 놓치자 미리 스펠을 캐스팅해 두었던 데미안은 지체없이 손을 뻗었다.

"체인 라이트닝!"

데미안의 외침과 함께 데미안의 손끝에서는 하얗게 백열(白熱)된 번개가 연속적으로 글레이브를 든 미노타우로스의 얼굴을 향해 날아갔다. 강철로 만들어진 듯한 미노타우로스도 연속된 공격에는 당하지 못하겠는지 몇 걸음 뒤로 물러섰다. 기회를 노리던 차이렌은 여태껏 일행들에게 별 도움을 주지 못한 것을 보상하기라도 하듯 사정없이 마법을 시전했다.

"파이어 버스터!"

차이렌의 손끝에서 뿜어져 나온 화염은 미노타우로스에게 쏟아졌고, 미노타우로스의 모습은 순식간에 불구덩이 속으로 사라졌다. 그러나 배틀 엑스를 들고 있던 미노타우로스는 그런 동료의 모습에는 아랑곳하지 않고 멍하니 서 있던 로빈을 향해 사정없이 배틀 엑스를 내려쳤다.

그 모습을 일행들이 멍하니 바라보고 있을 때 배틀 엑스를 든 미노타우로스의 팔을 향해 날아오는 푸른색을 띤 반월형의 마나가 보였다. 미노타우로스는 그것을 보고도 몸의 단단함을 믿기 때문인지 피할 생각을 하지 않았다. 그러나 뜻밖에도 폭음과 함께 미노타우로스의 오른팔이 배틀 엑스와 함께 날아가 버렸다.

펑!

케에에에~!

처절한 비명 소리가 밤하늘에 울려퍼지는 소리를 들으며 차이렌은 재빨리 로빈을 옆구리에 끼고 그 자리에서 황급히 벗어났다. 그 모습을 본 라일은 다시 한 번 미노타우로스를 향해 검기를 사용했다. 미노타우로스는 허벅지에 깊은 상처를 입고 그 자리에서 뒤로 쓰러졌고, 데미안은 그 순간을 놓치지 않고 미노타우로스의 두 눈을 공격했다.

그렇지 않아도 팔과 다리에 상처를 입은 미노타우로스는 두 눈마저 잃자 그 고통을 견디지 못하고 땅바닥을 뒹굴며 미친 듯이 주위를 향해 손을 휘둘렀다. 그러는 사이 불길에 휩싸여 있던 또 한 마리의 미노타우로스가 벌떡 일어나 글레이브를 휘두르며 일행들에게 달려들었다. 헥터와 데보라, 그리고 라일이 잠시 미노타우로스를 막고 있는 동안 데미안과 차이렌은 재빨리 스펠을 캐스팅하고는 전력으로 펼쳤다.

"에라, 이거나 먹어라! 프리징 애로우!"

"나도 프리징 애로우!"

두 사람의 고함 소리와 함께 미노타우로스를 공격하던 세 사람은 황급히 뒤로 물러섰고, 곧 이어 수십 발의 프리징 애로우가 쏟아졌다. 그리 크지 않은 소음과 함께 미노타우로스의 몸에 타오르던 불길이 삽시간에 꺼져 버렸고, 주위의 공기도 순식간에 동결돼 버렸다. 그와 동시에 미노타우로스의 동작이 급격하게 느려지는 것을 느낀 라일이 미노타우로스에게 날아들며 수중의 롱 소드에 자신이 가지고 있던 마나를 있는 대로 집어넣고는 힘껏 휘둘렀다.

"크로스 포스 오브 소드(Cross Force of Sword : 십자 검기)!"

십자형의 마나가 미노타우로스의 머리를 향해 날아갔고, 미노타우로스의 머리가 네 동강으로 박살이 난 것은 순식간의 일이었다. 엄청난 마나가 소모된 듯 라일은 롱 소드를 지팡이 삼아 몸을 기댄 채 숨을 몰아쉬었다. 일행들은 라일이 쏟아낸 엄청난 검술을 그저 넋을 잃고 바라보고 있었다.

그때였다. 미친 듯이 지면 위를 뒹굴던 미노타우로스의 움직임이 갑자기 멎더니 꼿꼿하게 굳어지기 시작했다. 잠시 후 미노타우로스의 몸은 마치 통나무처럼 순식간에 굳어졌고, 무엇인가의 힘에 의해 몸이 서서히 공중에 떠오르더니 천천히 지면에 내려섰다. 잘려나간 팔과 두 눈에서는 끊임없이 피가 흘러내리고 있으면서도 꼿꼿하게 일어서 있는 모습은 공포 그 자체였다.

　데미안 일행을 노려보듯 그들이 서 있는 곳을 바라보던 미노타우로스의 입이 천천히 벌어졌고, 뜻밖에 맑고 조금은 날카로운 여자의 음성이 흘러나왔다.

　"대체 네놈들은 어디까지 올 생각이냐?"

　갑자기 들린 여자의 음성에 일행들은 지친 몸을 일으키며 혹시 있을지 모르는 기습에 대비했다. 그리고 비교적 경험이 많은 라일이 한 발 앞으로 나섰다.

　"그대가 화이트 드래곤 카이시아네스인가?"

　"그렇다."

　라일의 질문에 미노타우로스의 입에서 여자의 음성이 들려왔다. 그 모습을 본 데보라가 차이렌에게 물었다.

　"대체 그 흰 도마뱀이 어디서 떠드는 거야?"

　"아마 카이시아네스는 여기서 상당히 떨어진 곳에 자신의 의사를 전하는 것 같아. 자신이 부하로 부리고 있는 저 미노타우로스의 입을 통해 자신의 뜻을 전하는 거지. 텔레 폰Tele Phone이라고, 멀리 떨어진 곳에서 상대에게 자신의 생각을 전하는 7싸이클의 마법이야."

　"7싸이클의 마법?"

　차이렌의 설명에 일행들은 잔뜩 긴장한 눈으로 뻣뻣하게 서 있는 미노타우로스를 보았다.

　"특히 7싸이클의 마법들 가운데는 몇 개의 마법을 조합해 사용하는 마법이 많거든. 저 텔레 폰이라는 마법은 자신의 생각을 타인에게 전하는 메시지Message란 마법과 사물을 이용해 먼 곳을 볼 수 있는 클레어보이언스Clairvoyance란 마법을 조합해야만 사용할 수 있어."

"그럼 지금 우리의 모습을 모두 보고 있단 말이야?"

데보라의 질문에 차이렌은 심각하게 굳은 얼굴로 고개를 끄덕였다. 그런 차이렌의 설명을 귓전으로 들으며 라일이 입을 열었다.

"우리는 그대에게 물을 것이 있어 이곳까지 왔다."

라일의 말이 너무 뜻밖이었기 때문이었을까? 상대는 잠시 아무런 말도 하지 않았다. 그저 고개를 돌려 데미안 일행을 천천히 살펴볼 뿐이었다. 그리고는 갑자기 의미를 알 수 없는 웃음을 터뜨렸다.

"호호호호~!"

미노타우로스의 입에서 갑자기 웃음이 흘러나오자 일행들은 영문을 알 수 없어 미노타우로스를 쳐다보았다.

"호호호, 드라시안에다 저주받은 기사, 수인족, 아마조네스, 라페이시스의 어린 사제, 인간, 타인의 몸에 자신의 혼을 빙의(憑依)시킨 마법사. 정말 다양한 종족들로 이루어진 파티로군."

카이시아네스의 말에 라일은 꼼짝도 하지 않은 채 물었다.

"우린 그대에게 묻고 싶은 것이 있어 왔다."

"묻고 싶은 것이 있어 왔다고? 흥! 너희들은 대체 드래곤의 레어를 뭘로 생각하는 거냐?! 돌아가라. 만약 너희들 가운데 레드 드래곤 마브렌시아의 드라시안이 없었다면 너희들은 이미 이곳에 오기도 전에 모두 죽었을 목숨이다."

카이시아네스가 말을 마치자마자 꼿꼿하게 서 있던 미노타우로스의 몸이 통나무처럼 다시 뒤로 넘어갔다.

그 모습을 본 일행은 일행들은 아무런 말도 못 했다. 특히 데미안은 카이시아네스의 마지막 말에 충격을 받았는지 멍한 표정을 짓고 있었다. 물론 이미 가슴속으로는 그럴 것이라고 생각을 해왔지만 막상 카이시아네스의 말을 듣고 나니 새로운 충격으로 다가왔다. 자신이 레드 드래곤 마브렌시아의 드라시안이라는 것을 확인하게는 되었지만 알고 싶은 것이 한두 가지가 아니었다.

데미안은 자신도 모르게 뒤로 쓰러진 미노타우로스를 향해 외쳤다.

"잠깐 기다려! 기다리란 말이야!"

그러나 쓰러진 미노타우로스에게서는 아무런 말도 들려오지 않았다. 벌겋게 상기된 얼굴로 자리에서 일어선 데미안은 미노타우로스를 향해 성큼성큼 다가갔다. 그러나 미노타우로스는 이미 죽어 있었다. 잠시 우두커니 서 있던 데미안은 다시 산 정상을 향해 걸음을 옮겼다. 일행들은 잠시 그런 데미안의 모습을 보다가 그의 뒤를 따라갔다.

거의 두 시간 가까이 산 정상을 향해 걸어갔다. 무슨 이유에서인지는 모르겠지만 더 이상 몬스터들의 공격은 없었다. 드디어 그들이 도착한 정상 부분에는 입구의 높이가 7미터 이상 되어 보이는 커다란 동굴이 있었다. 동굴 앞은 4, 50미터쯤 되는 평지가 있었고, 산 정상이기 때문인지는 몰라도 공기가 꽤나 서늘했다.

"카이시아네스! 어서 나와! 어서 나오란 말이야!"

도착하자마자 데미안은 미친 듯 고함을 질렀지만 메아리만이 그의 외침에 대답할 뿐이었다. 아무런 응답이 없자 데미안은 동굴을 향해 정신없이 달려갔고, 그런 데미안을 보호하기 위해 헥터가 재빨리 뒤따랐다.

나머지 일행들은 긴장한 모습으로 동굴로 진입하려고 할 때 데미안과 헥터가 동굴 안으로부터 나왔다. 데보라와 눈이 마주친 데미안은 실망한 표정으로 고개를 흔들었다.

"어디로 간 거지?"

"몰라. 그렇지만 멀리 가지는 않았을 거야. 어디선가 이런 우리의 모습을 지켜보고 있을 거야."

데미안의 대답에는 강한 확신에 담겨 있었다. 그런 데미안의 대답을 들은 로빈은 문득 저항군의 비밀 검술 연습장을 떠나올 때 네로브가 데미안에게 한 말을 기억해 냈다.

"데미안님, 혹시 네로브가 한 말을 기억하십니까?"

"뭐?"

"출발하기 전 네로브가 데미안님께 뭐라고 하지 않았습니까? 중요한 말 같던데요."

로빈의 말에 곰곰이 뭔가를 생각하던 데미안은 그제야 네로브가 '찾아서 없으면 계곡으로 가봐'라고 한 말의 뜻을 이해할 수 있을 것 같았다.

"맞아! 네로브는 카이시아네스가 날 피할 걸 미리 알았던 거야. 카이시아네스가 다른 곳으로 가기 전에 빨리 계곡을 찾아야 돼. 틀림없이 그곳에 카이시아네스가 있을 거야."

데미안의 말이 끝나자마자 라일이 한쪽 방향을 가리켰다.

"저쪽 방향에서 물소리가 들린다."

라일이 가리킨 곳은 일행들이 서 있는 곳의 동쪽에 있는 울창한 숲이었다. 데미안은 라일이 가리킨 곳을 향해 조금도 망설이지 않고 걸음을 옮겼다. 그런 그의 얼굴은 긴장과 초조감으로 잔뜩 굳어 있었다. 그런 탓인지는 모르지만 농담이나 하던 차이렌도 입을 꾹 다문 채 묵묵히 걸음을 옮길 뿐이었다.

서쪽 하늘을 서서히 붉게 물들이며 지는 태양이 마지막으로 은 총이라도 베풀듯 나뭇가지 사이로 뿌리는 빛을 받으며 데미안 일행은 물소리가 들리는 곳을 향해 걸음을 옮겼다. 잔뜩 긴장한 일행들에게는 흥겹게 지저귀는 새들의 울음소리도 들리지 않는 듯 검자루에 손을 올린 모습으로 잔뜩 긴장한 채 걸음을 옮기고 있었다.

숲에 들어서서 얼마 되지 않아 데미안은 물소리를 들을 수 있었다. 그러나 울창하게 자란 나무 탓인지 좀처럼 방향을 잡을 수 없었다. 마음이 조급해진 데미안은 플레임을 불러 계곡을 찾으라고 지시를 내렸고, 플레임은 곧 계곡을 향해 날아갔다.

7, 8분 정도가 지나자 데미안 일행은 드디어 계곡에 도착할 수 있었다. 그리고 그곳에 서 있는 흰머리에 린네르로 만든 하얀 옷을 걸치고 있는 젊은 여자 하나를 발견할 수 있었다. 그렇지만 그 여자를 발견하는 순간 일행들은 자신도 모르게 발걸음을 멈추어야 했다. 그 이상 접근하면 자신의 목숨이 위험할지도 모른다는 본능적인 느낌과 함께 너무도 싸늘하게 느껴지는 주위의 공기 때문이었다.

무섭도록 차갑게 굳어진 표정을 짓고 있던 여자는 고개를 돌려 데미안 일행을 노려보았다. 그 눈빛이 얼마나 살벌하던지 일행들은 자신도 모르게 몸을 부르르 떨었다. 잠시 침묵의 시간이 지나고 먼저 입을 연 사람은 그 여자였다.

"정말 죽고 싶으냐?"

낮은 음성으로 싸늘하게 말하는 여자의 음성은 얼마 전 미노타우로스의 입을 통해 들었던 카이시아네스의 음성이었다. 상대가 카이시아네스라는 것을 안 데미안은 다시 한 번 자신도 모르게 몸을 떨었다. 그러나 그것은 결코 상대의 태도에 겁을 먹었기 때문이 아니었다. 오랜 시간 동안 그를 괴롭혔던 그 어떤 사실을 확인할 수 있는 기회가 드디어 온 것에 대한 기대와 설레임, 초조와 긴장 때문이었다.

자신도 모르게 한걸음 앞으로 나선 데미안이 카이시아네스를 향해 입을 열었다. 너무도 긴장했기 때문인지 입 안이 바짝 말라버려 말하는 것도 쉽지 않았다.

"그대가 화이트 드래곤 카이시아네스인가?"

"그렇다."

상대가 순순히 자신이 화이트 드래곤임을 시인하자 데미안은 무슨 말을 먼저 물어야 좋을지 몰랐다. 흥분된 가슴을 진정시키려 했지만 좀처럼 진정시킬 수 없었다.

"그대에게 몇 가지 물을 것이 있어 왔다."

데미안의 말에도 카이시아네스는 대답도 하지 않은 채 싸늘한 표정만 짓고 있었다.

"…내가 레드 드래곤 마브렌시아의 드라시안이 맞는가?"

"겨우 그걸 알려고 내 귀여운 애완 동물(?)들을 죽인 거냐?"

카이시아네스의 음성은 고드름이 주렁주렁 매달릴 정도로 싸늘했다. 그러나 데미안은 그런 카이시아네스의 변화에는 아랑곳하지 않고 자신이 알고 싶어했던 것을 계속 물었다.

"내가 드라시안이라는 것은 어떻게 알 수 있는가? 그리고 어떻게 마브렌시아의 드라시안이라는 것을 확신하는가?"

데미안의 일방적인 질문에 카이시아네스는 한동안 아무런 말도 하지 않았다.

뒤에 서 있던 일행들은 잔뜩 긴장한 채 여차하면 데미안을 보호하기 위해 준비를 하고 있었지만, 일행들이 기대(?)했던 사태는 발생하지 않았다.

"그대의 몸에 드래곤의 냄새가 진하게 배어 있다. 그러나 그것은 헤츨링의 냄새가 아니다. 그렇다면 드라시안이라는 것이 당연하지 않은가? 게다가 그대의 붉은 머릿결은 레드 드래곤의 드라시안이 아니라면 결코 가질 수 없는 것이다. 그러나 그런 사실은 오직 드래곤만이 알 수 있는 것이다."

싸늘한 표정과는 달리 카이시아네스는 자세히 설명했다.

"게다가 마브렌시아는 레드 드래곤 가운데에서도 가장 성질이 더러운 드래곤이다. 그런 마브렌시아의 냄새가 진하게 배어 있는 그댈 왜 내가 몰라 보겠는가?"

"그렇다면 내 아버지는 누구인가?"

딱딱하게 굳은 얼굴을 하고 있던 데미안의 질문에 카이시아네스는 조금은 어이없다는 표정을 짓더니 곧 반문했다.

"아버지라니? 그것을 왜 나에게 묻는가? 그대는 아버지가 누구인지도 모른단 말인가? 마브렌시아가 그런 것도 가르쳐 주지 않았단 말인가?"

데미안은 자신의 사정을 밝힐까 생각도 했지만 곧 그 생각을 버렸다. 상대의 태도로 보아 자신의 아버지가 누구인지 알고 있는 것이 분명했다. 데미안이 여전히 입을 다물고 있자 카이시아네스는 마치 그의 속마음을 읽듯 한참 동안 데미안의 얼굴을 바라보다가 다시 입을 열었다.

"그대의 아버지는 골드 드래곤 카르메이안이다. 마브렌시아가 무슨 생각으로 그런 행동을 한 것인지 이해를 할 수 없군. 게다가 드래곤의 규칙마저 어겨가면서."

카이시아네스의 말에 데미안은 아무런 말도 할 수 없었다. 드디어 자신의 아버지 역시 드래곤이란 사실이 밝혀진 것이다. 어머니였던 마브렌시아의 영상이 너무 강하게 남아 아버지는 혹시 인간이 아니었을까 하는 생각을 했었는데, 이제 그 아버지마저 드래곤이라는 사실이 밝혀진 것이다.
　한편 뒤에서 두 사람(?)의 대화를 듣고 있던 일행들은 데미안의 부모가 모두 드래곤이라는 사실을 알게 되었다. 특히 데보라는 데미안의 딱딱하게 굳은 얼굴을 보고는 가슴이 아팠지만 뭐라고 위로를 해야 좋을지 몰랐다.
　"내가 정작 알고 싶은 것은 그들이 대체 무슨 목적으로 나 같은 드라시안을 낳은 것이냐 하는 것이다. 그들이 골드 드래곤과 레드 드래곤이라면 헤츨링을 낳을 수도 있었을 텐데 드라시안을 낳은 이유가 무엇 때문인가?"
　데미안의 질문에 카이시아네스는 어이없다는 표정과 함께 고개를 흔들었다.
　"그대는 정말 아무것도 아는 것이 없군."
　라일이 보기에 카이시아네스의 표정은 데미안이 레드 드래곤 마브렌시아와 별 관계가 없다는 것을 알고 진작 죽이지 못한 것을 애석하게 생각하는 것처럼 느껴졌다. 라일이 데미안에게 조금씩 다가왔지만 카이시아네스는 그런 라일의 행동에는 신경도 쓰지 않았다. 잠시 망설이던 표정을 짓더니 결심을 한 듯 입을 열었다.
　"자세한 것은 그들 둘의 능력이 나보다 뛰어나기 때문에 알 수 없다. 그러나 대략적인 일들은 알고 있다. 골드 드래곤 카르메이안은 세상을 돌아다니다가 우연인지 아닌지는 모르지만 레드 드래곤 마브렌시아를 만났고, 그녀와 격렬한 토론을 한 것으로 알고 있다. 자세한 내용은 알 수 없지만 대략 인간은 과연 검과 마법 가운데 어느 것을 더 빨리, 더 쉽게 익힐 수 있느냐 하는 것이었다. 그리고 어디까지 강해질 수 있느냐 하는 것도 그들의 관심사 가운데 하나였다."

카이시아네스의 말에 일행들은 일제히 황당하다는 표정을 지었지만 그녀의 얼굴에서 눈과 귀를 떼지 않았다.

"결국 그들은 한 가지 내기를 했고, 승패를 겨루기 위해 그대를 낳은 것이다. 물론 둘 다 헤츨링을 낳을 수는 있었지만 무슨 이유에서인지 인간의 모습으로 폴리모프해서 그대를 낳고는 각기 검과 마법을 그대에게 가르친 것이다. 그들의 내기는 15년이 지난 후 마브렌시아의 승리로 끝이 나게 되었고, 카르메이안은 순순히 결과에 승복하고는 마브렌시아에게 뭔가를 이야기해 주었다. 그 후의 일은 그대가 기억하고 있는 것과 동일하다."

"단지 내기를 하기 위해 나를 낳은 것이란 말인가?"

"그럼 다른 무슨 이유가 있어야 하는 것인가?"

당연하다는 듯 말하는 카이시아네스의 말에 데미안은 어금니를 깨물며 주먹을 불끈 쥐었다.

"그대는 조금 전 카르메이안이 마브렌시아에게 결과에 승복해 무엇인가를 이야기해 주었다고 했는데 그것이 무엇인가?"

"그것보다 난 마브렌시아가 왜 그대를 죽이지 않았는지 모르겠군. 원래 드라시안은 사용 목적이 달성되면 모두 죽이게 되어 있는데, 마브렌시아가 그대를 죽이지 않은 것은 보면 무슨 이유가 있을 듯한데 그 이유를 모르겠군."

"무슨 소리야? 어떻게 부모가 자식을 죽인단 말이야?"

데보라의 음성은 거의 발악에 가까웠다. 그런 데보라를 물끄러미 바라보던 카이시아네스는 냉소적인 표정을 지었다.

"드라시안이 드래곤의 자식이라고? 어떻게 드라시안 따위가 위대한 드래곤의 자식일 수 있다는 거지? 드래곤의 자식은 오직 드래곤뿐이다."

말을 마친 카이시아네스는 데미안을 다시 바라보았다.

"내가 마브렌시아와 조금 껄끄러운 사이가 아니었다면 그대를 벌써 죽였을 것이다. 오늘은 마브렌시아의 체면을 생각해 곱게 돌려 보내주마. 돌아가라."

카이시아네스의 싸늘한 명령조의 말이 떨어지자 일행들은 자신도 모르게 한걸음 뒤로 물러섰다. 보이지 않는 힘이 그들을 일제히 뒤로 밀어내는 것 같았다. 그 자리에 버티고 선 사람은 데미안과 라일뿐이었다. 고개마저 살짝 숙인 데미안은 끊임없이 뭔가를 중얼거렸다. 그런 그의 주먹은 부서질 듯 쥐어져 있었다.

"그대들 드래곤들은 원래 그렇게 무책임한가?"

"무슨 소리지?"

"아무리 드라시안이라고 해도 살아 있는 생명체다. 적어도 세상에 새로운 생명을 숨쉬게 했으면 어느 정도의 책임을 져야 하는 것이 아닌가?"

"호호호호~!"

데미안의 저미한 음성에 카이시아네스는 갑자기 날카로운 웃음을 터뜨렸다. 그 소리와 동시에 이미 어둠에 싸여 있던 숲속에서 수백, 수천 마리의 새들이 일제히 어두운 하늘로 날아올랐고, 주위는 그녀의 웃음소리를 제외하고는 아무런 소리도 들리지 않았다.

"생명에 대한 책임? 그런 것을 왜 느껴야 하지? 그댄 정말 이상한 소릴 하는군. 드래곤은 오직 행할 뿐, 결과에 대한 책임을 지진 않아. 호호호, 세상에 태어나게 한 책임을 지라고? 호호호, 정말 재미있는 이야기야."

황당한 듯한 표정을 지으며 대답하는 카이시아네스를 노려보는 데미안의 몸에서는 조금씩 붉은 마나가 흘러나와 천천히 데미안의 몸 주위를 회전했다. 그와 함께 데미안의 머리칼이 조금씩 흔들리기 시작했고, 그의 손은 천천히 바스타드 소드로 이동을 했다.

그러나 그런 데미안의 모습을 보는 카이시아네스의 표정은 조금 전과 달라진 것이 없었다. 오히려 뒤에서 보고 있던 일행들이 더 긴장을 했다. 이제 알고 싶은 것을 어느 정도 알았으니 무사히 이 자리를 떠나는 일만 남은 것이다. 만약 지금 카이시아네스의 성미를 건드려 그녀와 일전을 치르게 된다면 과연 일행들 가운데 몇 명이나 살아남을 수 있을지 전혀 알 수 없는 일이었다.

데미안의 뒤에 서 있던 라일은 잠시 뭔가를 생각하더니 갑자기 데미안의 뒷덜미를 내려쳤다. 알고 있어도 막을 수 없을 만큼 라일의 행동은 빨랐다. 그러나 그 모습을 보고도 카이시아네스는 아무런 말도 하지 않았다.

쓰러지는 데미안을 안아 뒤에 있던 헥터에게 건네준 라일은 일행들을 노려보듯 바라보고 있는 카이시아네스를 향해 천천히 입을 열었다.

"오늘 그대가 보여준 호의에 감사한다. 혹시 마브렌시아나 카르메이안의 행방에 대해 알고 있는가?"

"에인션트Ancient 드래곤인 카르메이안의 행방은 내가 알 수 없지만 마브렌시아는 알 수 있지."

잠시 사방을 둘러보던 카이시아네스가 곧 대답했다.

"내 느낌이 맞다면 북쪽에서 남쪽을 향해 내려오고 있을 것이다."

"그리고 아까 데미안이 질문한 것에 대한 대답을 들을 수 있겠는가?"

"카르메이안이 마브렌시아에게 해준 이야기 말인가?"

"그렇다."

"그것은 고대 유적에 대한 것이다. 고대 유적은……."

카이시아네스는 음성이 갑자기 줄어들었고, 가장 앞쪽에 있던 라일만이 겨우 그 이야기를 들을 수 있었다. 데보라는 기절해 있는 데미안의 곁에서 떨어지지 않았고, 다른 사람들 역시 마찬가지였다. 차이렌은 마법의 힘을 이용해 두 사람의 대화를 엿들으려고 했지만 카이시아네스가 마법의 힘으로 방어를 했는지 한마디도 엿들을 수 없었다.

제법 긴 시간이 지나고 라일은 카이시아네스에게 다시 한 번 고맙다는 말을 건넸다.

"그런 이야기까지 해줘서 정말 감사하게 생각한다."

"호호호! 과연 저 드라시안이 깨어나서도 그렇게 생각할까? 그리고 한마디 더 해두지. 마브렌시아는 그 내기에 이기기 위해 카르메이안 몰래 자신이 가진 능력 가운데 일부분을 저 드라시안의 몸에 숨겨두었다. 내가 정말 궁금하게 생각하는 것은 6,500년이나 산 카르메이안이 그런 사실을 몰랐을 리 없었을 텐데 왜 질 것이 뻔한 내기를 계속했는지 그 이유를 알 수 없다는 것이다."

다시 한 번 데미안의 모습을 바라본 카이시아네스는 몸을 돌렸다.

"만약 그대들이 카르메이안의 속셈을 알게 된다면 나에게도 알려주었으면 좋겠군."

"그대의 말처럼 만약 카르메이안이 다른 생각을 가지고 있다면 반드시 알려주도록 하지."

"호호호! 그대의 대답에 대한 나의 작은 보답이다. 코울션 워프 (Coercion Warp : 강제 이동)!"

카이시아네스의 짧은 외침과 함께 일행들의 모습은 그 자리에서 사라졌다.

"호호호! 마브렌시아, 네가 만든 드라시안 때문에 고생 좀 할 거다."

유쾌한 듯 웃는 날카로운 여자의 웃음소리가 숲속에 울려퍼졌다.

제33장
봉인의 의미

　주위를 조심스럽게 살피던 비조앙은 황급히 세바스챤 힝기스 백작의 저택 안으로 사라졌다. 늦은 밤이기 때문인지는 몰라도 힝기스 백작 저택 주위는 돌아다니는 사람이 하나도 없었다. 그러나 20미터쯤 떨어진 곳에서 그런 비조앙의 모습을 하나도 놓치지 않고 노려보는 사람이 있었다. 그는 한스의 부탁으로 비조앙을 감시하고 있던 파이야였다.
　파이야는 비조앙이 힝기스 백작의 저택 안으로 사라지자 한참 동안 주위를 살펴 아무도 없는 것을 확인하고서야 나무 위에서 내려왔다.
　자신이 비조앙을 감시한 지 한 달. 그 동안 비조앙은 거의 3일에 한 번 꼴로 힝기스 백작의 저택을 은밀하게 찾았다. 비조앙의 그런 모습은 한스의 말이 아니더라도 의심스럽기 이를 데 없는 행동이었다.

적어도 외관상으로 힝기스 백작은 상인 출신의 귀족들을 극도로 경멸해 돈을 기부해 자작이나 남작이 된 귀족들은 그를 보고 아는 척을 하려고 해도 눈 하나 까닥하지 않는 사람으로 이름이 잘 알려져 있었다. 다른 사람도 아닌 상인 출신의 귀족, 비조앙이 3일에 한 번씩 힝기스 백작을 찾는다는 것은 아무리 봐도 이상한 일이었다. 게다가 비조앙이 힝기스 백작을 찾은 것은 항상 지금과 같이 늦은 시간이었다.

자신이 직접 힝기스 백작의 저택으로 잠입을 하기 전엔 그들이 무슨 목적으로 만나는 것인지 알 도리가 없었다. 그렇다고 지금 자신의 실력으로 무작정 잠입했다가는 도리어 일을 망치기 십상이었기에 그저 감시만 하고 있었던 것이다. 그가 그런 고심을 하고 있을 때 갑자기 뒤에서 누군가의 음성이 들려왔다.

"호호호, 도둑고양이 같은 친구, 구경을 실컷 하셨나?"

그 말에 파이야는 깜짝 놀라며 자신의 바스타드 소드를 움켜잡은 채 재빨리 뒤로 돌았다. 돌아서고 보니 조금 떨어진 곳에 자신과 같은 용병 차림을 한 네 명의 사내가 자신을 바라보고 있는 모습이 보였다. 그들 가운데 한 명은 대머리고, 또 다른 하나는 무식하게 커다란 팔치온을 들고 있었다. 어둡기 때문인지 상대의 체격들이 모두 커 보였다.

"그대들은 누군가?"

파이야는 긴장을 풀지 않은 채 주위를 둘러보며 자신의 탈출로를 살폈다. 그런 모습을 본 사내들은 가소롭다는 표정을 지으며 입을 열었다.

"이봐! 안 잡아먹을 테니까 그렇게 겁먹지 말라고."

파이야의 체격도 보통 사람보다 큰 체격이었지만 팔치온을 든 자와는 비교도 되지 않았다. 적어도 파이야보다 40센티미터 이상 커 보였다. 파이야는 상대들이 잠시 방심하는 사이 재빨리 틈을 봐 달아났다. 그러나 상대들은 역시 파이야보다는 훨씬 노련했다.

얼마 가지 못해 파이야는 그들에게 곧 포위당했고, 파이야를 우습게 보았던 그들은 얼굴에 지었던 미소를 지웠다. 각자 자신들의 무기를 움켜잡고는 파이야의 네 방향을 막아섰다. 파이야는 그들의 모습을 보고는 그들이 상당히 실전 경험이 많은 용병이라는 것을 쉽게 짐작할 수 있었다. 상대들은 긴장을 하면서도 어깨에는 그리 힘이 들어 있지 않아 보였다.

파이야는 심호흡을 하고는 자신이 용병 학교에서 배웠던 것들을 다시 머리 속에 떠올리며 상대를 노려보았다. 그리고는 상대에게 질문을 했다.

"나를 포위한 이유가 무엇인가?"

"무슨 목적으로 비조앙 모린트 남작을 감시한 것이냐?"

"그럼 그대들은 기난 왕자님을 따르는 자들인가?"

파이야가 다시 자신들에게 반문을 하자 네 명의 용병들은 서로의 얼굴을 보았다.

"아니다. 우린 제로미스 전하를 모시고 있는 용병들이다. 그리고 이 몸은 '팔치온의 그렉슨' 이라고 불리시는 분이다."

"그렉슨?"

파이야가 비록 반문을 하기는 했지만 그보다 상대가 제로미스 왕자의 추종자들이라는 사실에 더욱 긴장했다. 만약 자신이 데미안을 위해 이곳까지 왔다는 것을 상대들이 알게 된다면 데미안에게 어떤 피해가 갈지 모르는 일이었다. 또 알렉스 왕자를 싸일렉스 백작이 보호하고 있다는 소문이 이미 이곳 페인야드에 파다하게 퍼져 있는 상황이니 절대 저들에게 포로가 될 수는 없는 일이었다. 파이야가 최악의 경우까지 생각하고 있는 동안 팔치온을 든 사내가 질문을 던졌다.

"알렉스 왕자에게 고용이 된 자인가?"

"아니다."

파이야의 대답이 의외였을까? 네 명의 용병은 다시 서로의 얼굴을 보다간 파이야에게 다시 물었다.

"용병이 분명한데 아니라니? 그럼 그댄 고용된 용병이 아니란 말인가?"

"흥! 난 돈 따위에 묶인 용병이 아니다. 그리고 그대들에게 그것을 밝힐 이유가 없지 않은가?"

"그렇다면 강제로 알아낼 수밖에!"

그렉슨의 말에 그의 일행들은 신중하게 포위망을 좁혔다. 그리고는 파이야의 공격이 시작되기를 기다렸다. 자신들의 경험으로는 이렇게 포위망을 만든 직후 공격을 받았을 때 상대의 반격이나 도주를 허용하기 쉽다는 것을 익히 알고 있기 때문이었다.

상대들이 자신을 포위한 채 공격할 생각을 하지 않자 파이야는 천천히 그들과 자신과의 거리를 계산하고는 바스타드 소드를 잡은 손에 힘을 주었다. 상대와의 거리가 네 걸음 정도 떨어졌을 때 파이야는 갑자기 몸을 돌려 자신의 뒤쪽에 있던 대머리 용병에게 달려들었다. 그리고는 바스타드 소드를 있는 힘껏 내려쳤다.

갑작스런 공격에 상대는 당황하고는 미처 몸을 피하지도 못한 채 자신의 롱 소드를 들어 파이야의 공격을 막았다. 그러나 파이야의 바스타드 소드에 실린 힘은 그의 예상을 벗어나 계속 롱 소드를 잡고 있을 수 없었다.

자신의 동료가 단 한 번의 부딪침으로 롱 소드를 놓쳐 버리자 나머지 동료들은 어이가 없었다. 자신들이 동료가 된 후 10여 년 동안 같이 다녔지만, 자신의 동료인 대머리가 이렇게 맥없이 검을 놓치는 모습은 처음 보았던 것이다.

생각은 길었지만 행동은 빨랐다. 대머리 용병 옆에 있던 용병이 허리에 차고 있던 서너 개의 다트Dart를 뽑아 파이야에게 던졌다. 다트를 발견한 파이야가 잠시 멈칫하자 다시 다른 용병 하나가 들고 있던 글레이브를 사정없이 휘둘렀다. 파이야가 재빨리 몸을 움직여 글레이브의 사정 거리 밖으로 벗어나자 이번에는 그렉슨이 있는 힘을 다해 팔치온을 휘두르며 파이야에게 달려들었다.

그렉슨과 동료들의 공격은 그야말로 시기적절해 파이야는 어쩔 수 없이 바스타드 소드를 들어 막아낼 수밖에 없었다. 요란한 금속음과 함께 두 사람의 무기가 허공에서 부딪쳐 멈추자 두 사람은 동시에 두 발에 힘을 주고는 상대를 밀어붙이기 시작했다. 그러나 두 사람이 가진 힘이 거의 비슷했는지 두 사람은 자신들이 선 자리에서 꼼짝도 하지 않았다.

외견상 체격으로 보면 그렉슨의 덩치가 훨씬 컸지만 파이야가 가진 힘도 보통이 아닌 듯 팽팽한 접전을, 아니, 미약하지만 조금씩 그렉슨이 밀리고 있었다. 그 모습에 일행들은 할 말을 잊은 듯 아무 말도 못 했다.

직접 파이야와 힘겨루기를 하던 그렉슨은 어이가 없다 못해 거의 머리에 뚜껑이 열리기 일보 직전이었다. 멍하니 구경을 하던 동료들이 그렉슨을 돕기 위해 재빨리 달려들자 파이야는 뒤로 물러서지 않을 수 없었다. 일 대 일로 대결을 한다면 자신이 있었지만 그들 넷을 한꺼번에 상대하기에는 아직 무리가 따랐다.

어린 나이에 어울리지 않는 침착한 모습에 그렉슨은 상대의 실력을 인정하지 않을 수 없었다.

"솜씨가 보통이 아니군. 어때, 우리와 함께 일하지 않겠나?"

"아까도 말했지만 이미 충성을 바치겠다고 맹세한 분이 계시다. 그대의 제의는 고맙지만 사양하겠다."

"그렇다면 할 수 없는 일이군. 그건 그렇고 자넨 대체 어디서 용병 훈련을 받았나?"

상대가 더 이상 자신을 적대시하지 않는다고 느꼈는지 파이야는 들고 있던 바스타드 소드를 천천히 내리면서 대답했다.

"왕립 아카데미의 용병 학교."

"뭐? 여기 페인야드에 있는 그 용병 학교를 말하는 것인가?"

"그렇다. 그댄 용병 학교를 아는가?"

"빌어먹을, 저번에는 빨강 머리를 한 데미안이란 녀석에게 당했는데, 또 같은 용병 학교 출신에게 당하다니. 정말 신경질 나는군."

뜻밖에 상대의 입에서 데미안의 이름이 나오자 파이야는 자신도 모르게 그렉슨에게 물었다.

"그댄 데미안님을 아는가?"

"데미안님?"

파이야가 데미안의 이름을 거론하자 그렉슨과 일행들은 예전에 헥터가 데미안을 깍듯하게 대하던 모습을 떠올렸다. 그제야 데미안의 신분이 자신들과 같은 평민이 아니라는 것을 눈치 챈 그렉슨이 파이야에게 물었다.

"데미안의 신분이 귀족이었나?"

그렉슨의 질문에 파이야는 그의 신분을 가르쳐 주어야 하는지 잠시 망설였지만 그렉슨 일행들의 눈치를 보니 데미안을 전혀 모르는 사이도 아닌 것 같아 곧 대답했다.
"그렇다. 트렌실바니아 왕국의 제1백작이라고 할 수 있는 라이온 경, 자렌토 드 싸일렉스 백작님의 아드님이신 데미안 싸일렉스님이다."
"싸일렉스 백작님의 아들?"
"라이온 경의 아들?"
네 명의 용병들은 자신들과 밀턴시까지 동행했던 데미안이 라이온 경이라고 불리고 있는 자렌토 싸일렉스 백작의 아들이란 파이야의 말에 깜짝 놀랐다. 예쁘장하게 생긴 데다 별로 고생을 해보지 않은 듯 보여 그저 어느 부잣집 도련님 정도로만 생각을 했었다. 그런데 그 데미안이 싸일렉스 백작의 아들이라니……
그렉슨과 일행들의 놀라는 모습을 본 파이야는 자신의 예상대로 그들이 데미안과 친분이 있을지는 모르지만 그의 신분에 대해서는 전혀 몰랐다는 것을 확인할 수 있었다.
"그대들이 데미안님과 무슨 관계인지는 모르지만 데미안님께 좋지 않은 감정을 가지고 있다면 그대들을 그냥 보낼 수는 없다. 덤벼라!"
파이야가 다시 바스타드 소드를 들어올리며 금방이라도 달려들 듯하자, 그렉슨은 조금 당황하며 손을 흔들었다.
"이봐, 그렇게 흥분하지 마. 우린 그 데미안에게, 아니, 데미안님께 별로 나쁜 감정은 없다고."
그렉슨의 얼굴이 별로 진실되어 보이지는 않았지만 일단은 그의 말을 믿기로 했다. 파이야가 바스타드 소드를 다시 내리자 그렉슨 일행은 긴장을 풀었다.
"대체 왕립 아카데미에선 어떻게 가르치기에 그렇게 강한 거지? 데미안님도 그렇고, 자네도 그렇고 강해도 너무 강해."
 "귀하들은 어디서 배웠소?"
 "우린 용병 길드에서 운영하는 용병 훈련원에서 배웠어."
 "얼마나 배웠소?"
 "보통 1년 정도 배우지."
 "데미안님과 우린 3년을 배웠소. 귀하들이 배웠던 것보다 훨씬 혹독하게 말이오."
 "제길, 나도 다시 들어가 배울까?"
 대머리 용병의 푸념에 다른 용병들의 입가에는 피식 미소가 지어졌다.
 "이봐! 바쁘지 않다면 어디 가서 한잔 하는 게 어때? 자네에게 묻고 싶은 것도 있고 말이야."
 그렉슨의 말에 파이야는 잠시 생각을 하더니 곧 고개를 끄덕였다. 잠시 후 그들 다섯은 어디론가로 사라졌다.

                    *   *   *

 "젠장! 여긴 대체 어디지?"
 데보라의 투덜거리는 소리에 일행들은 주위를 둘러보았지만 도대체 자신들이 있는 곳이 어딘지 알 수 없었다. 깊은 산중이라는 것은 알겠지만 자신들이 대체 어디에 있는지 확인할 방법이 전혀 없었다. 게다가 주위가 짙은 어둠에 싸여 있어 더 더욱 알 수 없었다.
 일행들은 일단 모닥불을 먼저 피웠다. 그러는 사이 데보라의 곁에 누워 있던 데미안이 깨어났다. 데미안의 깨어난 것을 가장 먼저 발견한 로빈이 말을 건넸다.

"데미안님, 정신이 드십니까?"

로빈의 말에 데미안은 일행들의 모두 무사한 것을 알고는 곧 고개를 끄덕였다. 천천히 자리에서 일어난 데미안은 주위를 둘러보고는 로빈에게 물었다.

"여긴 어디지?"

"모르겠습니다. 카이시아네스가 강제로 저희들을 다른 장소로 이동시켰는데, 이곳이 어딘지 아는 사람이 없습니다."

"그래?"

대답을 하고는 주위를 다시 한 번 둘러보았지만 데미안도 그곳이 어디인지 알 도리가 없었다. 데미안이 천천히 주위를 둘러보고 있을 때 라일이 헥터와 뭔지 심각한 대화를 나누고 있는 모습이 보였다. 차이렌은 자신들을 강제 이동시킨 카이시아네스의 마법을 생각하고 있었고, 레오와 로빈, 데보라는 데미안이 걱정스러운 듯 그의 곁을 떠나지 않고 있었다.

사방에 보이는 것은 빽빽이 들어선 침엽수들뿐이었다. 데미안 일행이 잠시 그 자리를 벗어나지 못하고 머뭇거리고 있을 때 그들을 향해 다가오는 두 사람이 있었다.

그들은 네로브와 '토끼'라는 암호명을 가지고 있는 스모니였다. 스모니의 품에 안겨서 오던 네로브는 데미안과 데보라의 모습을 발견하고는 몸부림을 치며 땅으로 내려서려고 했고, 스모니가 내려놓자 한달음에 데미안과 데보라를 향해 달려왔다.

"엄마! 아빠!"

난감한 표정을 짓고 있던 데보라와 데미안은 갑자기 들려온 어린아이의 음성에 고개를 돌렸고, 자신들을 향해 달려오는 네로브의 모습을 발견할 수 있었다. 네로브는 자신도 모르게 팔을 벌린 데보라의 품으로 뛰어들었고, 그녀의 뺨에 자신의 뺨을 마구 비벼 댔다.

그 모습을 본 데미안이 데보라 곁으로 다가가자 네로브는 얼른 데미안을 향해 팔을 벌렸고, 곧 그의 팔에 안겨 데미안의 뺨에 뽀뽀를 했다. 데미안은 네로브의 인사에 기뻐하면서도 어떻게 그녀가 여기에 올 수 있었는지 영문을 알 수 없었다.

"스모니, 우리가 여기에 있다는 것을 어떻게 알았지?"

데미안의 질문에 스모니는 일행들이 무사한 것을 확인하고는 네로브를 가리켰다.

"제가 알 리가 있겠습니까? 자고 있는데 네로브가 갑자기 저에게 와서 데미안님께서 근처에 있다고 마중 나가야 된다고 하더군요. 그래서 제가 그게 무슨 소리냐고 물었지만 네로브는 그저 막무가내로 제 팔을 끌어당겼습니다. 그래서 이곳으로 오고 있는데 갑자기 불빛이 보이더군요."

스모니의 말에 일행들은 네로브의 신비한 능력에 대해 감탄을 했다. 일행들이 신비에 찬 눈으로 네로브를 볼 때 네로브는 데보라와 함께 한참 장난을 치고 있었다.

"그럼 여긴?"

"예, 검술 훈련장에서 그리 멀지 않은 곳입니다. 그런데 화이트 드래곤 카이시아네스는 만나셨습니까?"

"응."

데미안의 간단한 대답에 스모니는 기가 막히다는 표정을 지었다. 세상에 드래곤을 만났다면서 단 한 사람의 희생자도 없다니, 믿을 수 없는 일이었다.

특히 카이시아네스가 레아논산에 칩거를 한 400년 전부터 카이시아네스의 레어에 접근한 사람 치고 살아서 돌아온 사람은 없었다. 그건 100년 전 토바실 지역을 차지한 루벤트 제국 역시 마찬가지였다.

몇 번에 걸친 토벌에도 불구하고 카이시아네스는커녕 그녀가 데리고 있는 몬스터들조차 제대로 막아내지 못했다. 단지 그뿐이 아니라 오히려 그들의 공격을 받아 막대한 피해를 입게 되자 아예 레아논산을 출입 금지 지역으로 만들어 버렸다.

물론 그 후에도 자신의 실력을 과신한 수많은 모험가들과 검사, 용병들이 레아논산으로 몰려들었지만 그 누구도 살아서 돌아오지 못했다. 그런데 데미안 일행은 카이시아네스를 직접 만나고도 단 한 명도 죽지 않고 모두 멀쩡하지 않는가?

"일단 아지트로 이동을 하시죠. 제롬 사령관님께서 많이 걱정하고 계셨습니다."

데미안 일행은 비밀 검술 훈련장으로 향했고, 곧 자신들을 애타게 기다리고 있던 제롬과 반가운 재회를 할 수 있었다. 일행들은 몬스터들과의 격전으로 지쳤는지 곧 잠이 들었고, 그것을 확인한 라일은 조용히 검술 훈련장이 있는 동굴 밖으로 헥터를 불렀다.

"아까 내가 한 말을 생각해 보았는가?"

"제 생각이 맞는지 모르겠지만 데미안님의 행동이 이상하다고 느낀 적이 꼭 한 번 있었습니다. 오크들과 싸울 때였는데 처음 오크를 죽였을 땐 무척이나 충격을 받으신 것 같은 모습이었습니다만, 그 후 오크들로 인해 심한 피해를 입은 마을을 만나 그들의 사정 이야기를 들은 후 오크들을 기습했을 때는 이전과는 판이하게 달라지셨습니다. 조금의 망설임도 없이, 아니, 무자비하게 오크들을 죽였습니다. 그 일이 있은 후부터 데미안님은 자신을 공격하는 것은 그것이 몬스터이든 사람이든 사정없이 손을 쓰는 것 같았습니다. 라일님도 듀레스트로 향하던 길목에서 산적들을 만났을 때 데미안님이 사정없이 손을 쓰는 것을 보시지 않았습니까? 아마 스스로 정한 범위에서 조금만 벗어나도 적이라고 판단하시는 것 같았습니다. 그런데 그것은 왜 물으시는 겁니까?"

"혹시 이런 생각은 해보지 않았는가? 물론 자네는 우리보다 훨씬 먼저 데미안을 만났겠지만 우리가 아는 데미안과 전혀 다른 또 하나의 데미안이 그의 몸 속에 있다고 말이네."

라일의 말에 헥터는 그의 말을 금방 이해할 수 없었다. 헥터가 이해가 가지 않는 얼굴로 자신의 얼굴을 바라보자 라일은 자신이 카이시아네스에게서 들은 말을 종합해 그에게 설명했다.

"자네도 들었겠지만, 데미안의 어머니가 되는 레드 드래곤 마브렌시아는 골드 드래곤인 카르메이안과의 내기에서 이기기 위해 데미안의 몸에 자신이 가진 능력 가운데 일부를 옮겨주었다고 했네. 그렇다면 데미안은 카르메이안과 마브렌시아의 능력을 공평하게 나누어 받았다고 할 수 없지 않은가?"

헥터가 천천히 고개를 끄덕이자 라일은 말을 이었다.

"그렇다면 그들의 내기에선 마브렌시아가 이길 것이 당연할 것이고, 그렇게 이길 수 있었던 것은 마브렌시아가 데미안의 몸에 심어놓은 레드 드래곤의 특성 때문이니 데미안의 몸에는 레드 드래곤 마브렌시아가 숨겨놓은 어떤 힘이 깨어나는 중이거나 아직 깨어나지 않고 있다고 볼 수 있지 않겠나?"

"그럼 오크들을 무자비하게 죽일 때 보였던 데미안님의 모습이 레드 드래곤의 특성이 나타났기 때문이란 말씀입니까?"

말을 하면서도 헥터는 스스로의 말을 믿을 수 없다는 표정을 지었다. 그러나 라일은 고개를 끄덕였다.
"나는 그렇게 생각하네. 드래곤의 특성이 뭔가? 파괴와 혼돈을 즐기는 지상 최강의 생명체가 아닌가? 특히 그중에서도 레드 드래곤의 난폭함과 잔인함은 정평이 난 것이니 더 말할 필요가 없겠지."
점차 밝아오는 산과 들을 바라보며 라일은 자신의 생각을 말했다.
"난 처음 데미안의 검술 실력이 빠르게 향상되는 것을 단순히 이스턴 대륙의 검술이 신비스럽기 때문이라고 생각해 왔네. 그러나 데미안의 검술 실력은 비정상적으로 빠르게 늘어났고, 특히 명상할 때마다 보이는 마나가 왜 붉은색을 띠는지 도무지 설명할 방법이 없었지. 그렇지만 그 모든 것이 마브렌시아가 데미안의 몸에 심어두었던 레드 드래곤의 능력 때문이라면 설명이 되는 일이네. 카이시아네스가 레드 드래곤의 마나 역시 붉은색을 띠고 있다고 말하더군."
"그렇다면 라일님은 데미안님의 몸 속에 있는 레드 드래곤의 힘이 완전히 깨어나게 되면 데미안님의 생각이나 행동이 달라질 것이란 말씀이십니까?"
"꼭 그렇다고 장담할 수는 않겠지만 자네도 생각을 해보게. 데미안만한 나이에 소드 익스퍼트 최상급의 검술 실력에 5싸이클의 마법을 사용하는 사람을 본 적이 있는가? 나는 그 모든 것이 레드 드래곤이 물려준 능력이 깨어나는 중이기 때문이라고 생각하네. 문제는 데미안이 그 힘을 엉뚱한 데 쓸지도 모른다는 것이지. 자신을 버린 두 드래곤에게 말이네."

"예? 그럼 데미안님이 두 드래곤을 부모라고 인정하고 찾아갈 것이란 말씀입니까?"

한번 마음속으로 결정한 일은 어떤 경우에도 바꾸지 않는 고집스러운 성격을 가진 데미안이고 보면 자신을 버린 두 드래곤을 순순히 찾아가는 일은 결코 없을 거라고 생각을 하면서도 혹시나 하는 마음에 되물었다.

"내 말을 오해했군. 찾아가기는 하겠지. 그렇지만 그것은 결코 선의에서 찾아가는 것이 아닐 것이네. 데미안이 자신을 버린 두 드래곤에게 지독한 적의(敵意)를 가지고 있다는 것을 우리 모두 잘 알고 있지 않은가?"

"서, 설마 그렇다면?"

자신도 모르게 떠는 헥터의 말에 라일은 고개를 끄덕이며 헥터의 얼굴을 바라보았다.

"틀림없이 복수를 하고자 할 것이네. 그렇지만 상대는 지상 최강의 생명체라는 드래곤이 아닌가? 지금 데미안의 능력으로 복수를 한다는 것은 어림도 없는 일이네. 게다가 자네도 카이시아네스의 말을 들었겠지만, 그 두 드래곤은 데미안을 전혀 자신의 자식으로 생각하지 않는다고 하지 않던가? 그러니 데미안이 얼마나 위험할지는 뻔한 일 아닌가?"

라일의 말에 헥터는 왠지 가슴이 답답해지는 것을 느꼈다. 고개를 흔들며 애써 머리 속을 진정시키고는 자신이 궁금하게 생각했던 것을 물었다.

"그건 그렇고, 카이시아네스에게 들으신 이야기가 뭡니까? 저도 궁금함을 참지 못하고 들어볼까 했는데 전혀 들을 수가 없더군요."

헥터는 자신의 말에 비록 붕대에 감싸인 얼굴이지만 라일의 분위기가 더욱 심각해졌다는 것을 느낄 수 있었다. 한동안 말을 멈추었던 라일이 천천히 뼈밖에 남지 않은 턱을 움직여 이야기를 시작했다.

"자네가 과거의 전설과 신화에 대해 얼마나 알고 있는지는 모르지만, 카이시아네스의 말은 과거 뮤란 대륙에서 악마를 몰아냈던 신들의 봉인에 관한 것이네. 카이시아네스의 레어에서 그리 멀지 않은 곳에 신들이 만들어놓은 봉인(封印)이 하나 있는데, 그것을 마브렌시아가 얼마 전에 부쉈다는 말을 했네."

라일의 설명에도 불구하고 헥터는 쉽게 그의 말을 이해할 수 없었다. 물론 자신도 어렸을 때 드래곤들을 부하로 부리던 악마들과 싸웠던 신과 신인들의 이야기를 들으며 자랐었다. 그렇지만 라일의 말은 그것이 단순한 전설상의 이야기가 아니라 실제 벌어질지도 모르는 일이란 말이 아닌가?

게다가 악마를 이스턴 대륙에 봉인해 버리고, 다시는 뮤란 대륙에 다가올 수 없도록 봉인했다는 그 신들의 봉인을 데미안의 어머니인 레드 드래곤 마브렌시아가 파괴했다니…….

만약 그게 사실이라면 마브렌시아는 대체 무슨 이유로 그런 행동을 했단 말인가? 헥터가 이해가 가지 않는다는 얼굴로 자신을 바라보자 라일은 천천히 말을 이었다.

"마브렌시아가 신의 봉인을 파괴한 이유는 이스턴 대륙을 뮤란 대륙에서 떼어놓기 위해 사용했던 여섯 개의 신의 무기를 회수하기 위해서라고 카이시아네스가 말했네. 그것이 무슨 물건인지는 모르지만, 마브렌시아는 그것을 차지하기 위해 신의 봉인을 파괴한 것이라고 하더군."

"그렇지만 드래곤을 부하로 부리던 악마를 쫓아버린 신들인데 어찌 드래곤의 능력으로 신의 봉인을 파괴할 수 있었단 말입니까? 전 도저히 이해할 수 없군요."

"자네의 말에도 일리가 있네. 전설에는 신들이 비록 악마를 뮤란 대륙에서 몰아내는 데는 성공을 했지만 그들 자신들도 엄청난 피해를 입고 모두 자신들의 상처를 치료하기 위해 지상의 모든 일에서 손을 뗐다고 전해지지 않았는가? 그런 그들의 뒤를 그들에게서 신탁을 받던 신인들이 훌륭히 해냈기 때문에 안심도 했겠지. 그리고 신이 뮤란 대륙에서 떠났으니 그들의 힘이 약해지는 것은 당연한 일이겠지. 봉인을 유지하고 있던 신의 힘이 약해졌다면 드래곤이 가진 능력으로 볼 때 신의 봉인을 파괴하는 것이 전혀 불가능한 일은 아니지 않겠나? 그렇지만 진짜 문제는 그것이 아니라네."

"그럼 다른 큰일이 있단 말입니까?"

"마브렌시아가 신의 봉인을 파괴함으로 인해 발생할 수 있는 문제를 자네는 생각해 보았는가?"

헥터는 말문이 막혀 아무런 대꾸도 할 수 없었다. 만약 전설대로라면……?

"신의 봉인이 모두 파괴된다면 뮤란 대륙으로부터 떨어져 나갔던 이스턴 대륙이 다가오는 것은 물론, 봉인되었던 악마마저 풀려나는 것이 아니겠는가? 그렇게 된다면 뮤란 대륙은 종말을 고하게 될지도 모르는 일이네. 아니, 틀림없이 그렇게 될 것이네."

너무도 엄청난 말에 멍해 있던 헥터는 그제야 라일이 하는 말의 뜻을 이해할 수 있었다.

"그렇다면 마브렌시아가 깨버린 신의 봉인 때문에 봉인되었던 악마들이 다시 세상에서 활동하게 된다는 겁니까?"

"카이시아네스의 말대로 하자면 그렇게 되겠지. 하나 봉인이 깨어졌을 때 발생하는 것은 단순히 그런 일뿐이 아니라네. 봉인에서 풀려난 악마들이 그들이 가진 전능한 힘으로 이스턴 대륙을 뮤란 대륙으로 끌고 온다는 것이 문제라네."
 이스턴 대륙이 뮤란 대륙으로 다가온다는 말에 헥터는 더 이상 할 말이 없었다. 그러나 도저히 현실적으로 그런 일이 발생할 것이란 말을 믿을 수 없었다.
 그렇지만 라일의 말을 듣다 보니 이해가지 않는 것이 하나 있었다. 왜 카이시아네스는 그런 말을 라일에게 순순히 했는가 하는 것이다. 그런 자신의 생각을 라일에게 물었다.
 "내 생각인데, 드래곤이란 종족은 강한 힘과 엄청난 능력을 태어날 때부터 가지고 있다네. 게다가 그들은 자신 이외의 일에는 전혀 관심이 없다는 특징을 가지고 있지. 아마도 카이시아네스는 신들의 봉인이 깨져 악마들이 풀려나는 것이 자신과는 아무 상관이 없다고 생각하기 때문에 나에게 그런 이야기를 순순히 말한 것이라고 생각하네. 아마 카이시아네스는 앞으로 있을지도 모르는 그런 사실에는 관심이 없거나, 아니면 자신의 힘을 믿고 무시하는 것이 아닌가 생각이 되네."
 "그렇지만 전설에 악마가 그렇게 강한 힘을 가지고 있다면 드래곤이 다시 악마의 부하가 될지도 모르는 일 아닙니까?"
 "나 역시 그렇게 생각을 하는데 정작 당사자인 카이시아네스는 신경도 쓰지 않으니……. 나도 사태가 어떻게 발전할지 짐작도 못하겠네."
 "또 이해가 가지 않는 것은 마브렌시아는 자신이 하는 행동이 얼마나 위험한 일인지 잘 알고 있을 텐데 왜 굳이 신의 봉인을 깨뜨린 것인지 이해할 수 없습니다. 게다가 카르메이안이 이야기를 해주어 그런 사실을 알게 되었다면 예전에는 그런 사실을 전혀 모르고 있었다는 말이 아닙니까? 그렇다면 카르메이안은 마브렌시아가 신의 봉인을 깨뜨리려는 것이 얼마나 위험한 일인지 알고 있으면서도 방임했다는 겁니까?"

"그건 방임이라기보다는 조장(助長)이겠지."

갑자기 들린 음성에 고개를 돌리고 보니 뒷짐을 지고 있는 뮤렐, 아니, 차이렌의 모습이 보였다.

"조장? 어쩌면 그럴지도……."

라일마저 차이렌의 말에 동조를 하자 헥터는 곰곰이 차이렌의 말을 생각해 보았다.

"자넨 절대 이 사실을 잊지 말게. 드래곤은 철저하게 파괴를 즐기기도 하지만, 또한 탐욕스러운 생물이라는 것을 말일세. 자신이 원하는 것이 있다면 이 뮤란 대륙의 모든 생명체를 죽여서라도 그것을 차지할 존재가 바로 드래곤이네. 조금 전의 말처럼 카르메이안이 마브렌시아를 부축인 것에는 나름대로의 목적이 있어서겠지. 멍청한 마브렌시아는 자신이 하는 일이 얼마나 위험한 일인지 모르고 있겠지만 말일세. 문제는 카르메이안이 노리는 것이 과연 무엇인가 하는 것이지. 그것이 궁금해 미치겠군."

헥터가 나름대로 생각해 보아도 차이렌의 말이 타당하게 들렸다. 아니, 차이렌의 말이 맞다고 치면 대체 카르메이안은 무슨 목적으로 마브렌시아를 이용해 신의 봉인을 깬 것일까?

세 사람은 나름대로의 생각 속에 빠져 세상이 점점 밝아 오건만 전혀 깨닫지 못했다.

*   *   *

"폐하, 정신이 좀 드십니까?"
"으음, 칼슨 대신관인가?"
"그렇사옵니다, 폐하."
화려하게 꾸며진 침대에 누워 있는 오십대 초반의 사내는 병색이 완연해 보였다. 전체적으로 유약해 보이는 얼굴에는 이미 사신의 그림자가 어린 것처럼 보였다.
뼈밖에 남지 않은 그의 손을 잡아주는 사람은 환자와 비슷한 나이로 보였고, 그 나이에는 어울리지 않게 푸릇푸릇한 자연의 생명력을 느끼게 하는 중년의 사내였다.
"짐이 병상에 누운 지도 벌써 10여 년이 지났구려. 그 동안 날 돌봐준 대신관과 유로안 경에게 감사를 드리고 싶소."
"무슨 말씀이십니까? 지금 폐하의 병세는 비록 빠르지는 않지만 서서히 완쾌되고 있습니다. 용기를 가지십시오."
"후후후, 신을 믿는 대신관이 그런 거짓말을 해도 되는 거요?"
비록 음성에 힘이 실려 있지는 않았지만 그의 음성은 듣는 사람의 귓속으로 파고드는 날카로움과 맑음을 느끼게 만들었다. 그 음성에 칼슨은 자신도 모르게 상대의 손을 꼭 잡고는 힘을 주었다.
눈앞의 환자, 슈트라일 트레디날을 국왕에 즉위하기 전부터 알아왔던 칼슨으로서는 서서히 죽어가는 그의 모습에 너무도 가슴이 아파 아무런 말도 할 수 없었다.
유달리 병약한 몸으로 루벤트 제국의 속국이 되지 않기 위해 나름대로는 많은 노력을 한 사람이었다. 다만 주위에서 그런 그의 노력을 인정하지 않을 뿐. 다만 슈트라일이 어렸을 때부터 그의 주위에 있던 칼슨이나 유로안 같은 경우 그런 그의 고충을 알고 있었다.
 슈트라일은 힘없이 고개를 돌리고는 황혼이 지는 석양을 바라보았다. 열려져 있는 커다란 창을 통해 불어오는 바람은 훈훈하게 느껴지는 것이 이제 페인야드에도 봄이 찾아왔음을 확연하게 알 수 있었다.
 길게 숨을 들이킨 슈트라일의 눈은 석양을 향한 채로 조용히 한쪽에 서 있던 유로안에게 말을 건넸다.
 "유로안 경, 요즘 왕국 내의 사정은 어떻소?"
 유로안은 갑작스런 슈트라일의 말에 아무런 말도 할 수 없었다. 왕자들간에 왕위 계승 문제 때문에 서로의 목숨을 노리는 지경까지 왔다는 것을 어떻게 말할 수 있겠는가? 한참의 시간이 지나도록 유로안이 아무런 말도 하지 못하자 슈트라일은 긴 한숨을 내쉬었다.
 "역시 그때 결정을 내렸어야 했어. 짐이 한때 생각을 잘못한 탓으로 자식들이 서로의 목숨을 노리는 지경에까지 처했다니……. 요즘 샤드 공작은 어떻게 지내오?"
 "매일매일을 국왕 폐하에 대한 걱정으로 지내고 계십니다."
 유로안의 대답을 들은 슈트라일은 잠시 고심을 하더니 곧 입을 열었다.
 "지금 즉시 샤드 공작을 불러주겠소?"
 "예? 예, 알겠습니다."
 유로안은 대답을 하고 곧 침실에서 물러났다. 슈트라일은 여전히 고개도 돌리지 않은 채 칼슨에게 말을 건넸다.

"트레디날 제국은 개국한 이래 수없이 여러 번 위험에 빠졌었소. 그러나 선조들께서는 그때마다 슬기롭게 어려운 상황에서 벗어났건만 이제는 그것도 한계에 도달한 것 같구려. 특히 무능하기 이를 데 없는 짐의 할아버님과 아버님, 그리고 짐이 유구한 역사를 가진 트레디날 제국을 멸망으로 몰고 간 것 같아 선조들께 죄스러운 마음뿐이오."

"폐하, 그렇지만 폐하께는 훌륭하신 왕자님들이 있지 않습니까? 그분들께서 곧 과거의 화려했던 영광을 되찾아 주실 겁니다."

칼슨의 말에도 슈트라일은 그저 씁쓸한 미소를 지을 뿐이었다. 그러는 사이 에이라 폰 샤드가 유로안과 함께 침실로 들어왔다. 문이 열리는 소리에 고개를 돌린 슈트라일은 샤드의 얼굴을 보고는 희미하지만 미소를 지었다.

"어서 오시오, 샤드 공작."

"폐하의 종 샤드가 부르심을 받고 왔습니다."

"짐을 좀 일으켜주겠소?"

슈트라일의 말에 옆에 있던 칼슨이 재빨리 그를 부축해 침대에서 일어나 앉을 수 있도록 도와주었다. 자리에서 일어난 슈트라일은 방 안에 있는 사람들을 향해 입을 열었다.

"지금부터 짐이 하는 말을 잘 듣고 그대로 따라주기 바라오. 그리고 이 문제는 짐이 오랜 시간 동안 고심을 해서 내린 결론이니 이의를 제기하지 마시오."

거기까지 말을 한 슈트라일은 숨이 차는지 잠시 말을 끊었다. 그러나 그의 음성에는 영문을 알 수 없는 힘이 있었다. 슈트라일의 묘한 박력에 세 사람은 정신을 차리고, 그의 말에 귀를 기울였다.

"이 뮤란 대륙에 최초의 제국이었던 뮤란 제국이 멸망하고 개국(開國)을 하게 된 우리 트레디날 제국은 평화를 사랑하는 나라였소. 지난 4,500년의 역사가 이어져 내려오는 동안 수많은 외침이 있었지만 용감한 선조들께서는 슬기롭게 어려움을 이겨내셨소. 그러나 짐의 할아버님 대에 와서 유구한 역사를 자랑하던 트레디날 제국이 루벤트 제국의 침략을 받아 트렌실바니아 왕국으로 격하되는 치욕을 당했소."

잠시 심호흡을 하던 슈트라일이 말을 이었다.

"물론 짐의 할아버님과 아버님, 그리고 짐까지 3대에 이르는 동안 많은 노력을 했소. 그러나 루벤트 제국을 무찌르기에는 너무도 요원한 일이었소. 게다가 짐의 아들들은 하나같이 능력이 부족한 상태니 더욱 희망이 없는 일이 아니오? 해서 짐은 과감한 결정을 내리지 않을 수 없게 됐소. 샤드 공작."

"명령만 내리십시오, 폐하."

슈트라일의 조금은 맥이 빠진 듯한 말에 샤드는 왠지 잔뜩 긴장이 되었다.

"만약 며칠 안으로 내가 죽게 된다면 샤드 공작이 이 나라의 섭정(攝政)을 맡아주시오."

"예? 그, 그게 무, 무슨 말씀이십니까, 폐하?!"

"폐하!"

슈트라일의 말에 팔십을 넘긴 세 사람은 모두 깜짝 놀라고 말았다. 섭정을 맡으라니? 샤드는 자신이 무슨 말을 들었는지조차 잊어버릴 정도로 깜짝 놀랐다.

"짐은 비록 무능하기는 하지만 트레디날 제국과 트레디날 제국의 모든 국민들을 사랑하오. 무슨 일이 있어도 그 국민들을 불행하게 만들 수는 없는 일이오. 고심해서 내린 결정이니만큼 공작이 따라주길 바라오."

"폐, 폐하! 그럴 수는 없습니다. 장성하신 왕자님도 세 분이나 계시지 않습니까? 차라리 그분들 가운데 한 분을 지목해 주십시오. 그럼 제가 목숨을 걸고 그분을 보필하겠습니다."

샤드의 말에 슈트라일은 고개를 저었다.

"짐의 자식인데 짐이 어찌 모르겠소. 첫째 제로미스는 너무 야망이 큰 것이 문제고, 둘째 기난은 능력에 비해서는 욕심이 너무 많고, 그리고 막내 알렉스는 너무 마음이 여린 것이 문제요. 아들이 셋이라고는 하지만 그들 가운데 국왕이 될 만한 재목은 없소."

"폐하, 그래도 좀더 생각해 보시는 것이 좋을 듯합니다."

"아니오. 이 문제는 단순하게 생각해 내린 결정이 아니오. 또다시 이 땅에 사는 국민들을 위험에 빠뜨릴 수는 없는 일이오. 비록 짐은 무능해 국민들을 고통에 시달리게 했지만, 공작만은 잘 해줄 것이라 믿소."

딱딱하게 굳은 샤드의 모습에 슈트라일은 천천히 침대에 누우며 말을 이었다.

"미안한 말이지만 샤드 경의 능력으로 이 땅을 평화롭게 만들고 난 후에 세 녀석 가운데 하나를 국왕으로 지목해 주기 바라오. 부탁하겠소. 그리고 난 이만 쉴 테니 경들은 이만 나가보시오."

말을 마친 슈트라일은 눈을 감아버렸고, 세 사람은 어쩔 수 없이 침실에서 물러나야 했다.

"저희들은 이만 물러가겠습니다."

긴장된 모습으로 인사를 한 세 사람은 침실에서 빠져 나와 왕궁에 있는 정원으로 향했다. 정원의 분수 옆에 있는 정자로 간 세 사람은 마치 영혼이 빠져 나간 사람처럼 자리에 앉은 후에도 한동안 아무런 말도 하지 못했다. 결국 가장 먼저 입을 연 사람은 샤드였다.

"두 사람은 폐하께서 하신 말씀을 일단 한동안 비밀로 해주시기 바라오."

"공작 각하께서는 어떻게 하실 생각이십니까?"

칼슨의 말에 샤드는 자신의 이마를 짚으며 난감한 표정을 감추지 못했다.

"솔직히 나도 어떻게 해야 좋을지 모르겠소. 그렇다고 폐하의 말씀대로 할 수도 없는 일이고……."

"어쩌면 폐하의 말씀대로 하시는 것이 좋을지도 모르는 일입니다."

"그게 대체 무슨 소리오? 그럼 경은 내가 섭정을 해야 된다는 말이오?"

자신도 모르게 흥분한 샤드는 칼슨에게 따지듯 물었다.

"그렇게 해서 트렌실바니아 왕국을 안정시키고 과거의 영광을 되찾을 수만 있다면 말입니다. 그것은 공작 각하를 위한 것이 아니라 이 나라 국민들을 위한 것입니다."

"물론 경의 말이 무슨 뜻인지 모르는 것은 아니지만, 그렇다고 내가 섭정을 하게 된다면 그것은 전례로 남는 일이 될 것이 아니오? 만약 앞으로 그것이 악용이 된다면……."

"공작 각하, 지금은 앞으로 일어날지도 모르는 일을 걱정할 단계가 아닙니다. 당장 눈앞에 벌어진 일을 수습하지 못한다면 이 트렌실바니아 왕국의 미래는 영원히 없을지도 모르는 일입니다. 그래도 앞으로의 일만을 걱정하시겠습니까?"

칼슨은 나이와는 걸맞지 않게 눈빛을 빛내며 샤드를 노려보듯 바라보았다. 그 눈길에 실린 진정을 읽었을까? 샤드는 다시 한 번 굳은 얼굴로 두 사람에게 말했다.

"두 사람에게 다시 한 번 부탁을 하겠소. 이 일은 일단 두 사람만 알고 있는 일로 해주었으면 고맙겠소. 그렇지 않아도 지금 국경에서는 루벤트 제국의 대규모 군사 이동이 목격되고 있다는 보고가 날마다 올라오고 있소. 만약 지금과 같이 혼란스러운 상황에서 폐하께서 말씀하신 내용까지 시중에 퍼진다면 상황은 더욱 악화될 것이오."

"알겠습니다, 공작 각하."

대답을 한 두 사람이 정자에서 물러간 다음에도 샤드는 한동안 꼼짝도 하지 않은 채 앉아 있었다.

"폐하, 폐하께서 무슨 뜻에서 그런 말씀을 하셨는지 저도 조금은 짐작을 하겠습니다. 그렇지만 전 무슨 일이 있어도 기사도를 지키겠다고 맹세한 기사입니다. 트레디날 제국의 영광을 되살리기 위해서라면 이 한 목숨 기꺼이 바치겠습니다."

나직하게 중얼거리는 샤드의 음성에는 굳은 의지가 담겨 있었다. 오후의 햇살이 벌써 따갑게 느껴졌다.

제34장
암살자들

 짙은 어둠 속에서 기민하게 움직이는 서너 개의 검은 그림자들이 있었다. 상반신에는 검은색 가죽으로 만든 라이트 레더를 걸치고 있었고, 허리에는 비슷한 모양의 롱 소드들이 매달려 있었다.
 매우 훈련이 잘된 듯 몇 개의 수신호로 무리들은 신속하게 어둠 속에서 익숙한 동작으로 매복을 했다. 현재 그들이 있는 곳은 바로 싸일렉스 백작의 저택의 정문이 보이는 곳에서 과히 멀리 떨어지지 않은 숲이었다. 검은 옷을 걸치고 있던 사내들은 곳곳에서 경비를 서고 있는 경비병들의 위치를 확인하고 있었다.
 한참의 시간이 흐른 뒤 다시 싸일렉스 백작의 저택으로 은밀하게 다가오는 일단의 무리들이 있었다. 인원은 모두 30여 명. 복장도 다양했고, 또 갖가지 무기로 중무장을 한 사내들이었다.
 그들은 저택에서 과히 멀지 않은 곳에 은밀하게 몸을 숨긴 채 저택의 경비 상태부터 살폈다. 저택이 위치한 곳이 조금은 외진 곳인지는 모르지만 커다란 저택에 비하면 경비병의 숫자가 그리 많아 보이진 않았다. 그 모습을 확인한 무리의 우두머리가 조용한 음성으로 중얼거렸다.

"우리는 원래의 계획대로 3개조로 나누어 잠입을 한다. 1조는 먼저 싸일렉스 백작의 가족을 사로잡는다. 2조는 현관을 점거해 저택 안으로 들어오는 병사들을 막는다. 그리고 마지막 3조는 알렉스 왕자를 찾아 암살한다. 주의할 것은 알렉스 왕자의 곁에는 7인 위원회 가운데 한 명인 세무엘 맥시밀리언 후작이 있는 것이다. 게다가 싸일렉스 백작까지 버티고 있다는 것을 잊지 마라. 1조의 행동이 얼마나 빠르냐에 따라 우리의 피해는 줄일 수 있다."

나직한 우두머리의 말에 일행들 가운데 일부가 고개를 끄덕였다.

"만약 우리가 이 일만 성공한다면 전원 알렌 기사단에 들어갈 수 있도록 후원하시겠다는 제로미스 전하와 니컬슨 후작 각하의 말씀이 있으셨다."

우두머리의 말에 일행들은 일제히 눈빛을 빛냈다.

"비록 이제껏 우리는 용병으로 사람의 목숨이나 노리는 킬러에 불과했지만, 오늘만 지나면 떳떳하게 알렌 기사단의 기사가 되어 부와 명예를 가지게 된다. 마지막으로 너희들이 무사하기를 빌겠다. 작전 개시!"

우두머리의 짧은 명령에 사내들은 일제히 싸일렉스 백작의 저택을 향해 은밀하게 전진했다. 그들의 거리가 꽤나 저택에서 가까워졌을 때 먼저 도착해서 매복해 있던 검은색 라이트 레더의 사내들 가운데 하나가 지시를 내렸다.

"호호호, 멍청한 놈들! 우리의 일을 도와주기 위해 열심히 기어

왔구나. 모두 준비해라. 우리의 목표는 알렉스 왕자. 앞을 가로막는 것은 모두 제거한다."

사내의 말에 검은 옷의 사내들은 고개를 끄덕였다.

"우리는 20분 후에 들어간다."

검은 옷의 사내들이 그런 말을 주고받는 사이 앞서 출발을 했던 30여 명의 사내들은 이미 저택에 거의 도착을 했다. 경계를 서고 있던 경비병들은 정체 불명의 사내들이 접근한 사실을 미처 깨닫지 못하고 있었다.

그 모습을 본 우두머리가 누군가에게 손짓을 하자 어둠 속에서 네 발의 화살이 허공을 뚫고 날아와 경비병들의 목과 심장에 정확하게 박혔다. 갑작스런 기습에 경비병들은 신음조차 지르지 못하고 뒤로 쓰러졌다. 그들이 바닥에 쓰러지기 전 숲에서 뛰어나간 사내들은 병사들이 붙잡고는 벽에 조심스럽게 세웠다.

병사들의 목과 심장에 박혀 피를 빨고 있는 화살만 아니라면 자고 있다고 생각을 할 정도로 조용하고 은밀한 움직임이었다. 경비병들에 대한 조치가 끝나자 사내들은 일제히 벽에 몸을 붙이고는 담을 넘을 준비를 했다. 주위를 경계하던 사내의 손이 올라가는 순간 30여 명의 사내들은 일제히 2미터 가량의 담을 뛰어넘었다.

땡땡땡—!

자신의 방에서 빼곡하게 적혀 있는 스펠을 보며 연구를 하고 있던 슈벨만은 갑자기 들린 경보음에 고개를 돌렸다. 소리가 들린 곳으로 고개를 돌리고 보니, 한쪽 책상 위에 놓여 있던 수정 구슬이 붉은빛을 뿌리며 심하게 요동치며, 귓전을 자극하는 소리를 내는 것이었다.

슈벨만이 긴장한 얼굴로 수정 구슬로 다가갈 때 방문이 부서질 듯 열리며 루안이 긴장한 얼굴로 들어왔다. 그런 그의 손에 들린 작은 수정 구슬에서도 붉은빛과 함께 작은 소리가 들리고 있었다. 그런 루안의 모습을 발견한 슈벨만은 조금은 다급한 음성으로 말을 건넸다.

"루안 경비대장님도 들으셨습니까?"

"자네가 담 주위에 쳐두었던 알람Alarm 마법에 뭔가가 걸렸다는 신호가 왔는데, 자네도 들었는가?"

"루안 경비대장님, 정체 불명의 침입자들이 방금 저택의 담을 넘었습니다."

"인원이 얼마나 되는지 알 수 있겠는가?"

"잠시만 기다려 주십시오."

다급하게 대답을 한 슈벨만은 수정 구슬에 손을 얹고는 정신을 집중했다.

"클레어보이언스!"

슈벨만의 짧은 외침과 함께 수정 구슬에 희미하게 사람의 그림자가 떠올랐다. 정확한 숫자는 알 수 없지만, 25에서 35명 정도 되는 무장한 괴한들이었다. 대략적인 숫자를 확인한 루안은 밖으로 뛰어나가며 슈벨만에게 소리쳤다.

"어서 백작님께 이 사실을 말씀드리도록 하게."

"알겠습니다."

슈벨만이 자신의 방을 나와 응접실에 도착을 했을 때 이미 루안은 병사들을 지휘하며 침입자를 맞을 채비를 하고 있었다. 계단을 오르려던 슈벨만은 한스와 자렌토가 계단을 내려오는 모습을 발견하고는 황급히 보고를 했다.

"지금 정체를 알 수 없는 괴한들이 저택에 침입했습니다. 적의 규모는 20에서 30여 명 정도입니다."

그 말을 들은 자렌토는 재빨리 한스에게 지시를 내렸다.

"아내와 제니를 데리고 빨리 아래층으로 오도록 하게. 난 왕자님께 가 있겠네."

"알겠습니다."

말을 마친 한스는 다시 계단을 올라갔고, 슈벨만은 자렌토의 뒤를 따라 알렉스가 거처로 사용하고 있는 방으로 향했다. 알렉스도 저택에서 일어난 소동을 들었는지 깨어 있었고, 그의 곁에는 세무엘 드 맥시밀리언 후작이 굳은 얼굴로 서 있었다.

"싸일렉스 경, 무슨 일이오?"

"정체 불명의 괴한이 저택에 침입했습니다. 지금 부하들이 그들을 막고 있으니 걱정하지 않으셔도 될 것입니다."

보고를 하는 자렌토의 얼굴이 약간 굳어져 있는 것을 발견한 알렉스는 그에게 미안한 마음을 감추지 못했다.

"내가 백작의 영지에 왔기 때문에 상관도 없는 사람이 피를 흘리게 되는구려. 미안하오."

"그렇지 않사옵니다."

5분 정도가 지나자 누군가 방문을 두드리는 소리가 들렸다. 그런 후 들어온 사람은 마리안느와 제레니, 그리고 한스였다. 마리안느가 들어오자 자리에서 일어난 알렉스는 다시 한 번 그녀에게 사과를 했다.

"싸일렉스 부인, 나 때문에 이런 고생을 하게 해 정말 미안하오."

"아닙니다, 전하. 전하께서는 지금 저희 저택을 찾아주신 손님이시니 주인된 입장에서 약간의 수고를 하는 것은 당연한 일입니다. 곧 수습이 될 것이니 잠시만 기다리시면 될 것이옵니다."

침착한 마리안느의 말에 알렉스의 뒤에 서 있던 세무엘의 눈에 비록 잠깐이지만 감탄의 기색이 스치고 지나갔다.

평소 여자란 조금만 위험한 상황이 닥치면 그저 비명밖에 지를 줄 모른다고 생각해 왔던 세무엘에게 의연하기 이를 데 없는 마리안느의 태도는 의외의 모습이 아닐 수 없었다. 게다가 나이가 어린 제레니 역시 묘하게 침착한 모습이 아닌가?

결혼을 하지 않고 한평생 독신으로 지낸 것을 자랑스럽게 생각해 온 세무엘이었지만, 마리안느와 제레니의 모습에 비록 짧은 순간이었지만 조금은 생각이 바뀌는 것을 느꼈다.

슈벨만은 멀리서 몇 번인가 알렉스의 모습을 보기는 했지만 오늘처럼 이렇게 가까운 곳에서 그를 보기는 처음이었다. 잠시 그의 모습을 보다가 자신의 방에서 가져온 수정 구슬을 바닥에 놓고는 정신을 집중시켰다. 그러자 그의 손 주위로 엷은 푸른색의 마나가 모여들더니 수정 구슬에 어렸다. 그와 동시에 수정 구슬에 선명하지는 않지만 격전을 벌이고 있는 사람들의 모습이 보였다.

루안은 부하들을 지휘해 일단 침입자들을 포위하는 데 성공한 듯 보였다. 그러나 적들의 실력도 보통이 아닌 듯 쉽게 그들을 제압하지 못하고 있었다. 옆에서 그 모습을 보던 한스가 자렌토에게 말을 건넸다.

"백작님, 제가 가보도록 할까요?"

"아니네. 부하들에게는 미안한 일이지만 저들의 목표는 나와 우리 가족인 듯하네. 이곳에 있는 것이 안전할 듯싶네."

비록 자렌토가 자신과 가족을 노리고 저들이 침입을 했다고는 하지만 그 모든 것이 전적으로 자신 때문에 일어난 일이라는 것을 모를 정도로 멍청한 알렉스는 아니었다. 그러고 있는 사이 슈벨만이 짧게 시동어를 외쳤다.

"워프!"

그러자 순식간에 슈벨만의 몸은 실내에서 사라졌고, 그 광경에 한스는 입술만 깨물 뿐 아무 말도 하지 못했다.

슈벨만이 저택 안에서 한참 격전을 벌이고 있는 정원으로 이동을 하고 보니 약 5, 60명이나 되는 저택의 병사들이 기다란 포차드 Fauchard를 휘두르며 정체 불명의 침입자들을 일방적으로 공격하고 있었다. 그러나 겉보기에만 그럴 뿐 병사들이 휘두른 포차드에 부상을 입은 사람은 한 명도 없었다.

침입자들을 인솔하던 무리의 우두머리는 저택의 경계가 자신이 알고 있던 것보다 더욱 철통 같다는 것을 알고는 어떻게 해야 좋을지 쉽게 결정을 내릴 수 없었다.

어떻게 자신들의 침입을 이렇게 빨리 알았는지는 모르지만 이미 저들이 자신들의 침입을 안 바로 그 순간 암살 기도는 수포로 돌아갔다는 것을 의미했다. 게다가 자신들에게는 이미 후퇴할 곳마저 없었다.

물론 눈앞의 병사들을 해치우는 것은 문제가 되지 않았다. 그러나 과연 자신들만으로 소드 마스터 세무엘과 그에 준하는 자렌토를 물리치고 알렉스를 암살하는 데 성공할 수 있느냐 하는 것에는 회의적이 아닐 수 없었다. 만약 암살이 실패로 돌아간다면 이번에는 니퀄슨 후작이나 제로미스가 비밀을 지키기 위해 자신들을 죽이려 할 것이다.

생각이 거기에 이르자 우두머리는 이를 악물고는 부하들에게 큰 소리로 외쳤다.

"모두 저택을 향해 신속하게 움직여라. 저들이 비록 우리의 기습을 알았다고는 하지만, 그래도 아직 우리가 유리하다. 그대들 앞에 놓여진 부와 명예를 위해 반드시 성공해야 한다. 모두 공격!"

우두머리의 명령이 떨어지자 일행들의 얼굴에는 비장한 각오가 떠올랐다. 그런 그들의 모습을 발견한 루안은 재빨리 부하들에게 명령을 내렸다.

"절대 물러서지 마라!"

그러나 루안의 명령보다는 침입자들의 행동이 더욱 빨랐다. 그들의 앞을 가로막고 있던 병사들은 그들이 휘두른 칼을 막아내지 못하고 맥없이 한쪽 방어망이 뚫려버렸다. 삽시간에 지면은 병사들이 흘린 피로 흥건히 젖어버렸고, 침입자들은 저택을 행해 달려갔다.

그 모습을 본 슈벨만은 자신이 움직일 수 있는 최대의 마나를 동원해 그들의 앞쪽을 향해 마법을 펼쳤다.

"마이어 풀(Mire pool : 진흙 웅덩이)!"

그러자 갑자기 그들의 앞쪽에서 작은 폭음과 함께 사방 20여 미터에 이르는 커다란 진흙 웅덩이가 갑자기 생겨났다. 침입자들은 어떻게 할 사이도 없이 진흙탕 속에 전원이 빠져 버렸고, 그 순간 그들의 몸은 진흙 깊숙이 빠져들었다. 그 모습을 본 슈벨만은 다시 커다랗게 외쳤다.

"설리디피케이션(Solidification : 굳어져라)!"

슈벨만의 외침과 함께 가슴이나 허리까지 빠졌던 진흙 바닥이 갑자기 굳어져 지면으로 변해버렸다. 갑작스러운 사태에 침입자들은 당황했고, 루안은 그 순간을 놓치지 않고 부하들에게 명령을 내렸다.

"공격해라!"

그렇지 않아도 조금 전 그들의 손에 자신들의 동료가 허무하게 목숨을 잃었기에 병사들은 살기등등한 표정으로 들고 있던 포차드를 마구 휘둘렀다. 침입자들은 그렇지 않아도 지면이 굳어지는 바람에 하반신이 흙 속에 묻혀 제대로 몸을 가누지 못한 상태에서 자신들 머리 위로 떨어지는 포차드를 발견하고는 절망적인 눈빛을 지었다. 그리고는 곧 처절한 비명 소리가 밤하늘에 울려퍼졌다.

미리 스펠을 캐스팅해 두었던 슈벨만은 침입자들을 향해 사정없이 공격을 했다.

"파이어 피스(Fire piece : 불의 파편)!"

너무도 좁은 지역에 침입자들의 발이 묶인 탓일까? 침입자들은 변변한 반항 한번 못 하고는 병사들이 휘두른 포차드에 목숨을 잃었고, 슈벨만이 날린 불꽃 공격에 타 들어갔다.

그들도 모두 소드 익스퍼트에서 중급 이상의 실력을 가진 실력자들이었지만 너무나 갑작스러운 상황에 빠지게 되자 그들 역시 평범한 사람에 불과했다.

잠시의 시간이 지나고 침입자들 가운데 극히 일부만이 그것도 극심한 부상을 입은 채 사로잡혔고, 나머지 사람들은 지면에 하반신이 고정이 된 채 목숨을 잃었다. 일사분란하게 부하들을 지휘해 시체를 치우고 포로들을 치료한 후, 모두 가두라고 지시를 하고는 슈벨만에게 감사의 인사를 했다.

"자네 덕분에 위기를 벗어날 수 있었네. 부하들을 대신해 진심으로 고맙다는 인사를 하겠네."

"아닙니다. 저도 정신없이 움직였기에 오히려 루안 대장님께 방해나 되지 않았는지 모르겠습니다."

"아니야. 정말 커다란 도움이 되었네. 처음 한스님께 자네가 왕립 아카데미를 졸업한 지 얼마 되지 않았다는 말을 들었을 때만 하더라도 무슨 도움이 되겠냐고 생각을 했었네만, 오늘 자네의 마법을 보니 상당한 실력을 가지고 있더군."

루안의 칭찬에 슈벨만은 얼굴이 화끈거리는 것을 느꼈다. 그러나 그들이 그런 대화를 나누고 있는 사이 일단의 무리들이 그들이 있는 곳을 크게 우회해 저택에 접근하는 것을 미처 깨닫지 못했다.

한동안 들리던 무기 부딪치는 소리가 갑자기 그치자 실내에서 가장 초조해한 사람은 다름 아닌 알렉스였다. 물론 자신이 이곳 싸일렉스에 머무르고 있은 지 상당한 시일이 지났으니 소문이 퍼졌을 가능성도 있지만 그보다는 누가, 무슨 이유로 자신의 목숨을 노리고 있는 것인지 그것을 알고 싶었다.

만약 정말 형인 제로미스가 왕위 계승 문제 때문에 자신의 목숨을 노리는 것이라면 자신은 모든 것을 포기할 용의가 있다는 것을 그에게 가르쳐 주고 싶었다. 그러나 자신이 아는 제로미스의 성격으로 볼 때 이렇게 기습이나 할 사람은 아니라는 것을 알기에 더 더욱 알렉스의 가슴을 답답하게 만드는 것이었다. 그럼 기난일까?

어렸을 때부터 자신의 마음에 드는 것이 있으면 그것을 차지할 때까지 수단과 방법을 가리지 않았던 기난이지만, 그렇다고 자신의 목숨을 노린다고는 도저히 믿기 힘들었다. 아니, 믿기 싫었다.

알렉스가 그런 생각을 하는 동안 갑자기 방문이 열리며 루안과 슈벨만이 실내로 들어왔다. 루안은 조심스럽게 자렌토에게 보고를 했다.

"침입했던 34명 중 25명은 현장에서 죽었고, 부상을 입은 9명은 포로로 잡았습니다."

"부하들의 피해는?"

"17명이 죽고, 11명이 부상을 입었습니다."

루안의 보고에 자렌토의 얼굴이 잠시 굳어졌다.

"날이 밝는 대로 목숨을 잃은 병사들의 가족에게는 넉넉한 조의금을 전달하고, 부상자들은 신속하게 치료를 하도록 하게."

"알겠습니다. 그리고 여기 슈벨만 군의 도움으로 쉽게 침입자들을 처리할 수 있었습니다."

루안의 말에 자렌토는 슈벨만에게 인사를 했다.

"부하들을 도와줘서 정말 고맙네."

"아닙니다. 오히려 제가 도움이 될 수 있어서 기뻤습니다."

슈벨만은 대답을 하며 얼굴을 붉혔다. 그 모습에 방 안에 있던 사람들은 희미하게 미소를 지었지만, 세무엘만은 여전히 딱딱한 얼굴이었다.

"백작, 저택에 침입한 자들은 그들만이 아닌 것 같소."

"예? 그렇다면 아직 남은 자들이 있단 말씀이십니까?"

"확실한 것은 아니지만 지금 이곳으로 다가오고 있는 침입자들은 아까 침입한 자들에 비하면 한 수 위의 실력을 가지고 있는 것 같소."

세무엘의 말에 사람들의 얼굴에는 다시 긴장감이 돌았다. 재빨리 한스에게 눈짓을 한 자렌토는 세무엘에게 입을 열었다.

"후작 각하께서는 여기를 맡아주십시오. 전 이 사람과 함께 침입자들을 찾아보겠습니다."

"백작, 조심하시오."

"걱정하지 마십시오, 후작 각하."

간단하게 인사를 한 자렌토는 마리안느에게 걱정하지 말라는 눈인사를 하고는 한스와 함께 실내를 빠져 나갔다. 남편의 뒷모습을 보는 마리안느의 표정은 조금 전과 변함이 없었지만 걱정스러운 마음을 감출 수 없는지 옆에 있던 제레니의 손을 꼭 잡았다. 그 모습을 본 세무엘은 위로의 말을 건넸다.

"부인, 너무 걱정할 것 없을 것이오. 싸일렉스 백작은 우리 7인 위원회의 일곱 명을 제외하고는 가장 뛰어난 검술 실력을 가지고 있지 않소이까? 게다가 같이 나간 자의 실력도 싸일렉스 백작과 비슷한 경지 같으니, 부인이 걱정할 만한 일은 벌어지지 않을 것이오."

세무엘의 말에 마리안느는 태연한 척 웃음으로 화답하려 했지만 너무 긴장을 한 탓인지 그만 어색한 미소가 되고 말았다.

건물에서 빠져 나온 자렌토와 한스는 정원에서 병사들을 지휘해 철저하게 경비를 펴고 있는 루안에게 다가갔다.

"루안, 저택을 침입한 자들이 아까 그자들말고 더 있는 것 같네."

"예? 또 있단 말입니까?"

한스의 말에 루안의 눈은 커졌다. 재빨리 루안에게 주의를 준 자렌토는 곧 지시를 내렸다.

"태연한 표정을 지으며 내 말을 듣게. 맥시밀리언 후작 각하의 말씀대로라면 남아 있는 자들은 아까 침입한 자들보다 더욱 실력이 뛰어난 자들 같네. 일단 병사들에게는 말하지 말고, 경계만 시키도록 하게. 그것만으로도 침입한 자들은 몸을 움직이는 것이 쉽지 않을 것이네. 경계병을 세울 때 절대 사각(死角)이 생겨서는 안 된다는 것을 잊지 말게."

"명심하겠습니다."

대답을 한 루안은 자신이 직접 병사들이 경계를 서야 할 곳을 지정해 주었다. 그 모습을 잠시 본 자렌토와 한스는 천천히 저택을 돌아 저택의 후면에 있는 검술 훈련장으로 걸음을 옮겼다.

"한스, 뭔가 느껴지는 것이 없는가?"

"목검을 두는 곳의 뒤편이 왠지 수상하게 느껴지는군요."

한스의 나직한 대답에 자렌토는 평소 목검을 두는 곳의 뒤편 숲을 바라보았지만 평소와 달라 보이는 점은 눈에 띄지 않았다. 그러나 한스의 말처럼 왠지 모르게 부자연스러움 같은 것을 그도 느낄 수 있었다.

하나 상대의 흔적을 발견할 수 없는 것을 보면 상대는 소드 익스퍼트에서도 상급의 검술 실력을 가지고 있는 것 같았다. 상대의 정확한 숫자도 모르는 상황에서 단둘이 상대를 한다는 것은 확실히 무모하기 짝이 없는 행동이라는 것을 알면서도 자렌토는 걸음을 옮기지 않을 수 없었다.

*   *   *

데미안 일행은 스모니의 안내를 받아 무사히 국경을 통과해 포타도르에서 휴식을 취하고 있었다. 데미안은 카이시아네스가 밝힌 말 때문에 상당한 충격을 받은 듯 며칠 동안 침울한 얼굴을 하고 있었고, 그런 데미안으로 인해 일행 모두의 분위기 역시 가라앉아 있었다.

데미안이 유일하게 미소를 지을 때는 네로브와 함께 있을 때뿐이었다. 포타도르에 도착한 다음날 마을 구경을 시켜 달라는 네로브의 성화에 못 이겨 데미안은 네로브를 데리고 밖으로 나와야 했다.

올해는 무더운 여름이 될 것이라고 예고라도 하듯 태양은 사정없이 지면을 달구고 있었다. 데미안은 어린 네로브의 얼굴이 햇볕에 타지 않도록 작고, 귀여운 모자 하나를 사주었다. 네로브는 데미안의 품에 안겨서 작은 종달새처럼 쉴새없이 종알거렸고, 데미안은 네로브가 질문을 할 때마다 자세하게 대답해 주었다. 그런 네로브의 품에는 여전히 토끼가 안겨 있었다. 그때 그런 그들의 눈에 조금은 낯선 모습이 보였다.

포타도르에 있는 유일한 광장.

광장의 중앙에는 수천 년은 족히 되어 보이는 거대한 종류나무가 자리하고 있었고, 사방으로 퍼진 가지는 넓은 그늘을 만들어 사람들을 위해 쉴 공간을 마련하고 있었다. 사람들은 의자 대신 나무 주위에 마련되어 있는 돌에 앉아 땀을 식히며 주위에 있는 사람들과 담소를 나누었다.

그들 가운데 데미안과 네로브의 눈길을 끄는 사람이 앉아 있었다. 상반신에 무슨 가죽인지는 모르지만 하얀 가죽으로 만든 라이트 레더를 걸치고 있었고, 허리에는 일반적인 바스타드 소드나 롱소드만큼이나 길지만, 그보다 두께는 훨씬 얇고 폭이 좁은 클레이모어Claymore가 매달려 있었다. 그러나 그것보다 더 눈길을 끄는 것은 그 사람의 용모였다.

거의 데미안에 필적(?)할 정도로 아름다운 용모를 가진 사내는 연한 녹색의 머리칼을 가지고 있었고, 삼십대 후반쯤으로 보였다. 게다가 그런 그의 귀는 일반적인 사람보다 조금 더 컸고, 그 끝이 뾰족하였다. 사내의 모습을 본 네로브는 고개를 갸웃거렸다.

"아빠, 저 사람은 왜 저렇게 생겼어?"

"네로브, 저 여행자는 인간이 아니라 엘프Elf란다."

"엘프?"

"그래. 비록 지금은 인간보다 숫자가 적지만 과거에는 이 뮤란 대륙 곳곳에 흩어져서 살던 신의 자식이란다."

"신의 자식?"

데미안의 말을 들은 여전히 엘프에게서 눈을 떼지 않은 채 바라보았다. 그런 네로브의 눈길을 느꼈는지 엘프는 천천히 고개를 돌려 데미안과 네로브를 바라보았다. 특히 네로브를 볼 때 미소를 지으며 바라보는 그의 눈길은 부드럽기 그지없었다.

데미안이 천천히 나무 그늘 밑으로 다가가자 엘프는 자신의 옆쪽에 있던 널찍한 바위를 가리켰고, 데미안은 가볍게 미소와 함께 고개를 숙여 인사를 하고는 바위에 걸터앉았다. 한 줄기 바람이 데미안의 머리칼을 스치고 지나갈 때 엘프의 입이 열렸다.

"오늘은 날씨가 꽤나 무덥군요."

"예. 여행자이신가 보죠?"

"여행자라……. 그렇다고 할 수도 있겠군요."

엘프의 음성은 약간 굵은 음성이었지만 부드러워 사람의 마음을 푸근하게 만드는 듣기 좋은 음성이었다. 데미안은 자신이 알고 있던 대로 대단한 미모를 가진 엘프의 모습을 보며 약간의 위안(?)을 받고 있었다.
　전혀 어울릴 것 같지 않은 녹색의 머리칼과 사내로서는 너무 아름답게 생긴 얼굴은 나무의 그림자와 절묘하게 조화가 되어 마치 나무에 아름답게 생긴 사람의 얼굴을 조각해 놓은 듯 느껴졌다. 그의 얼굴을 보고 있는 동안 평화스러움과 평온함을 저절로 느낄 수 있었다.
　"참! 제 이름을 밝히지 않았군요. 전 데미안이라고 합니다. 싸일렉스 가문의 아들입니다."
　"글쎄… 제 이름을 인간들의 발음으로 하면 아마 카프, 까르프, 칼프 아마 이렇게 발음이 될 겁니다. 편한 대로 불러주십시오."
　"그럼 카프님께서는 어디로 여행을 하는 중이십니까?"
　데미안의 질문에 카프의 얼굴에는 순간 슬퍼 보이는 미소가 떠올랐다. 그 미소를 보는 순간 데미안은 그의 슬픔이 무엇인지는 모르지만 자신의 가슴에 강하게 와닿는 것을 느꼈다. 그와 함께 뭔지 모르지만 실수했구나 하는 생각이 뇌리를 스치고 지나갔다.
　"혹시 제가 실례되는 질문을 한 것은 아닙니까?"
　"아니, 괜찮습니다. 제가 여행을 하는 것은 사실이니까요."
　말과 함께 카프는 자신의 뒤를 가리켰다. 그곳에는 간단한 여행용 짐과 함께 십여 자루의 스피어Spear가 가죽으로 감싸여 있는 것이 보였다. 길이는 일반적인 창과 비슷했지만 창의 날 부분이 상당히 독특했다.
　160센티미터쯤 되는 조금은 가는 나무의 끝에는 날카롭게 휘어진 세 개의 날을 가진 창날이 붙어 있었다. 얼마나 살벌하고 날카롭게 느껴지는지 보는 순간, 마치 그것이 저절로 날아와 자신의 심장에 박힐 것 같은 느낌이 들었다.

특히 그 가운데에서도 세 자루의 스피어는 우윳빛 같은 흰색이 도는 창날을 가지고 있었다. 데미안은 그 스피어를 발견하는 순간 그것이 보통 물건이 아님을 알았다. 그런 생각을 하고 있을 때 카프가 말을 이었다.

"다만 다른 여행자처럼 목적지를 가지고 있는 여행이 아니라 드래곤을 쫓고 있는 것이 조금 다를 뿐이지요."

카프의 담담한 말을 듣는 순간 데미안은 왠지 몸에 전율이 이는 것을 느꼈다. 특히 그가 드래곤을 쫓고 있다는 말에 충격을 받아 쉽게 입을 열 수도 없을 지경이었다. 데미안이 입을 연 것은 한참이 지난 후의 일이었다.

"저어… 실례가 되지 않는다면 그 이유를 알 수 있겠습니까?"

드래곤을 쫓는다는 자신의 말에도 불구하고 데미안이 그 이유를 묻는 모습을 보고 카프도 심상치 않게 여겼는지 잠시 생각을 한 후에 그 이유를 설명했다.

"제 말을 듣고 난 후엔 절 어리석다고 할지 모릅니다. 그리고 보니 벌써 오랜 세월이 지났군요."

　　　　　＊　　　　＊　　　　＊

제가 살던 곳은 이 뮤란 대륙의 북쪽 끝이라고 할 수 있는 곳입니다.

과거 뮤란 제국이 멸망한 후 그곳은 인간들의 발길이 거의 닿지 않는 오지(奧地)가 되었습니다. 그런 탓인지는 모르지만 넓은 지역에 곧 숲이 생겨나고, 저희 엘프족들도 마을을 형성하고 살게 되었습니다. 몇천 년 동안 아무런 다툼도, 문제도 없이 평화롭게 지낼 수 있었습니다.

하지만 문제가 생긴 것은 지금으로부터 160년 전입니다.

그 누구도 미워하지 않는 저희 엘프족이 유일하게 증오하는 것이 있다면 그것은 바로 드래곤입니다. 생명의 고귀함을 모르고 모든 것을 그저 파괴하려고만 하는 드래곤이야말로 모든 살아 있는 생명체들의 적입니다. 어떻게 해서 드래곤이 지상에 태어나게 된 것인지는 모르지만, 이 세상에서 없어져야 할 유일한 종족이 있다면 그건 바로 드래곤일 겁니다.

제가 흥분해 이야기가 잠시 딴 곳으로 흘렀군요.

그날은 저의 결혼식이 있던 날이었습니다.

당시 마흔 살이었던 저는 엘프로서는 비교적 어린 나이에 결혼을 하게 되었지요. 당시 전 마치 세상의 모든 것을 다 가지게 된 것처럼 기뻐했었습니다. 상대가 비록 저보다 스무 살 정도 많았지만 400년이 넘는 삶을 사는 저희들로서는 크게 문제될 것이 없었지요.

마을 전체에 흥겨운 잔치가 벌어졌고, 마을 사람들은 술을 마시고, 춤을 추며 저의 결혼을 진심으로 축복해 주었습니다.

그때 이상한 방문객이 마을을 찾아왔습니다.

평화를 사랑하는 저희들로서는 당연히 그를 반갑게 맞이했습니다. 그런데 아무런 말도 없이 저희들을 잠시 지켜보던 그는 저희들을 보고 당장 마을을 떠나라고 하더군요.

저희들은 하도 어이가 없어 그를 보고 웃었지요.

그런 저희를 보고 싸늘한 미소를 짓던 그가 두 손을 쳐들자 하늘에서 엄청난 소나기와 낙뢰(落雷)가 떨어지기 시작하는 것이었습니다. 번개가 떨어진 집과 나무들은 불타올랐고, 소나기 때문에 순식간에 불어난 강물은 마을을 휩쓸었습니다.

상대를 흉악한 마법사라고 단정한 마을의 젊은이들은 저마다 무기를 들고 그에게 달려들었지만 모두 비참한 최후를 맞이할 뿐이었습니다.

급류에 휘말려 떠내려가는 어린아이들, 온몸에 불이 붙어 비명을 지르는 여인들, 번개에 온몸이 새카맣게 타버린 노인들.

너무도 비참한 모습에 잠깐 방심하는 사이 전 그만 급류에 휘말리게 되었고, 사정없이 어디론가 떠내려가게 되었습니다.

제가 정신을 차린 것은 그로부터 3일 후.

전 제 아내와 가족, 그리고 마을 사람들이 걱정이 되어 견딜 수 없어 마을을 향해 정신없이 뛰어갔습니다. 그러나 마을이 있던 곳은 이미 거대한 늪지로 변해버렸고, 마을 사람들의 모습은 어디에서도 찾을 수 없었습니다.

죄송합니다.

그때 생각만 하면 지금도 참을 수가 없군요.

전 정신없이 돌아다녀 보았지만 어디에서도 동족들의 모습을 찾을 수 없었습니다. 어딘지는 모르지만 어딘가에는 반드시 살아있는 동족들이 있을 거라는 생각에 전 거기에서 살 결심을 하였습니다.

예? 그곳에 몬스터가 없었냐고요?

드래곤의 레어에 대해서 잘 아시는군요.

결국 아무런 힘도 없던 전 그곳에 있던 몬스터들에게 쫓겨 그곳을 떠날 수밖에 없었습니다. 전 복수를 하려고 피나는 노력을 했습니다. 검술도 익혔고, 사냥하는 법도 배웠습니다. 복수를 하는데 조

암살자들 115

금이라도 도움이 되는 것이라면 그것이 무엇이든 배웠습니다.

엘프에게서도 배웠고, 인간들에게도 배웠고, 드워프에게도 배웠습니다. 그렇게 보낸 세월이 60년이었습니다.

어느 정도 자신을 얻은 전 다시 고향을 찾았습니다.

그곳을 지키고 있던 몬스터들과 혈전을 벌이면서 알게 된 사실인데, 저희 마을을 몰살시킨 존재가 바로 블랙 드래곤 타이시아스였다는 겁니다.

타이시아스는 단지 자신의 레어를 만들기 위해 수천 년 동안 이어져 내려온 우리들의 마을을 늪지로 만들고는 다른 곳으로 가버린 거지요. 게다가 이미 10여 년 전 레어를 떠났기 때문에 어디로 갔는지 전혀 알 수가 없었습니다.

그때부터 타이시아스를 찾아 이 뮤란 대륙을 떠돌게 되었고, 그런 세월이 벌써 100년이 지났군요.

    *   *   *

데미안은 불과 삼십대 후반으로밖에 보이지 않는 카프의 얼굴을 바라보며 그가 지난 세월 가슴속에 품고 있었을 고통과 슬픔을 짐작해 보았다. 그의 입장을 생각하다 보니 그저 자신의 슬픔과 고통만 생각해 온 자신이 너무나 이기적이 아닌가 하는 생각까지 들었다.

데미안은 네로브가 자신의 말을 듣지 못하도록 살짝 마법을 걸고는 자신의 이야기를 그에게 해주었다. 뜻밖에 그는 이미 데미안이 인간이 아니라 드라시안이란 것을 알고 있었던 사람처럼 크게 놀라지는 않았다. 그저 데미안이 하는 말을 담담한 미소를 띤 채 듣고 있을 뿐이었다.

"지난 100년 동안 뮤란 대륙을 돌아다녀 보셨다니 묻겠습니다. 혹시 골드 드래곤 카르메이안이나 레드 드래곤 마브렌시아에 관한 소문을 들은 적이 있습니까?"

"그들을 만나면 어쩌실 생각이십니까?"

"정말 제가 알고 있는 그런 이유 때문에 절 만들었고, 또 그런 이유 때문에 절 버린 것이 확실한지를 확인할 겁니다. 그리고 만약… 만약 그런 이유 때문에 절 버린 것이 확실하다면……"

"복수를 하실 생각입니까?"

그 말을 하는 카프의 표정은 여전히 담담한 표정을 짓고 있었다. 그러나 데미안은 주먹을 불끈 쥔 채 이를 악물고 있을 뿐이었다. 그 모습을 본 카프는 고개를 흔들었다.

"제가 생각하기에 그것은 별로 좋은 생각이 아닌 것 같습니다. 알고 계시는지 모르겠지만, 카르메이안은 6,500살이나 된 에인션트급의 골드 드래곤입니다. 적어도 제가 알고 있는 범위 내에서 드래곤 가운데에서도 그를 능가할 힘과 능력을 가진 드래곤은 없을 겁니다. 게다가 레드 드래곤 마브렌시아는 비록 2,500살이 된 비교적 젊은 드래곤이지만, 레드 드래곤 특유의 흉폭한 성질 때문에 다른 드래곤마저 피하는 존재라고 알고 있습니다."

"아무리 그런 존재라고 하더라도 생명을 하찮게 여길 수는 없는 일입니다. 얼마 전 만난 카이시아네스가 말한 것처럼 그저 일을 저지르고는 아무런 책임도 느끼지 못하는 그런 존재가 이 뮤란 대륙에 남아 있는 한 그대나 나와 같은 슬픔을 겪는 존재는 끝없이 생겨날 겁니다. 전 그것을 용서할 수 없습니다."

"이런 말을 하면 어떻게 생각할지 모르지만, 그들에게는 죄책감이나 책임감이란 감정, 그 자체가 없습니다. 물론 저 역시 그런 드래곤의 생각과 행동 때문에 분노를 느끼기는 하지만 지금 그들을 벌할 수 있는 존재는 아무도 없습니다. 이 땅에서 신과 악마, 그리고 신인이 사라진 후 그들은 최강의 존재가 되었습니다."

"그렇지만 드래곤 슬레이어Dragon Slayer가 존재하는 것도 사실 아닙니까?"

데미안의 말에 좀처럼 표정 변화가 없던 카프의 얼굴에 씁쓸한 미소가 지어졌다.

"전 인간들이 말하는 그 드래곤 슬레이어라는 말을 도저히 믿을 수 없습니다. 인간들은 드래곤을 그저 몸집이 크고 마법이나 쏠 줄 아는 도마뱀처럼 생긴 몬스터쯤으로 생각하는 모양인데, 단 한 번만이라도 드래곤을 직접 본 사람은 절대 그렇게 생각하지 않을 겁니다. 혹시 와이번을 아십니까?"

"예, 만나 직접 싸운 적도 있습니다."

"싸워보셨다니 묻겠습니다. 혹시 와이번이 가지고 있는 그 껍질의 단단함을 기억하십니까?"

카프의 말에 데미안은 기억을 더듬어 침묵의 숲에서 와이번을 만났을 당시를 생각했다. 당시 헥터가 와이번의 비늘 사이를 공격하지 않았으면 자신과 데보라는 아마도 그 자리에서 목숨을 잃었을 것이다.

와이번의 비늘이 단단하다는 것을 알고는 눈과 날개, 그리고 입 안을 공격했던 기억이 지금도 생생하다. 데미안이 당시의 상황을 설명하자 카프는 고개를 끄덕였다.

"그렇습니다. 와이번만 하더라도 그 비늘의 단단함은 인간들이 만든 물건에 비할 바 아닙니다. 하나 드래곤의 비늘은 그보다 수십 배, 아니, 수백 배는 더 단단할 겁니다. 게다가 거대한 몸집에서 쏟아지는 브레스는 가공할 위력이 있습니다. 브레스의 힘은 드래곤의 나이가 많을수록 점점 더 위력이 강해지는데, 2,000살 정도 된 드래곤이라고 해도 그 브레스의 힘은 작은 마을 하나 정도 날리는 것은 그리 어려운 일이 아닙니다. 더욱이 에인션트급인 카르메이안의 브레스라면 웬만한 도시 전체를 날려버리기에 충분할 겁니다. 물론 드래곤이 가진 9싸이클에 해당되는 마법의 힘은 제외하고도 말입니다."

카프는 설명을 하면서 자신의 짐과 함께 있던 한 자루의 스피어를 꺼내 들었다. 우윳빛을 띤 창날이 왠지 으스스한 느낌을 주었다.

"이건 야생 와이번의 이빨을 갈아서 만든 창입니다. 과연 이것이 드래곤에게 통할지는 모르지만 저는 이 이상 가는 물건을 찾을 수 없었습니다. 게다가 제가 검술을 익힌 후 여행을 다니며 몇 번의 싸움이 있었지만 제 상대가 된 사람은 없었습니다. 상대가 몇 명이든 말입니다. 그러면서도 불과 1,600살에 불과한 타이시아스에게 복수할 자신이 생기지 않습니다. 그러니 마브렌시아나 카르메이안이 가진 힘이 어느 정도인지 짐작할 수 있을 겁니다."

"아무리 그들이 가진 힘이 강하다고 하더라도 전 용서할 수 없습니다. 자신들의 잠깐 동안의 유희를 즐기기 위해 생명을 만들고는 어떻게 필요없다고 버리거나 죽일 수 있단 말입니까?"

데미안의 딱딱하게 굳은 얼굴을 본 카프는 고개를 돌렸다.

"지난 100년 동안 뮤란 대륙을 돌아다녔지만 카르메이안과 마브렌시아의 이야기를 들은 적은 거의 없습니다. 정확한 정보인지는 모르겠지만 마브렌시아는 인간으로 폴리모프해 돌아다니는 것을 즐긴다고 하더군요. 게다가 상당한 검술까지 익힌 것으로 알고 있습니다."
 천천히 자신의 짐을 챙긴 카프가 천천히 자리에서 일어나자 데미안의 품안에 있던 네로브가 갑자기 카프를 바라보며 입을 열었다.
 "아빠, 저 엘프라는 아저씨가 찾는 것이 도마뱀처럼 생긴 동물이야?"
 "동물? 그렇다고 볼 수도 있지. 그런데 왜 그 이야기를 하는 거지?"
 "아마 못 찾을 거야."
 "그게 무슨 소리야?"
 데미안의 질문에 카프도 걸음을 멈춘 채 네로브의 얼굴을 보았다. 네로브는 커다란 눈망울을 깜빡이며 고개를 연신 갸웃거렸다.
 "나도 잘 몰라. 갑자기 검은색을 지닌 커다란 날개 달린 도마뱀의 모습이 보이면서 '아직은 때가 아니니 아마 만나지 못할 거다'라고 하는 생각이 들었거든."
 네로브의 말에 데미안은 고개를 끄덕이고는 카프에게 말을 건넸다.
 "이 아이는 대단한 예지력을 가지고 있습니다. 지금까지 이 아이가 한 말이 그대로 일어난 것을 보면 아마 카프님께서는 그 블랙 드래곤 타이시아스를 만나기 어려울 것 같습니다."
 데미안의 말에 카프의 얼굴에는 잠시 실망스러운 표정이 떠올랐다가는 사라졌다. 잠시 입술을 깨물며 고심하던 카프는 네로브를 향해 입을 열었다.
 "혹시 나중에라도 어디에 있는지 알게 되면 나에게 가르쳐 주겠니?"

"응."

심각한 카프의 말에 네로브는 미소를 지으며 고개를 끄덕였다. 네로브를 안은 채 자리에서 일어난 데미안은 카프를 향해 자신의 생각을 말했다.

"혹시 가실 곳이 정해지지 않았다면 저희와 함께 여행을 하시면서 타이시아스를 찾는 것이 어떻겠습니까?"

데미안이 자신을 위해 호의를 베풀자 카프는 진심으로 감사의 인사를 했다.

"처음 만나는 절 위해 그런 호의를 베푸시다니 그 은혜를 잊지 않겠습니다."

"은혜라니 과찬의 말씀이십니다."

정중하게 예절을 차리는 데미안의 모습을 그의 일행들이 보았으면 모두 기절을 했을 테지만, 데미안은 마치 한평생 예의 바른 생활만 해온 사람처럼 카프를 자신들의 일행에게로 안내했다.

네로브를 데리고 바람을 쏘이러갔던 데미안이 아름답게 생긴 엘프족 청년(?)과 함께 돌아오자 일행들은 눈이 휘둥그레졌다. 그들 일행 가운데 엘프를 직접 본 사람은 로빈이 유일했던 것이다.

그래서인지 어린 로빈이 태연한 모습을 보이는 반면 일행들의 반응은 제각각이었다. 특히 차이렌이 지대한 관심을 보였다.

"그댄 엘프족인가?"

"그렇습니다."

"그럼 혹시 마법을 익혔는가?"

차이렌의 질문에 카프는 고개를 저었다.

"어린 나이에 혼자가 되었기 때문에 마법은 배우지 못했습니다. 검술이라면 조금 익혔습니다만……"

"쳇, 엘프가 돼가지고 마법도 익히지 못했다니."

차이렌의 투덜거리는 소리에 카프는 조금은 씁쓸한 미소를 지었고, 그 모습에 데미안은 당황하며 재빨리 말참견을 했다.

"차이렌, 내 손님에게 이 무슨 무례한 짓이야! 한번만 더 이렇게 무례한 행동을 한다면 내가 그냥 두지 않을 테니까 알아서 해."

"알았어, 알았다고."

대답과 함께 아예 돌아앉아 버린 차이렌의 모습을 보고 데미안은 주먹을 쥐었다가 억지로 눌러 참았다. 그리고는 카프에게 사과를 했다.

"죄송합니다. 제 동료의 무례를 대신 사과드리겠습니다."

"아닙니다. 동료 분의 말씀이 그리 틀린 말도 아닙니다. 대부분의 엘프들이 마법이나 정령술을 익히고 있는 것을 생각해 보면 오히려 그런 것들을 익히지 못한 제가 이상하다고 생각할 수도 있을 겁니다."

"그렇게 이해를 해주시니 정말 감사합니다."

한껏 상대에게 예의를 차리는 두 사람의 모습에 일행들은 모두 고개를 갸웃거렸다. 데미안이 라일을 대할 때를 제외하고 지금처럼 예의 바른 모습으로 상대를 대한 적이 단 한 번도 없다는 것이 그 이유라면 이유였다.

레오는 그런 데미안의 모습을 이상한 듯 고개를 갸웃거리며 보고 있었고, 데보라 역시 조금은 생소한 듯 쳐다보았다. 일행들의 시선이 자신에게 쏠리는 것을 발견한 데미안은 왠지 쑥스러운 생각이 들었다.
"왜들 그렇게 쳐다보는 거야?"
"그야 당연히 돌변한 네 태도 때문이지."
"내 태도가 뭐 어떤데?"
"더위를 먹어 머리가 돌지 않고서야 네가 상대에게 그렇게 깍듯하게 예의를 차릴 리 없잖아."
"이거 왜 이래? 나도 알고 보면 예의 바른 사람이라고."
그 말에 일행들은 자신도 모르게 고개를 돌려 헥터를 바라보았고, 사람들의 눈길을 받은 헥터는 난처하다는 표정을 지었다. 그 표정을 본 차이렌이 다시 입을 열었다.
"이 가운데에서 널 가장 잘 알고 있는 사람이 헥턴데 지금 저 표정이 네가 보기에는 네 말을 인정하는 얼굴로 보이냐? 게다가 만약 스모니가 네 말을 들었으면 당장 거품을 물고 날뛸 거라는 생각은 안 드냐?"
차이렌의 설명 아닌 설명에 데미안의 얼굴은 사정없이 일그러졌다.
"제기랄! 알았어, 알았다고. 그래, 내 성질 더러워. 그래서 예의도 모르는 놈이다, 왜! 어서 떠날 준비나 해!"
"떠나다니? 어디로?"
"그럼 언제까지 여기서 살 거야? 제롬 후작님과 만난 것도 보고를 해야 하고, 특히 국경 지대에 있는 루벤트 제국군의 이동 상황도 보고를 해야 하잖아."
"그렇지만 아까까지만 해도 아무런 말도 없었잖아."
"아까야 기분이 별로 더럽지 않았을 때고, 지금은 기분이 엉망으로 더러우니까."

암살자들 123

데미안의 말에 일행들은 마치 너 때문에 편히 쉴 기회를 놓쳤다는 듯이 일제히 차이렌을 째려보았다. 일행들의 시선을 받은 차이렌은 딴전을 피우면서 자리에서 일어났다.

"왜들 그렇게 쳐다봐. 데미안이 가자고 그러잖아."

일행들도 어쩔 수 없이 자리에서 일어났을 때 스모니가 여관으로 들어왔다. 일행들이 일어서 있는 모습을 발견한 스모니는 일단 일행들을 제지한 다음 말을 건넸다.

"잠깐 제 말을 듣고 출발하십시오."

일행들이 다시 자리에 앉자 스모니는 한 통의 편지를 품에서 꺼내 데미안에게 건네주고는 이야기를 했다.

"데미안님께서 그라시아스 후작 각하를 만나게 되면 일단 제가 드린 편지를 먼저 보여드리십시오."

그리고는 다시 품에서 직사각형으로 생긴 이상한 카드를 꺼내 데미안에게 내밀었다.

"이곳에 도착을 해서 알게 된 사실인데 얼마 전 연락을 신속, 정확하게 하기 위해 이곳에 워프포인트Warp-point를 설치했답니다. 제가 드린 그 카드는 데미안님의 신분을 증명하는 신분 증명 카드입니다. 제가 듣기로 단테스 폰 체로크 공작 각하께서 직접 서명하신 카드라고 합니다."

"체로크 공작 각하께서 직접 서명하신 카드라고?"

데미안은 한번도 본 적이 없는 단테스가 자신에게 본인이 직접 서명한 카드를 보냈다는 말에 이상한 생각이 들었다.

"곳곳에 설치된 워프포인트를 이용해 이동을 하게 되면 페인야드까지 눈 깜짝할 사이에 갈 수 있을 겁니다. 그 신분 증명 카드는 각 워프포인트를 지키고 있는 기사들에게 보여주시면 됩니다."

스모니의 말에 데미안은 자신이 트렌실바니아 왕국을 떠난 후 뭔가 왕국 내에 심각한 변화가 있었다는 것을 깨달을 수 있었다. 데미안은 곧 떠나기로 결심을 하였고, 일행들은 뒤따라 자리에서 일어났다.

　스모니의 안내를 받은 데미안과 일행들은 한적한 곳에 있는 워프포인트에 도착을 했고, 비록 눈에는 보이지 않지만 상당히 많은 숫자의 기사와 병사들이 주위에 매복을 하고 있다는 것을 확인할 수 있었다.

　주위를 둘러본 데미안은 그저 조금 커다란 마법진 두 개가 바닥에 그려져 있는 것을 확인했다. 마법진을 자세히 보니 장거리용 이동 마법진이었는데, 특이하게 하나로 통합이 된 워프포인트가 아니라 두 개로 나뉘어진 것이었다. 하나는 출구(出口)였고, 또 하나는 입구(入口)로 보였다. 주위에 비록 병사들이 지키고 있다고는 하지만 너무나 허술하게 느껴졌다. 그 점을 스모니에게 말하자 곧 그 이유를 알 수 있었다.

　"이 마법진은 한시적으로 사용되는 것입니다. 여러분들이 이곳을 출발하는 순간 이 마법진은 폐쇄할 것이고, 다른 곳에 워프포인트를 설치할 것입니다. 만약 이 마법진을 없애지 않고 그대로 둔다면 수도 페인야드에 루벤트 제국의 제국군들이 활보를 하게 될 테니까요."

　고개를 끄덕인 데미안은 일행들과 함께 마법진 위에 섰고, 스모니에게 일별을 한 후 짧게 시동어를 외쳤다. 데미안과 일행들의 모습은 마법진에서 곧 사라졌고, 후일 전쟁에서 살아남은 스모니는 자신의 동료와 자식들에게 두고두고 빨강 머리를 가진 데미안이란 청년과 자신이 얼마나 친했는가에 대해 자랑스럽게 이야기하곤 했다.

데미안 일행은 두 번의 워프포인트를 더 지나서야 수도 페인야드에 있는 넬슨 드 그라시아스 후작의 저택에 도착할 수 있었다. 이전에 보았던 모습과는 달리 넬슨의 집에는 상당히 많은 기사들이 주둔하고 있었고, 데미안 일행이 나타나자마자 그들은 당장 데미안 일행을 포위한 채 신분 증명을 요구했다.

데미안은 다시 한 번 자신이 단테스에게 받은 카드를 그들에게 보였고, 그 카드를 본 기사들은 당장 태도를 바꿔 데미안 일행을 정중한 태도로 넬슨에게 안내했다. 데미안이 도착했다는 말을 들은 넬슨은 데미안을 반갑게 맞이했고, 데미안은 곧 단독으로 넬슨을 만나 스모니가 주었던 편지를 보이면서 그 동안 있었던 일들을 이야기했다.

"마지막 던전을 찾지 못한 것은 아쉬운 일이지만 정말 수고 많았네. 게다가 저항군 우두머리의 정체가 과거 레토리아 왕국의 총사령관이었던 제롬 드 티그리스 후작이었다니, 조금은 의외로군. 그래도 그에게서 협조를 얻어냈다니 정말 큰 일을 해주었네."

"물론 제롬 후작님과의 일은 잘되었지만 제국군의 움직임도 심상치 않았습니다."

"그래. 우리도 그들이 국경 지대에서 빈번히 군사의 기동 훈련을 하고 있다는 정보를 접하고 있네. 그들의 움직임을 예의 주시하고 있으니 당장 문제가 될 일은 없겠지만 조심해야겠군. 그 외에 다른 사항은 없는가?"

"글쎄… 이것이 정보가 될지는 모르겠지만, 이번에 스캇이란 사내를 만났습니다."

"스캇? 그게 누군가?"

"아마도 루벤트 제국의 왕자가 아닌가 짐작이 되는데, 아직 알려지지 않은 자라고 들었습니다."

"왕자라면 스캇 폰 루벤트 5세인가?"

"젊은 나이에 토바실 지역의 군단장들을 통솔하고 있으니 참고하시는 것이 좋을 것 같습니다."

데미안의 말에 고개를 끄덕인 넬슨은 천천히 자리에서 일어났다.

"자세한 것은 에이라 폰 샤드 공작 각하께 직접 보고드리도록 하게."

고개를 끄덕인 데미안은 한번 본 적이 있는 비밀 통로로 들어가 이동 마법진에서 워프를 했다.

샤드의 저택에서 일하는 하인의 안내를 받아 데미안은 서재로 향했다. 막상 서재에 도착하고 보니 샤드와 흰머리를 가진 40대 초반쯤으로 보이는 사내가 함께 있는 모습이 보였다. 장난기가 잔뜩 배어 있는 상대의 모습을 보며 데미안은 상대의 정체가 무엇이기에 트렌실바니아 왕국의 공작인 샤드와 마주 보고 앉을 수 있는지 궁금하다는 생각을 했다.

데미안의 모습을 발견한 샤드는 엷은 미소가 어린 얼굴로 그를 맞이했고, 그의 건너편에 앉아 있던 흰머리 사내는 묘한 웃음을 지으며 데미안의 얼굴을 바라보고 있었다.

"어서 오게."

"토바실에서 무사히 돌아왔음을 보고드립니다."

"먼 길에 고생이 많았네."

그때 흰머리의 사내가 입을 열었다.

"이 청년이 데미안이라는 청년입니까?"

"그렇소이다. 어떻소? 예상하던 모습과 일치하오?"

샤드의 질문에도 흰머리 사내는 데미안의 얼굴에서 눈을 떼지 못했다.

"정말 제 눈으로 직접 보고도 믿을 수 없군요. 왕립 아카데미를 졸업한 지 이제 겨우 8개월밖에 안 됐다는 것을 도저히 믿을 수가 없습니다. 벌써 소드 익스퍼트 최상급 단계의 실력을 가지고 있다니······."

흰머리 사내는 여전히 데미안의 얼굴을 바라보며 연신 감탄을 터뜨렸다. 데미안은 상대의 칭찬에 조금은 거북한 생각이 들었지만 그보다 상대의 신분이 무엇인지 궁금하기 이를 데 없었다. 그런 데미안의 얼굴 표정을 발견한 흰머리 사내는 자신의 이마를 가볍게 치고는 말을 꺼냈다.

"이런, 내가 자네에게 큰 결례를 했군. 난 단테스라고 하네. 단테스 폰 체로크 공작, 이것이 내 공식적인 신분이네."

제35장
그리운 집으로

데미안은 상대의 말에 깜짝 놀라지 않을 수 없었다. 설마 저렇게 젊어 보이는 사람이 트렌실바니아 왕국에 두 명뿐인 공작 가운데 나머지 한 명인 체로크 공작이었다니, 좀처럼 믿기 힘들었다. 그렇지만 그 역시 소드 마스터이니 다시 젊어진 것이 아닌가 생각할 뿐이었다.

"싸일렉스 가문의 아들 데미안 싸일렉스가 체로크 공작 각하를 만나뵙게 되어 무상의 영광입니다."

"나 역시 소문으로만 듣던 자네를 만나게 되어 정말 반갑네. 처음 샤드 공작께서 자네에 대해 말씀하실 때만 하더라도 너무 칭찬이 과한 게 아닌가 생각을 했었는데, 직접 보니 오히려 샤드 공작께서 칭찬에 너무 인색하셨다는 것을 깨닫게 되었네."

단테스의 계속된 칭찬에 데미안은 얼굴이 화끈거리는 것을 느끼지 않을 수 없었다. 은은히 얼굴이 붉어진 데미안의 모습에 단테스는 웃음을 터뜨렸다.

"자네가 왕립 아카데미에 있을 때 페인야드에 있는 모든 여자들이 한번씩은 자네에게 연애 편지를 보냈다는 말을 들은 적이 있었지. 처음엔 그 말을 듣고 그저 소문이 과장된 것이겠거니 하고 생각을 했는데, 오늘 자네를 직접 만나고 보니 과연 그 소문이 틀리지 않았다는 것을 알겠네."

"과찬이십니다, 공작 각하."

"그건 그렇고, 자네 혹시 내가 단장으로 있는 쉐도우 기사단에 들어올 생각은 없는가?"

"예?"

갑작스런 체로크의 제의에 데미안은 놀라지 않을 수 없었다. 모든 것이 신비에 싸여 있는 쉐도우 기사단의 단장이 실은 단테스라는 사실을 알고 놀랐지만, 그가 무엇 때문에 자신에게 이렇게 호의적인지 영문을 알 수 없었다.

"말씀은 고맙지만 일단 저에게 생각할 시간을 주십시오."

"알았네. 시간은 내가 충분히 줄 테니 신중하게 생각하게. 자네가 알고 있는지 모르지만 쉐도우 기사단은 오직 강한 자들만이 들어올 수 있는 곳이라네."

"알겠습니다, 공작 각하."

여전히 웃음을 머금은 단테스의 말에 데미안은 고개를 끄덕였다.

"어때? 오늘 저녁 나와 술 한잔 하지 않겠나?"

"말씀은 고맙습니다만, 지금쯤 어머니께서 절 꽤나 기다리고 계실 겁니다. 먼저 싸일렉스 영지에 들려 어머니를 안심시켜 드리고 다시 찾아 뵙겠습니다."

"그래? 그렇다면 할 수 없지. 그럼 모레쯤은 어떤가?"

"예? 무슨 말씀이신지? 페인야드에서 싸일렉스까지 가려면 말을 계속 갈아타고 쉬지 않고 달린다고 하더라도 거의 7일 이상이 걸립니다. 왕복을 하려면 최소 보름은 걸릴 텐데 모레라고 말씀을 하시면……"

"아직 잘 모르고 있는 모양이군. 지금 트렌실바니아 왕국 전역에 은밀하게 군용 이동 마법진을 설치하고 있다네. 앞으로 혹시 일어날지도 모르는 루벤트 제국과의 전쟁을 염두에 둔 것이지."

그제야 데미안은 단테스가 말한 의미를 이해할 수 있었다. 데미안이 자신의 말을 이해한 듯한 표정을 짓자 단테스는 기분이 좋은지 웃음을 터뜨렸고, 그때 샤드가 조금은 굳은 얼굴로 입을 열었다.

"자네는 아직 모르겠지만, 지금 알렉스 전하께서 싸일렉스에 계시네."

"예? 알렉스 전하께서 말씀입니까?"

"그렇다네. 해서 싸일렉스 백작의 입장이 조금 곤란한 상황에 있지. 아직까지 세 분 전하들 가운데 어떤 분을 지지하겠다는 말은 없었기 때문에 싸일렉스 백작이 태풍의 눈이 된 것은 사실이네만, 어떤 이유로 알렉스 전하가 싸일렉스 백작과 함께 계신지는 아직 밝혀지지 않았네."

샤드의 말에 데미안 역시 알렉스가 무슨 이유로 싸일렉스에 있는 것인지 그 이유를 알 수 없었지만, 샤드의 말처럼 자렌토의 입장이 상당히 곤란해졌다는 것을 깨닫고 걱정이 되었다. 그 말을 듣고 나니 조금이라도 빨리 싸일렉스로 돌아가야겠다는 결심이 굳어졌다.

"공작 각하, 그럼 전 이만 돌아가 보겠습니다."

"알았네. 그럼 이틀 후에 보도록 하지. 자네에게 할 이야기도 있고 하니까."

과연 샤드가 자신에게 무슨 말을 할까 궁금증도 일었지만 그보다는 한시라도 빨리 싸일렉스로 돌아가 마리안느의 품에 안기고 싶었다. 카르메이안과 마브렌시아에 대한 원한이 깊어지면 질수록 자렌토와 마리안느에 대한 존경과 사랑, 그리고 고마움은 시간이 지날수록 커졌다.

두 사람의 공작에게 정중하게 인사를 한 후 데미안은 넬슨과 함께 그의 저택으로 돌아왔고, 자신을 기다리고 있는 일행들에게로 갔다. 그의 모습을 발견한 네로브는 당장 데보라의 품에서 벗어나 데미안에게 달려갔다. 네로브를 안아올린 데미안은 자신을 바라보고 있던 일행들에게 자신의 생각을 이야기했다.

"일단 급한 일은 모두 처리가 된 것 같습니다. 해서 전 이만 싸일렉스로 가려고 하는데, 여러분들은 앞으로 어떻게 할 생각입니까?"

데미안의 말에 사람들의 얼굴에는 묘한 표정들이 떠올라 있었다. 그런 일행들의 얼굴을 하나하나 확인한 데미안이 궁금함을 더 이상 참지 못하고 물으려고 할 때 데보라가 먼저 입을 꺼냈다.

"데미안, 그렇지 않아도 네가 오기 전에 그 문제를 우리끼리 상의해 보았는데 말이야, 사람들이 각기 나름대로의 이유로 당장은 너와 헤어질 수 없다고들 하거든. 일단 나만 해도 너와 네로브의 문제를 해결해야 되잖아."

"저도 스승님께 데미안님 곁에서 데미안님께서 하시는 일을 도와드리라는 명령을 받았지만, 제가 실제로 여러분들에게 별로 도움을 드리지 못했지 않습니까? 해서 전 좀더 데미안님 곁에 있고 싶습니다."

로빈에 이어 라일도 말을 했다.

"나 역시 네 검술이 완성하는 모습을 보기 전까지는 별로 할 일이 없지 않느냐? 게다가 기회가 닿는다면 레토리아 왕국이 다시 일어서는 모습을 보았으면 좋겠구나. 그런 이유 때문에 아직은 죽을 때가 아닌 것 같다는 생각을 했단다."

"레오, 데미안 자식 갖고 싶다."

그 말을 하는 레오의 표정은 단호했다. 그런 모습을 카프는 엷은 미소를 지으며 바라보고 있었고, 차이렌과 헥터 역시 나름대로의 이유로 데미안과 떨어질 수 없다고들 했다. 데미안은 동료들의 말에 갑자기 감격스러워지는 자신을 느꼈다.

"뭐라고 여러분들께 감사를 드려야 할지 모르겠습니다. 제 힘이 닿는 대로 여러분의 호의에 보답할 수 있도록 노력하겠습니다."

데미안의 대답에 일행들은 고개를 끄덕였다.

"데미안님, 싸일렉스까지는 갈 길이 머니까 제가 말을 준비하도록 하겠습니다."

"아니야. 그럴 필요가 없어."

"예? 그게 무슨 말씀이십니까?"

"이건 군사적 기밀 사항인데 지금 이 트렌실바니아 왕국 전역에 군대에서 사용할 목적으로 이동 마법진을 설치하고 있다고 해. 체로크 공작 각하께서 특별하게 그걸 이용할 수 있도록 허락해 주셨어."

데미안이 헥터에게 설명하는 말을 듣고 가장 기뻐한 사람은 다름 아닌 로빈이었다. 비록 그 동안 말을 하지 않아서 그렇지, 로빈은 말을 타고 여행을 할 때마다 너무도 고통스러워 말을 보기만 해도 멀미가 날 지경이었다.

물론 로빈도 말을 전혀 못 타는 것은 아니지만 그것은 그야말로 산보를 하듯 천천히 이동을 할 때 말이지, 데미안 일행처럼 그야말로 죽기 아니면 살기로 말을 달리는 짓은 죽어도 못 할 짓이었다. 그런데 이동 마법진이 설치되어 편히 갈 수 있다니. 평소 마법사들에 대한 인식이 좋지 않았던 자신의 생각을 반성하지 않을 수 없었다.

"그럼 저녁 시간도 넘었는데 빨리 가시죠."

로빈이 말과 함께 먼저 일어서자 다른 사람도 모두 자리에서 일어섰다. 그들은 저택의 지하에 마련되어 있던 이동 마법진을 이용해 그라시아스 후작의 집을 떠났다. 페인야드에서 싸일렉스까지의 거리가 먼 탓인지는 몰라도 다섯 번의 워프포인트를 거쳐야 했다. 말로야 다섯 군데의 워프포인트를 거쳤다고 해도 실질적으로는 옆에서 옆으로 몇 걸음씩 이동을 한 것에 불과했다.

싸일렉스 영지의 외곽에 도착한 데미안은 그곳이 싸일렉스 백작의 저택에서 약 2킬로미터쯤 떨어진 곳에 있는 허름한 농장이라는 것을 금세 알 수 있었다. 그 워프포인트는 쉐도우 기사단의 기사들에게 철저하게 보호되고 있었고, 워낙 은밀한 곳에 위치한 탓에 그곳에 워프포인트가 있으리라곤 짐작하기 힘든 곳이었다.

쉐도우 기사단의 기사들과 작별 인사를 하고 헤어진 데미안과 일행들은 천천히 싸일렉스 백작의 저택을 향해 걸음을 옮겼다. 데미안은 조금이라도 빨리 마리안느를 보고 싶은 마음에 점점 걸음이 빨라졌지만 다른 사람, 특히 로빈은 칠흑 같은 어둠 속에서 아무엇도 보이지 않는지 발 밑을 확인하며 걷느라 이동 속도는 더딜 수밖에 없었다.

왠지 조급함을 느낀 데미안은 네로브를 가슴에 안고 로빈을 옆구리에 낀 채 싸일렉스 저택을 향해 달려갔다. 데미안의 행동이 갑자기 부산스러워지자 일행들은 영문을 몰라 하면서도 그의 뒤를 따라 달려갔다.

자신의 집을 향해 달려가던 데미안은 곧 정문의 모습을 발견했고, 왠지 어수선하다는 느낌을 받았다. 게다가 담을 따라 경계를 서고 있는 병사들의 숫자가 불과 두 달 전에 보았을 때보다 서너 배 이상 많아졌다는 것 또한 금세 알 수 있었다. 그런 탓인지 팽팽한 긴장감마저 들었다. 무의식 중에 데미안이 걸음을 멈추자 그의 바로 뒤에 도착한 라일이 한마디를 했다.

"데미안, 공기 중에 은은한 피비린내가 섞여 있는 것을 보니 무슨 일이 생긴 것 같구나."

라일의 말에 데미안은 로빈을 내려놓고, 네로브를 데보라에게 맡긴 다음 저택을 향해 전속력으로 달려갔다. 불안한 마음에 금방이라도 가슴이 터질 듯 두근거리는 것을 감추지 못하고 달려간 데미안은 저택의 현관 문을 부술 듯 박차고 들어갔다. 그리고는 큰 소리로 외쳤다.

"어머니, 아버지! 누나! 아무도 없어요? 대답을 하세요. 아무도 없어요? 어머니……"

데미안의 다급한 외침이 끝나기도 전에 아래층의 방 가운데 하나의 방문이 열리더니 마리안느와 제레니의 모습이 보였다. 어머니와 누나가 무사하다는 것을 발견한 데미안은 한걸음에 달려갔고, 당황하는 그들의 모습에는 아랑곳하지 하지 않고 그들의 안위부터 물었다.

"집에 무슨 일이 생긴 거죠? 그리고 아버지는 어디에 계신 거죠?"

난데없이 데미안이 나타나자 마리안느와 제레니도 당황했지만 곧 그를 안심시켰다.

"걱정하지 마라. 아버지와 한스가 저택 주위를 수색하러 나갔으니 아무 일도 없을 거다."

"아버진 지금 어디 계시죠?"

"글쎄다."

"백작님은 지금 저택 뒤에 있는 검술 훈련장에 계십니다."

마리안느와 제레니의 뒤에 모습을 드러낸 슈벨만의 대답이 끝나기 무섭게 데미안은 스펠을 캐스팅했다.

"사운드 엠플러퍼케이션(Sound Amplification : 소리 증폭)!"

데미안의 몸에서 붉은색의 마나가 솟아나는 순간 데미안의 눈은 한곳을 노려보았다.

"워프!"

재차 데미안의 외침이 들리는 순간 데미안의 몸은 세 사람의 눈에서 사라졌고, 갑작스런 그의 행동에 세 사람은 정신을 차릴 수가 없었다.

특히 슈벨만의 놀라움은 지대한 것이었다.

데미안이 졸업 시험을 칠 당시만 하더라도 데미안의 마법 실력은 자신보다 조금 못한 정도였다. 슈벨만은 그야말로 피나는 노력을 해 3싸이클의 마법을 완벽하게 마스터했고, 졸업 시험에서 만점을 받으며 시험에 통과할 수 있었다.

일정 기간 수련 마법사의 생활을 하며 3싸이클의 마법을 완전하게 깨우쳐야 하는 동료들과는 달리 슈벨만은 정식 마법사가 되어 왕립 아카데미의 매직 칼리지를 졸업할 수 있었던 것이다. 자신의 마법 실력으로 데미안에게 조금이나마 도움이 될 수 있을 거라는 생각으로 왔는데, 설마 불과 7, 8개월 사이에 데미안이 자신도 익히지 못한 5싸이클의 마법을 익히고 있을 줄은 상상도 못했던 일이었다. 슈벨만은 그저 멍한 표정으로 데미안이 사라진 방향을 바라보고만 있었다.

검술 훈련장에 모습을 드러낸 데미안은 20여 명의 괴한들에게 포위가 되어 있는 자렌토와 한스, 그리고 루안의 모습을 금방 찾을 수 있었다. 그리고 괴한들은 자렌토 등을 포위하고 있는 자들 뿐만이 아니었다. 그들과 조금 떨어진 곳에는 10여 명의 검은색의 라이트 레더를 걸친 사람들이 자렌토와 한스들을 노려보고 있었다.

데미안은 천천히 자신의 바스타드 소드를 뽑아 들고는 마나를 주입하기 시작했다. 붉은색의 마나가 점점 선명해질 때 데미안은 조용히 걸음을 옮겨 포위하고 있던 괴한들에게 조심스럽게 다가갔다. 그리고는 잔뜩 긴장하고 있는 한 사내의 어깨를 툭 쳤다.

"이봐!"

팽팽하게 긴장을 하고 있었기 때문일까? 상대는 화들짝 놀라며 뒤로 고개를 돌렸고, 데미안은 그 순간을 놓치지 않고 바스타드 소드를 옆으로 힘껏 휘둘렀다. 너무도 간단히 잘려진 사내의 목이 허공으로 치솟아 오르며 허공에 피분수를 뿌릴 때 데미안은 주위에 있던 침입자들을 향해 재차 바스타드 소드를 휘둘렀다.

"슬러그스 스타!"

순간 침입자들을 향해 수십 개로 나뉘어진 붉은 마나 덩어리가 날아갔고, 침입자들은 갑작스런 데미안의 기습에 기절할 정도로 놀랐다. 그러나 대부분 소드 익스퍼트 가운데에서도 상급 정도의 실력을 가진 자들이라서 그런지 당황하면서도 데미안의 공격을 거의 막아냈고, 부상을 입은 사람은 그들 가운데에서 실력이 떨어지는 몇몇뿐이었다.

데미안이 날려보낸 마나를 막아내는 과정에서 발생하는 요란한 소음으로 주위가 소란스러워지자 대치를 하고 있던 사람들의 시선이 데미안 쪽으로 향했고, 그 순간을 놓치지 않고 포위되어 있던 자렌토와 한스, 루안이 일제히 포위망의 한쪽을 공격했다.

데미안 주위에 있던 침입자들은 이미 자신들의 계획이 어긋났다는 것을 깨닫고는 모두 이를 갈며 데미안을 향해 달려들었다. 그러나 데미안은 그보다 빠르게 침입자들을 향해 달려들었다. 그리고는 바스타드 소드를 사정없이 휘둘렀다.

데미안과 조금 떨어진 곳에서 침입한 자들과 혈전을 벌이고 있던 자렌토는 갑자기 데미안이 나타난 것에 놀랐지만, 그보다 너무도 무모한 데미안의 행동이 불안하기 이를 데 없었다. 게다가 혼전을 벌이고 있는 데미안을 공격하는 괴한들의 숫자가 너무 많았다. 이를 악문 자렌토는 자신의 앞을 가로막고 있는 침입자들을 향해 빠르게 수중의 롱 소드를 내뻗었다.

"라이트닝 소드!"

자렌토의 외침이 들리는 순간 그의 팔이 갑자기 수십 개로 늘어난 듯한 착각이 들었다. 내려치는 검, 올려치는 검, 휘두르는 검, 찌르는 검. 마치 검을 이용해 공격할 수 있는 모든 동작을 시범이라도 보여주듯 공격을 하는 자렌토의 검은 보이지도 않을 정도로 빨랐다. 그의 앞을 가로막고 있던 괴한들은 자렌토의 검술이 갑자기 변하자 당황하며 뒤로 물러섰다. 그러나 자렌토의 롱 소드는 그런 괴한들을 사정없이 공격했다.

검을 들어 대항하는 자들은 검을 든 손을, 뒤로 도주하는 자는 끝까지 쫓아가 몸에 상처를 입혔다. 그 모습이 얼마나 무시무시했던지 괴한들은 자신도 모르게 뒤로 주춤주춤 물러섰고, 그 틈을 놓치지 않고 데미안의 곁으로 재빨리 다가가 그와 등을 맞대고 말을 건넸다.

"데미안, 이게 대체 무슨 무모한 짓이냐?"
"아까는 아버지가 위험해 보였기 때문에 어쩔 수가 없었어요. 그런데 대체 이자들은 누군데 침입을 한 것이죠? 이자들이 침입한 이유가 알렉스 전하 때문인가요?"
"자세한 것은 조금 있다가 얘기하도록 하자."

두 사람은 대화를 나누면서도 자신들을 향해 포위망을 조여드는 괴한들에게서 눈을 떼지 않았다. 데미안은 상대가 자신의 마법 공격을 전혀 대비하지 않은 모습에 재빨리 스펠을 캐스팅하고는 공격할 틈을 찾았다.

괴한들 가운데 콧수염을 기른 자가 무슨 말인가를 데미안과 자렌토에게 하려는 순간, 데미안은 그를 향해 왼손을 뻗었다.

"체인 라이트닝!"

데미안의 우렁찬 기합 소리와 함께 데미안의 왼손에서는 하얗게 백열(白熱)된 빛줄기가 콧수염 사내를 향해 날아갔다. 콧수염의 사내는 자신도 모르게 검을 들어 가로막았지만 번개는 사정없이 굽이치며 사내에게 쏟아졌다. 아니, 사내뿐만이 아니라 주위에 있던 다른 사내들에게도 사정없이 쏟아졌다. 침입자들이 비명을 지르는 순간 데미안은 그들 품으로 뛰어들며 바스타드 소드를 휘둘렀다.

뒤로 물러선 콧수염 사내는 자신의 온몸에서 전기가 흐르는 듯한 극심한 충격을 받았고, 주위에 있던 괴한들도 예쁘장하게 생긴 데미안이 마법까지 쓸 줄 안다는 사실에 깜짝 놀랐다. 자렌토만 하더라도 자신들의 예상보다 더욱 뛰어난 검술 실력을 가지고 있었고, 집사에 불과한 한스 역시 엄청난 검술을 익히고 있어 임무를 포기하려고 생각하고 있었는데, 이제는 검술과 마법을 함께 익힌 이상한 녀석까지 등장하고 보니 임무고 뭐고 이 자리를 무사히 벗어나는 것이 더욱 시급한 문제였다.

데미안의 마법 공격에 콧수염이 타버린 사내는 주위를 둘러보았다. 자신의 부하들도 비록 데미안과 자렌토, 한스와 루안을 포위하고는 있었지만 불안한 눈으로 자신을 힐끔거리며 쳐다보고 있었다. 한심한 부하들의 모습에 순간 짜증이 났지만 이 자리에 계속 있다는 것은 아무리 생각해 봐도 멍청한 짓이었다.

그가 막 부하들에게 후퇴하란 명령을 내리려고 할 때였다. 부하들의 뒤쪽에 정체를 알 수 없는 자들이 다가오고 있었다. 음산한 망토를 입은 자, 보라색 머리칼을 가진 여전사, 근육질의 검사, 녹색의 머리칼을 가진 엘프, 비쩍 마른 청년, 게다가 이제 겨우 10여 살 정도 된 어린 소년까지 있었다.

그들은 소리도 없이 나타나, 또 아무런 말도 없이 검은색 옷을 입은 자신의 부하들을 무자비하게 공격하기 시작했다. 자신의 부하들도 결코 약하진 않았지만, 그들과는 비교도 할 수 없었다. 특히 검은 망토를 걸친 자와 녹색의 머리칼을 가진 엘프의 검은 인정사정이 없었다.

자신들의 앞을 가로막는 것이 사람이면 사람을, 검이면 검을 두

쪽으로 동강내며 끊임없이 검을 휘둘렀다. 아무리 보아도 소드 마스터가 분명해 보였다. 이미 사태가 걷잡을 수 없이 흘러간다고 생각한 사내는 지체없이 그 자리를 벗어나 도망가는 쪽을 택했다.
"체인 라이트닝!"
소리가 들린 순간 순백색의 번개는 사내의 등으로 향했고, 그보다 빨리 사내는 몸을 이동하고는 그대로 담을 뛰어넘으려고 했다. 이미 사내는 30미터 밖으로 달아났기에 어느 누구도 사내의 도주는 막을 수 없을 것 같았다.
그 순간 카프는 자신의 등에 메고 있던 십여 개의 스피어 가운데 하나를 잡더니 그대로 사내를 향해 던졌다. 완만한 포물선을 그리며 날아가는 스피어는 도저히 사내를 맞출 것 같지 않았다. 그러나 사내가 담을 넘기 위해 허공으로 뛰어오르는 순간 스피어는 사정없이 사내의 옆구리에 날아가 박혔다.
그 모습을 본 사람들이 자신도 모르게 탄성을 질렀고, 카프는 이미 다시 새로운 스피어를 들고 사내가 쓰러진 곳으로 달려갔다.
창에 맞은 사내는 자신의 옆구리에 박힌 창의 자루를 잡고는 신음을 토하고 있었고, 카프가 창을 겨눈 채 자신에게 다가오자 이를 갈았다.
"미안하오. 당신과는 아무런 원한도 없지만 신세를 지고 있는 입장이라 어쩔 수 없이 손을 썼소."
"네 이름은 뭐냐?"
"카프라고 하오."
"좋다. 지옥에 가서도 네 이름은 잊지 않겠다. 윽!"
거기까지 이야기하던 사내는 갑자기 신음을 토하며 입에서 시커먼 핏물을 토해냈다. 그 모습을 본 카프는 한숨을 쉬고는 사내의 옆구리에 박혔던 창을 회수해 자신을 기다리는 사람들에게로 향했다.

"당신 정말 대단한 창 솜씨를 가졌어."

여전히 감탄한 얼굴을 하고 있는 데보라의 말에 카프는 그저 희미한 미소를 지을 뿐이었다. 이미 자렌토를 한번 본 적이 있던 일행들은 자렌토와 인사를 나누고 있었고, 데미안이 왕립 아카데미를 졸업한 후 처음 보는 한스는 데미안의 눈부신 변화에 그저 놀랄 뿐이었다.

그러는 사이 레오가 네로브를 안고 데미안 곁으로 왔다. 네로브는 데미안의 모습을 발견하고는 그에게 팔을 뻗었고, 그 모습에 이제는 익숙한 동작으로 네로브를 안아 들였다. 그 모습을 본 한스는 문득 짓궂은 생각이 들어 데미안에게 말을 건넸다.

"데미안님, 그 꼬마 아가씨가 데미안님과 저 여자 검사 분을 꼭 닮았군요."

"아저씨, 정말이요?"

한스의 말에 네로브는 앙증맞은 미소를 지었고, 데보라는 얼굴을 붉힌 채 숙였다. 데미안도 조금은 어색한 표정으로 다른 곳을 바라보았다. 일행들은 그런 세 사람을 웃음을 지은 채 쳐다보았고, 영문을 모른 한스는 오히려 자신이 당황했다.

"아빠, 아빠도 들었지? 나 아빠하고 엄마하고 많이 닮았대."

"그, 그래. 아빠도 들었어. 그것보다 네로브, 배가 많이 고프지 않니?"

"배? 많이 고파."

"그래? 그럼 아빠하고 맛있는 거 먹으러 갈까?"

"엄마도 같이 가는 거지?"

"그, 그래. 데보라, 같이 가자."

조금은 어색한 데미안의 말에 데보라는 여전히 고개를 숙인 채 두 사람의 뒤를 따라 저택으로 향했다. 갑작스런 사태에 자렌토와 한스는 멍한 표정을 짓고 말았다. 그들에게 다가온 헥터가 입을 열었다.

"일단 안으로 들어가시지요. 드릴 말씀이 적지 않습니다."

헥터의 얼굴이 조금 심각한 것을 깨달은 자렌토는 고개를 끄덕이고는 데미안의 일행들을 향해 말을 건넸다.

"여러분의 도움에 대해 정말 감사를 드립니다. 싸일렉스에 잘 오셨습니다. 여러분을 진심으로 환영합니다."

상황이 수습되었다는 보고를 하기 위해 알렉스가 있는 방을 찾은 자렌토의 눈에 커다란 상처를 입은 채 쓰러져 있는 네 명의 사내가 보였다. 그들이 걸친 복장이 나중에 침입한 자들과 동일한 것으로 보아 그들과 한패라는 것을 어렵지 않게 짐작할 수 있었다.

그들의 모습을 확인하는 순간 자렌토는 황급히 알렉스를 바라보았지만 그는 어디에도 상처를 입은 것 같진 않았다. 일단 안도의 한숨을 쉰 자렌토는 여전히 그의 뒤에 서 있는 세무엘을 살폈다. 그리고 그의 왼쪽 팔에 감겨져 있는 붕대를 발견했다.

"후작 각하, 그 상처는?"

"백작 부인과 제레니양이 방을 나가고 얼마 되지 않아 저들 네 명이 기습을 했소. 이미 죽을 것을 각오했는지 스스로 공격을 받으며 내 검을 봉쇄하려고 했소. 그런 과정에서 다행히 알렉스 전하는 구할 수 있었지만 작은 상처를 입은 것뿐이오."

세무엘의 사무적인 말에 그가 입은 상처가 그리 크지 않다는 것을 확인할 수 있었다. 알렉스 앞에 한쪽 무릎을 꿇은 자렌토는 고개를 숙였다.
"전하, 불편하게 해드려 죄송합니다. 그리고 아직 적의 잔당이 남아 있을지 모르니 오늘은 옆방에서 쉬시는 것이 좋을 듯합니다."
"미안하오, 나 때문에 경에게 피해를 끼치게 되었구려."
"아닙니다, 전하."
자렌토의 말에 알렉스는 사과를 했지만 뭔가 이전과는 조금 달라진 것을 느낄 수 있었다. 왠지 이전보다는 좀더 당당해진 듯한 느낌을 받은 자렌토는 자신도 모르게 알렉스의 얼굴을 보았고, 세무엘 역시 그런 생각이 들었는지 뒤에서 알렉스의 등을 쳐다보았다.
"혹시 실례가 되지 않는다면 경의 아들인 데미안 군을 만나볼 수 있겠소?"
"전하께서 원하신다면……."
자렌토의 대답에 알렉스는 고개를 끄덕이고는 거리낌없는 발걸음으로 방을 빠져 나갔다. 뒤에 남은 자렌토는 그런 알렉스의 뒷모습을 보면서 세무엘에게 입을 열었다.
"후작 각하, 알렉스 전하께서 조금 변하신 것 같지 않습니까?"
"백작도 그렇게 느꼈소?"
"알렉스 전하께서 변하신 것이 좋은 일인지 모르겠습니다."
"조금은 새로운 바람이 불 것 같소. 우리도 나가봅시다."

때 아닌 데미안 일행의 등장에 주방은 갑자기 활기를 띠었고,

계속해서 새로운 음식이 나왔다.

네로브는 대부분의 음식을 처음 보는 것이기에 사방으로 눈망울을 굴리며 구경하고, 또 궁금한 것은 데미안에게 질문하기 바빴다. 데미안은 일일이 대답하며 조금씩 음식을 덜어 네로브에게 먹이기 여념이 없었다.

처음 식당에 있는 하인과 하녀들이 데미안을 도와주려고 했지만 데미안과 데보라가 사양을 했다. 그런 두 사람의 모습을 멍하니 보고 있는 두 사람이 있었으니, 바로 마리안느와 제레니였다.

두 사람이, 아니, 식당에 있던 싸일렉스 가문과 연관이 있던 사람들은 어린 네로브가 데미안을 아빠라고 부르고, 데보라는 엄마라고 부르는 것을 듣고 놀란 토끼처럼 눈을 크게 뜨고 말았다.

데미안이 왕립 아카데미로 가던 길에 중성적인 매력을 가진 데보라를 만나 아무도 모르게 사랑을 나누었고, 그 사이에서 태어난 사랑의 결실이 벌써 저만큼 자랐다?

마리안느는 머리 속이 너무나 복잡해 뭐가 어떻게 된 일인지 도무지 정리할 수가 없었다.

잠깐 데보라에게 네로브를 맡긴 데미안은 마리안느에게 다가갔다. 그리고는 그녀의 두 손을 잡았다.

"어머니, 자세한 것은 조금 있다가 말씀드릴게요. 그리고 저 아이의 이름은 네로브라고 해요."

"네로브? 생긴 것만큼이나 예쁜 이름이구나."

"그렇죠?"

마리안느의 말에 데미안은 맞장구를 치며 고개를 돌려 네로브를 바라보았다. 네로브는 먹을 만큼 먹었는지 고개를 돌려 주위를 살피고 있었다. 마리안느와 함께 서 있는 데미안을 발견하고는 조금은 조심스럽게 데미안에게 다가왔다. 그리고는 데미안의 뒤로 숨으며 그에게 물었다.

"아빠, 누구야?"

"이분은 아빠의 엄마, 그러니까 네로브에게는 할머니가 되시는 분이란다."

"할머니?"

"그래."

데미안의 설명에 마리안느의 표정이 순간적으로 이상하게 변했다가는 원래의 표정으로 돌아왔다. 나이 마흔둘에 벌써 할머니 소리를 듣게 되다니. 그러나 포근한 미소와 함께 무릎을 숙이고 앉아 네로브의 얼굴과 높이를 맞추었다.

"아가, 이리 오너라. 내가 네 할머니란다."

마리안느의 푸근한 미소 탓일까? 조금 경계하던 네로브는 데미안의 얼굴을 힐끔 보았고, 데미안이 미소를 짓고 있자 한걸음씩 마리안느에게 다가갔다.

네로브를 품에 안은 마리안느는 잠시 눈을 감고 네로브가 전해준 온기를 느꼈다. 네로브도 기분이 좋은지 지그시 눈을 감고 마리안느의 품에 안겨 꼼짝도 하지 않았다.

잠시 후 눈을 뜬 마리안느는 네로브에게 부드러운 음성으로 물었다.

"많이 먹었니?"

"예, 할머니."

그 말에 마리안느는 네로브가 갑자기 사랑스러워짐을 느낄 수 있었다. 엷은 보라색이 섞인 눈동자를 크게 뜨고 자신을 똑바로 쳐다보는 네로브의 뺨에 입을 맞추고는 그녀를 안은 채 천천히 자리에서 일어섰다.

"할머니가 재미있는 옛날 이야기해 줄까?"

"정말이요?"

"정말이지. 할머니는 재미있는 이야기를 무척 많이 알고 있단다. 네 아버지도 내가 들려준 옛날 이야기를 듣고 컸단다."

"헤헤헤."

마리안느의 말에 네로브는 데미안의 얼굴을 한번 보고는 마리안느의 목에 팔을 둘렀다.

"할머니, 빨리 옛날 이야기해 주세요, 예?"

"그래, 가자꾸나."

마리안느가 네로브를 안은 채 식당을 빠져 나가자 그제야 데미안은 힘이 빠진 듯 자신 앞에 있던 자리에 털썩 주저앉았다. 그러나 그때까지 정신을 못 차리고 있던 제레니는 데미안에게 묻지 않을 수 없었다.

"데미안, 이게 어떻게 된 일이니?"

"어? 잠깐만 기다려봐. 나도 정리 좀 하고."

데미안이 조금은 피곤한 모습을 보이자 제레니는 더 이상 묻지 않고 데미안 옆에 있던 의자를 끌어다 앉았다. 자세히는 알 수 없지만 데미안과 떨어져 있은 시간이 길었기 때문인지 왠지 데미안의 얼굴에서 자신이 알지 못하는 낯선 느낌이 드는 것을 느꼈다.

그러는 사이 일행들이 식당으로 들어왔고, 식당은 다시 조금 시끄러워졌다. 그러나 사람들의 소란은 누군가의 등장으로 일순간에 조용해졌다.

금발을 가진 조금은 온순해 보이는 청년의 모습에 사람들은 자신도 모르게 대화를 멈추고 그의 얼굴을 보았다. 데미안은 상대가 뜻밖에 3년 전에 만난 적이 있던 오웬이란 사내란 것을 깨닫고는 그가 바로 알렉스라는 것을 짐작할 수 있었다. 천천히 자리에서 일어난 데미안은 그 자리에서 무릎을 꿇고는 머리를 숙였다.

"데미안 싸일렉스가 알렉스 전하를 뵙게 되어 무한한 영광입니다."

"그대가 3년 전의 그 소년인가?"

그저 데미안의 예쁘장한 얼굴만을 기억하고 있던 알렉스는 데미안의 눈부신 변화에 자신도 모르게 감탄한 표정을 지었다. 불과 3년이었다. 예쁘장한 얼굴에 만만치 않은 성격을 지닌 귀족가의 소년이었던 데미안이 지금은 오히려 자신보다 훨씬 뛰어난 검술 실력을 가진 청년 기사가 되었다니 도저히 믿을 수 없었다.

"그렇사옵니다, 알렉스 전하."

왠지 데미안의 대답이 조금 딱딱하다는 것을 느낀 알렉스는 그가 왜 자신에게 그런 태도를 보이는 것인지 그 이유를 알고 싶었다. 그러나 식당에는 그들 둘만 있는 것이 아니었다. 그리고 보니 알렉스에게 무릎을 꿇은 사람은 데미안과 제레니, 그리고 싸일렉스 백작가의 하인과 하녀들뿐이었다.

알렉스의 뒤를 따라온 세무엘은 라일이나 카프, 그리고 데보라 등이 여전히 뻣뻣하게 서 있는 모습을 발견하고는 눈살을 찌푸리지 않을 수 없었다. 일국의 왕자를 보고도 뻣뻣이 서 있는 그들의 무례함을 도저히 참을 수 없었다.

"그대들은 어째서 알렉스 전하를 뵙고도 경배를 올리지 않는가?"

"흥! 그가 왕자라면 나 역시 한 부족의 족장이오. 당신의 말대로라면 어째서 그는 나에게 인사를 하지 않는 것이오?"

데보라는 무릎을 꿇고 있는 데미안의 모습을 힐끔 보고는 세무엘에게 따지듯 물었다. 세무엘의 눈이 자신에게 향하는 것을 느낀 차이렌은 피식 미소를 지었고, 그러한 그의 행동이 세무엘을 더욱 분노하게 만들었다.

"이보시오, 후작 나으리. 난 벌써 3년 전에 죽은 몸이오. 더 이상 나에게 명령을 내릴 수 있는 인간은 없다는 것을 잊지 마시오. 그리고 여기 계신 분은 마법사의 저주를 받아 200년 넘게 살아오신 레토리아 왕국의 귀족이시니 알렉스 왕자에게 경배를 올릴 처지가 아니고, 이 사람은 엘프족이니 당연히 인간들의 예의는 차릴 필요가 없지 않소? 게다가 이 꼬마는 라페이시스의 사제이니 오직 라페이시스에게만 경배를 올린다는 사실을 잘 알고 있을 거외다. 이 땅 위에 살고 있다고 모두가 트렌실바니아 왕국 사람은 아니라는 것을 잊지 마시길 바라오. 그리고… 그렇게 노려보지 마시오. 제길, 심장 약한 사람 어디 세상 살겠나!"

차이렌의 비아냥거리는 말에 세무엘은 치밀어 오르는 분노를 참기 위해 이를 악물며 주먹을 불끈 쥐었다. 얼마나 세게 쥐었는지 응급 처치를 해놓은 세무엘의 붕대에 다시금 붉은 선혈이 배어 나오고 있었다.

그 모습을 발견한 로빈이 작은 음성으로 치유 주문을 외었다. 순간 세무엘의 왼팔에 잠시 푸른빛이 어리더니 붕대 속의 상처가 빠르게 아물어갔다. 세무엘은 로빈이 자신을 치료해 준 것을 알 수 있었다. 그리고는 데미안의 일행들을 찬찬히 살펴보았다. 확실히 이상한 인종들이 모여 일행을 이룬 것만은 사실이었다.

세무엘이 잠시 멈칫한 사이 알렉스가 세무엘에게 눈짓을 하고는 차이렌을 쳐다보았다.

"맥시밀리언 후작이 그대들에게 무례하게 말한 것을 본인이 대신 사과하겠소. 그대들이 데미안 군을 도와 트렌실바니아 왕국을 위해 많은 일을 하고 있다는 이야기를 들었소. 왕가의 한 사람으로 여러분들에게 진심으로 감사를 드리고 싶소."

말을 마친 알렉스는 데미안 일행을 향해 가볍게 고개를 숙였다. 그런 알렉스의 모습에 차이렌의 눈매가 가늘어졌다.

"알렉스 왕자께서는 제가 들었던 소문과는 상당히 많이 다른 분이시군요. 과거 국왕이셨던 슈트라일 트레디날님께서도 당신과 같은 분이셨다면……."

말을 하던 차이렌은 급히 말꼬리를 흐렸다. 알렉스는 허약하기 이를 데 없는 청년이 아버지의 이름을 거론하자 고개를 들고는 그의 얼굴을 바라보았다. 그러나 차이렌은 어느새 고개를 숙이고 묵묵히 음식을 먹고 있었다.

조마조마한 마음으로 쳐다보던 자렌토는 급히 하인과 하녀들에게 음식을 가져오라는 눈짓을 하고는 입을 열었다.

"오늘은 정말 기쁜 날입니다. 불순한 마음으로 먹고 싸일렉스 영지에 침입한 침입자들도 물리쳤고, 집을 떠났던 제 아들과 그의 동료들이 다시 싸일렉스 영지를 찾아왔습니다. 게다가 어떻게 된 일인지는 모르지만, 제가 할아버지가 된 날이기도 합니다. 하여튼 여러 가지로 축하를 해야만 할 것 같습니다. 여러분 모두 축배를 드는 것이 어떻겠습니까?"

자렌토의 말에 일행들은 모두 자신의 자리로 돌아갔고, 곧 이어 나온 술잔에 술을 채우고는 잔을 높이 들었다. 그리고 알렉스가 선창을 했다.

"트레디날 제국의 부활과 모두의 행복을 위하여!"

"위하여!"
"위하여!"

　　　　　　　*　　　　*　　　　*

"지금 남은 녀석들의 숫자는 얼마나 되느냐?"
"모두 열다섯 분이 남으셨습니다."
"열다섯 분?"
퍽! 콰당!

둔탁한 소리와 함께 보고를 하던 중년의 사내는 사정없이 뒤로 날아가 세차게 바닥에 쓰러졌다. 그 모습에 주위에 서 있던 사람들은 자신도 눈을 허공으로 돌린 채 못 본 척했다.

사내에게 주먹을 휘둘렀던 청년은 창문에서 뿌려지는 역광을 받아 얼굴을 제대로 확인하기 힘들었다. 청년은 여전히 신경질을 부렸다.

"빨리 못 일어나! 영원히 일어나지 못하게 만들어줄까?"

중년 사내는 입가에서 피를 흘리면서도 벌떡 일어서 청년에게 다가갔다. 마치 정신 분열증에 걸린 환자처럼 청년은 갑자기 화사한 미소를 지으며 말을 이었다.

"이제 열다섯밖에 남지 않았단 말이지?"
"그, 그렇습니다."
"그래, 네가 생각하기에는 해치우는 데 누가 가장 문제가 될 것 같으냐?"

청년의 물음에 중년 사내가 다시 머뭇거리자 청년은 조금도 망설이지 않고 주먹을 휘둘렀다. 중년 사내를 두들겨 패던 청년은 치밀어 오르는 화를 참지 못하고 급기야는 책상 위에 두었던 롱 소드를 뽑아 들고는 그대로 내려쳤다.

실내에 있던 사람들은 곧 이어 들려올 비명 소리를 예상하며 자신도 모르게 눈을 질끈 감았다. 그러나 아무리 기다려도 비명 소리는 들리지 않았다. 의아한 생각에 조심스럽게 눈을 뜨고 보니 어느새 나타났는지 오렌지색의 라이트 레더를 걸친 건장한 체격의 사내 하나가 청년이 휘두른 롱 소드의 검날을 맨손으로 움켜쥐고 있었다.

아무리 단련을 했다고 하더라도 예리한 검날을 움켜잡고 어찌 손이 멀쩡할 수 있겠는가? 검날을 타고 한 줄기 선혈이 흘러내렸지만 검날을 움켜쥐고 있는 사람도, 또 그 사내를 쳐다보고 있는 청년도 태연한 표정을 짓고 있었다.

"전하, 드릴 말씀이 있어 왔습니다."

"경은 항상 그래. 꼭 할 말이 있어야만 날 찾아오거든. 그래, 이번엔 무슨 얘기야?"

두 사람 모두 자신들 몸 가운데 롱 소드가 있다는 사실을 잊고 있는 것 같았다.

"트렌실바니아 왕국의 점령지인 후로츄, 토바실, 몬테야 지방에 주둔하고 있는 열 개 정도의 전방 군단들의 움직임이 심상치 않습니다."

"전방 군단의 움직임이?"

나직하게 중얼거리던 청년은 그제야 자신이 뽑아 든 롱 소드를 발견하고는 고개를 갸웃거렸다.

"지금 경은 내 검을 붙잡고 뭘 하는 거요?"

사내가 검을 놓자 청년은 롱 소드를 회수하고는 자신의 자리로 돌아가 앉았다. 그제야 드러난 청년의 얼굴은 조금은 마른 듯 보이는 얼굴이었다. 전체적으로 준수해 보이는 얼굴에 검은색과 붉은색이 섞여 있는 머리는 묘한 매력을 풍기고 있었다. 다만 쉴새 없이 주위를 둘러보는 청년의 눈은 왠지 보는 사람의 마음을 불안하게 만드는 무엇이 있었다.

"그래 경이 하고픈 이야기는 뭐요?"

"지금 트렌실바니아 왕국과 접경을 접하고 있는 세 개 지역에 주둔하고 있는 군단의 수는 정확히 11개. 만약 그들이 반역을 획책하고 있다면 전하의 신변이 위험할 수도 있습니다."

"내가 위험할 수도 있다?"

"그렇습니다. 지금 즉시 전방 군단장들의 가족을 인질로 해 그들이 다른 생각을 하지 못하도록 해야 합니다."

"그렇지만 내가 위험하지 않을 수도 있잖아?"

"물론 그럴 수도 있지만, 그럴 확률은 거의 없습니다."

"왜?"

청년이 고개를 갸웃거리며 자신에게 묻자 사내는 품에서 긴 헝겊을 꺼내 천천히 자신의 손에 난 상처를 묶었다. 그런 사내의 모습에서 만약 역전의 용사가 있다면 아마도 그처럼 생긴 것이 아닐까 하는 느낌을 주었다. 사십대 초반으로 보이는 사내의 눈은 어떠한 상황에서도 흔들리지 않을 것 같았다. 사내는 천천히 손을 내리며 말을 이었다.

"그건 전방의 군단장을 지휘하시는 분이 바로 스캇 전하이시기 때문……"

"닥쳐! 닥치란 말이야! 스캇, 그 빌어먹을 놈이 어째서 전하야?! 그놈은 노예만큼이나 천한 놈이란 말이야! 그 천한 놈이 나와 같은 형제란 사실만으로도 미칠 지경인데, 이제는 왜 경마저 그놈을 전하라고 부르냔 말이야!"

 청년의 모습은 흡사 쥐약을 먹고 죽기 직전에 발광을 하는 쥐의 모습과 비슷했다. 그러나 사내는 그런 청년의 모습을 이미 여러 번 보았는지 조금도 당황하지 않았다.

 "전하, 지금 문제는 스캇 전하의 신분이 천하냐, 아니면 그렇지 않느냐 하는 것이 아닙니다. 치밀하기 이를 데 없는 스캇 전하께서 움직이기 시작했다는 것은 뭔지는 모르지만 자신의 승리를 확신할 수 있는 것이 있기 때문일 겁니다. 그분의 성격이 어떤지는 앤드류 전하께서 저보다 더 잘 알고 계시지 않습니까?"

 "그래, 그 빌어먹을 놈이 얼마나 음흉한 놈인지는 그놈의 어미만 봐도 알 수 있지. 한낱 궁녀 주제에 아버지에게 꼬리를 쳐서 이 나라의 왕비가 되려고 했던 년의 자식이니까. 히히히, 그렇지만 내가 이렇게 살아 있는 한 어렵도 없는 일이지. 하여튼 그 빌어먹을 놈이 움직였단 말이지? 헤헤헤, 그러나 그놈이 차지할 수 있는 건 아무것도 없어. 내 허락 없이는 단 1인치의 땅도 차지할 수 없어! 그래, 풀트렌 백작의 생각으로는 내가 어떻게 해야 한다고 생각하오?"

 미친 사람처럼 화를 내다가, 웃다가, 다시 침착하고 신중한 모습으로 묻는 청년의 신분은 루벤트 제국의 황태자인 앤드류 폰 루벤트 5세였다. 그리고 그런 앤드류를 바라보고 있는 사람은 앤드류의 경호대장이자 드래곤 기사단의 부단장인 풀트렌 드 에드워드였다.

 "먼저 지금하고 계신 왕자님들의 제거 작업을 자제하십시오. 이미 윌라인에 있는 대부분의 사람들이 전하께서 손을 쓰고 계시다는 것을 알고 있습니다. 분명 폐하께서도 소식을 들으셨을 텐데 아무런 말씀도 없으신 것이 더 신경 쓰입니다."

폴트렌의 말에 앤드류는 인상을 잔뜩 쓰며 입맛을 다셨다. 그러나 그의 얼굴 어디에도 긴장을 하거나 겁을 먹은 듯한 기색은 찾아볼 수 없었다.

"그리고 일단 윌라인 외곽에 주둔하고 있는 사령관들을 호출하셔서 그들을 전하의 편으로 만드십시오. 스캇 전하께서 만약 전방의 부대를 규합해 윌라인으로 진격을 하면 그들이 일단 방패막이가 되어줄 겁니다."

"그렇다면 경은 스캇이란 녀석이 틀림없이 이 윌라인으로 진격할 거라고 판단을 한단 말이오?"

"그렇습니다. 전하께서도 잘 알고 계시다시피 그분의 성격은 상당히 호전적인 성격이십니다. 어려서부터 군대에서만 생활을 해온 탓인지는 모르지만 군대의 사정에 밝고, 또 호전적인 성격과는 어울리지 않게 치밀함마저 가지고 계십니다. 적이 되면 가장 신경 쓰이는 상대가 바로 스캇 전하 같은 분입니다. 빠른 시간 내에 윌라인 주변에 있는 군대의 힘을 전하의 것으로 만드셔야 합니다."

폴트렌은 빠르진 않지만 자신이 해야 할 말을 하나도 빠짐없이 앤드류에게 전했다. 그의 말을 들은 앤드류는 자신의 머리를 천천히 뒤로 빗어넘기며 지그시 눈을 감았다.

"될 수 있으면 내 손으로 직접 그 녀석을 죽이고 싶지만 다른 방법이 있을지도 몰라. 생각을 좀 해보자고."

앤드류는 의자 깊숙이 몸을 파묻으며 생각에 빠졌다.

제36장
비조앙의 죽음

　흔들리는 촛불이 사방으로 흔들리며 움직일 때마다 탁자 주위에 둘러앉아 있는 사람들의 모습이 보였다 사라지기를 반복했다. 무슨 일인지는 모르지만 둥근 탁자 주위에 둘러앉아 있는 사람들의 얼굴이 어두워 보이는 것은 단순히 촛불 때문만은 아닌 것 같았다.
　한참의 시간이 지난 뒤에야 누군가가 입을 열었다.
　"오늘 내가 여러분을 뵙자고 한 이유는 이번 여행을 통해 알게 된 한 가지 사실 때문이오. 나 역시 처음 이 사실을 알았을 땐 과연 이러한 일이 일어날 것인가 하는 의심도 들었지만, 만에 하나 이런 일이 일어나게 된다면 뮤란 대륙은 아마도 그날로 종말을 고하게 될 거라는 생각을 지울 수 없기에 여러분에게 밝힐 생각을 한 것이오."
　낮게 깔리는 음성의 주인공은 라일이었다. 라일이 무슨 말을 하고자 하는지 알고 있는 헥터와 차이렌을 제외한 나머지 사람들은 뮤란 대륙의 종말 운운하는 라일의 말에 귀가 번쩍 뜨이면서도 그 말이 무슨 뜻인지 이해한 사람은 아무도 없었다. 그 말에 피곤함을 견디지 못해 꾸벅꾸벅 졸고 있던 로빈도 깜짝 놀라며 라일의 얼굴을 바라보았다.

"여러분은 아마 이 뮤란 대륙이 생기고 난 후 벌어졌던 신과 악마와의 전쟁에 대한 전설을 잘 알고 있을 거요. 어쩌면 수천 년이 지난 이 뮤란 대륙에 당시와 같은 전쟁이 다시금 벌어질지도 모르겠소."

그 말에 사람들의 얼굴은 일순간에 멍청하게 변했다.

세무엘은 후드로 얼굴까지 가리고 있는 라일이 그렇지 않아도 마음에 들지 않았다. 그래도 그가 상의할 일이 있다고 해서 혹시나 하는 마음에서 이곳까지 온 것인데, 기껏 한다는 소리가 신과 악마에 대한 전설을 들먹이자 자신도 모르게 짜증이 났다.

"말씀 중에 미안하지만, 지금 귀하께서 하고자 하는 말씀의 요지가 무엇인지 좀더 쉽게 설명해 주겠소?"

세무엘의 말에 라일은 아무 말 없이 고개를 돌려 세무엘의 바라보았다. 어두운 후드 안에서 번쩍이는 붉은색의 눈동자가 꼼짝도 않고 자신을 노려보자 세무엘은 더욱 기분이 불쾌해졌.

"그대는 신들의 봉인에 대해 알고 있소? 그리고 그 봉인이 깨지게 되면 수천 년 전에 뮤란 대륙에서 떨어져 나갔던 이스턴 대륙이 다시 뮤란 대륙을 향해 다가온다는 사실을 알고 있소? 그리고 봉인이 깨지는 순간 신들에 의해 갇혀 있던 악마들이 세상으로 뛰쳐 나온다는 사실을 알고 있소?"

결코 빠르지는 않았지만 라일의 말은 세무엘의 말문을 막히게 하기에 충분했다.
"그럼 실제로 그와 같은 일이 일어날 거란 말이오?"
"그렇소이다."
"본인은 귀하의 말을 도저히 믿을 수 없소이다. 그리고 대체 귀하는 그런 사실을 어떻게 알게 되었소?"
"데미안의 출생에 관한 비밀을 알고 있는 사람들은 내가 카이시아네스와 대화를 나누었던 장면을 기억할 거요. 조금 전 내가 한 그 이야기는 당시 화이트 드래곤 카이시아네스가 나에게 해준 이야기요."

라일의 말에 알렉스나 세무엘은 할 말을 잃은 듯 멍하니 라일의 모습만 바라보았다. 그렇기는 데보라나 로빈도 마찬가지였다. 설마 자신들 일행이 카이시아네스와 만났을 때 카이시아네스가 라일에게 말한 은밀한 이야기의 정체가 뮤란 대륙의 앞날에 관한 내용이었다고는 상상도 못 했다.

아득한 전설로만 전해지는 이스턴 대륙이 뮤란 대륙을 향해 다시 다가온다는 말조차 믿을 수 없는데, 하물며 신들에 의해 봉인되었던 악마들까지 깨어난다니…….

세무엘의 말한 것처럼 알아듣기 쉽게 표현한다면 뮤란 대륙은 그날로 종말을 고한다는 말이 아닌가? 좀처럼 표정 변화가 없던 카프도 심각한 표정을 지었다.

"문제는 어떻게 이런 사실을 알았느냐는 것이 아니라 과연 누가 우리의 말을 믿어주겠냐는 것이오. 그리고 만약 그런 일이 발생하게 되면 과연 우리의 힘으로 그 일을 막을 수 있겠느냐는 것이오."

라일의 말에 그 자리에 모인 사람들은 대부분 꿀 먹은 벙어리처럼 한마디도 하지 못했다. 질식할 것 같은 침묵이 한동안 그들의 어깨를 짓눌렀다.

"혹시 그 화이트 드래곤 카이시아네스의 말이 틀렸을 가능성은 없는 겁니까?"

"카이시아네스가 비록 나이가 어리다고는 하지만 그녀 역시 드래곤입니다. 그리고 드래곤이 알고 있는 지식 가운데 확실하지 않은 것은 하나도 없습니다."

"드래곤 한 마리가 가진 힘만 하더라도 나라 하나를 멸망시키는 것이 그리 어려운 일이 아닌데, 드래곤도 아니고 그 드래곤을 부하로 만들었던 악마를 무슨 수로 막아낸단 말입니까? 인간의 힘으로는 절대로 불가능한 일입니다."

알렉스의 힘없는 말에 사람들의 얼굴은 더욱 어두워졌다. 한참 동안의 침묵을 지키고 있던 자렌토가 한마디했다.

"물론 인간이 가진 힘이나 능력으로 드래곤 한마리 잡는 것조차도 거의 불가능에 가까운 일이 아닐 수 없습니다. 그렇지만 앉아서 당할 수는 없는 일 아닙니까? 실낱같은 희망이라도 걸 수 있는 방법이 있는지 찾아보고 난 후에 실망을 하든 절망을 하든 해야 하지 않겠습니까?"

"물론 백작의 말에도 일리는 있소. 그렇지만 저자가 말한 대로라면 신의 봉인을 파괴하고 있다는 그 레드 드래곤이 어디 있는지조차 모르고 있지 않소? 게다가 그 신의 봉인이 어디에, 또 몇 개나 있는지 알고 있는 사람도 없소. 설사 저자의 말이 사실이라고 하더라도 우리의 힘으로 할 수 있는 일은 아무것도 없다는 점은 변하질 않는단 말이오."

세무엘의 따지는 듯한 말에 입을 연 것은 뜻밖에도 카프였다.

카프는 어두운 표정을 짓고 있는 데미안의 옆모습을 보고는 일행들에게 자신이 알고 있는 내용을 설명했다.

"여러분들께서 관심을 두고 계신 신의 봉인에 대해서라면 저희 일족들에게 전해 내려오는 이야기가 있습니다."

"전해오는 이야기라면……"

"확실하지는 않지만 참고하시면 도움이 될 겁니다."

카프의 말에 서재 안에 있던 사람들의 눈이 일제히 그에게 향했다. 침울한 얼굴을 하고 있던 데미안도 카프의 옆얼굴을 바라보았다.

"여러분들도 이미 알고 계시는 대로 신들께서는 악마를 이스턴 대륙에 봉인하셨고, 그 이스턴 대륙을 이 뮤란 대륙에서 떼어내셨습니다. 그리고 이스턴 대륙이 뮤란 대륙에 다가올 수 없도록 대륙 곳곳에 그분들이 가지고 계신 엄청난 신력을 이용해 서너 곳에 봉인을 하셨습니다. 그것이 여러분들께서 말씀하시는 신의 봉인입니다."

"혹시 그렇다면 그 위치가 어디며, 또 얼마나 되는지 그에 관한 것은 모르오?"

"전설처럼 전해지는 이야기라 정확한 위치에 대해서는 알 수 없지만 그 숫자가 여섯인 것으로 알고 있습니다."

"그 신의 봉인에 신의 힘이 어린 어떤 아티펙트가 있는 것은 아닙니까? 봉인의 힘이 유지될 수 있도록 말입니다."

로빈의 예리한 말에 카프는 고개를 끄덕였다.

"그렇습니다. 일반적으로 봉인을 하고 그 봉인을 유지시키려면 신의 힘이 깃든 물건이나 마법의 힘이 유지되는 물건을 같이 두는 것이 일반적이니까요. 그리고 거대하기 이를 데 없는 이스턴 대륙을 뮤란 대륙에서 떼어놓기 위해 설치한 봉인이니 아마도 뮤란 대륙의 동쪽에 있지 않을까요?"

"그렇지만 카이시아네스의 레어 근처에 신들의 봉인이 있었던 것을 보면 꼭 그렇지 않을 수도 있지 않겠습니까?"

헥터의 말에 카프는 머리를 긁적였고, 잠자코 듣고 있던 로빈이 고개를 갸웃거리며 한마디했다.

"제가 데미안님과 함께 그 봉인이라는 것을 발견했을 때 알게 된 사실인데, 카프님의 말씀대로 그곳에 신의 아티펙트가 있었던 것은 사실인 것 같습니다. 물론 이건 레오님의 말씀을 듣고 알게 된 사실입니다만, 혹시 마브렌시아라는 그 레드 드래곤이 원한 것이 봉인의 힘을 유지시키는 역할을 하는 그 아티펙트가 아닐까요? 봉인을 파괴시키는 것은 그 아티펙트를 차지하는 과정에서 벌어진 일이고요."

로빈의 말에 라일이 고개를 끄덕였다.

"그렇게 생각하는 것이 자연스럽겠군. 골드 드래곤 카르메이안은 아티펙트가 있는 곳을 마브렌시아에게 알려주었고, 마브렌시아는 봉인을 유지시키는 작용을 해주던 아티펙트를 차지하기 위해 봉인을 파괴했다? 하지만 카르메이안이 무슨 속셈으로 마브렌시아에게 그런 사실을 알려주었는진 여전히 알 수 없는 일이군."

일행들이 나누는 대화를 듣던 데미안은 말없이 자리에서 일어나 내실을 빠져 나갔다. 그 모습을 일행들은 말없이 지켜보았다.

*　　　*　　　*

"백작님, 알렉스 왕자를 처치하러 갔던 암살조가 작전에 실패한 것 같습니다."

"뭐라고?"

부하의 보고에 힝기스는 자리에서 벌떡 일어섰다. 그렇지 않아도 초조하게 보고가 들어오기만을 기다리고 있었는데 기껏 들어온 보고란 것이 실패했다는 소리라니……. 힝기스는 얼굴이 싯벌겋게 상기된 채 따지듯 물었다.

"소드 익스퍼트에서도 상급에 달하는 실력을 가진 자들이 무려 30명이 투입되고도 실패를 했다니? 어떻게 된 일인지 상세하게 설명을 해라."

"싸일렉스 백작의 저택 후면에서 지원을 하기로 했던 자들의 보고에 의하면 저택에 불길이 오르면 먼저 침투한 암살조를 도와 알렉스 왕자를 처치하기로 했는데 아무리 기다려도 앞서 침투한 암살조로부터 연락이 오지 않았다고 합니다."

"싸일렉스 백작의 저택에 무슨 드래곤이라도 산단 말이냐? 안토니오가 보낸 암살자들에다 내가 보낸 암살조라면 그 숫자만 하더라도 7, 80에 이를 텐데, 아무리 알렉스 곁에 맥시밀리언이 있다고 하더라도 그 숫자를 모두 막아내기란 불가능하단 말이다. 그런데도 실패를 했단 말이냐?"

힝기스는 분을 이기지 못해 부들부들 떨며 부하를 다그쳤지만 암살이 실패로 돌아갔다는 사실은 변하지 않았다. 자신의 자리에 앉은 힝기스는 만약 이번 일이 상부로 보고가 된다면 자신은 그 순간 파멸이라는 것을 잘 알고 있었다. 오히려 사건을 은폐시키기 위해 자신을 죽일지도 모르는 일이었다. 무슨 일이 있어도 그 일만은 막아야 했다.

책상 서랍에서 한 통의 편지를 꺼낸 힝기스는 부하에게 내밀었다. 그리고는 천천히 몸을 뒤로 뉘었다.
 "지금 즉시 그 편지를 비조앙에게 가져다 줘라. 그리고 이 단계 작전에 돌입한다는 말을 전해주면 나머지는 비조앙이 알아서 할 것이다."
 "명심하겠습니다. 그럼 전 이만."
 힝기스에게 인사를 한 사내는 곧 서재를 빠져 나갔고, 힝기스는 몸을 젖힌 채로 눈을 감았다.
 "대체 자렌토 싸일렉스가 어떤 방법으로 그들을 막아낼 수 있었을까? 혹시 그에게 알려지지 않은 비밀 세력이라도 있단 말인가? 그렇지만 이 단계 작전이 시작되면 싸일렉스도 어쩔 수 없을 것이다. 흐흐흐."

　　　　　　*　　　　*　　　　*

 이미 밤이 깊었건만 비조앙은 불안한 마음 때문에 잠을 이루지 못하고 서재에서 홀로 술을 마시고 있었다.
 본의 아니게 힝기스의 함정에 빠져 그의 수족이 된 지도 벌써 10년이 다 되었다. 10년 전 무리하게 사업을 확장시키지만 않았어도 힝기스와 손을 잡지 않았어도 되었을 텐데……. 설사 모든 일이 잘된다고 하더라도 자신은 루벤트 제국에 협조한 매국노 소리를 들을 것이고, 잘못된다면 돌팔매질을 당해 비참하게 목숨을 잃을 일이었다. 생각이 거기에 미치자 비조앙은 자신의 머리를 움켜쥐고는 괴로워했다.
 그리고 그런 그의 모습을 어둠 속에서 지켜보는 인물이 있었다. 전신은 검은색으로 된 옷을 입고 있어 완전히 어둠과 동화가 된 탓인지 불과 몇 미터 떨어져 있지 않았지만 비조앙은 그의 존재를 전혀 깨닫지 못하고 있었다.
 똑똑똑—
 갑자기 서재의 창에서 누군가 두드리는 소리가 들리자 비조앙은 흠칫 놀라며 고개를 돌렸다. 그리고 검은 옷에 검은 복면까지 한 사내 하나가 서 있는 모습을 발견했다.
 사내는 비조앙이 자신을 발견하자 천천히 서재의 창을 통해 실내로 들어왔다. 그리고는 어색한 미소를 짓고 있는 비조앙을 바라보았다.
 "호호호, 비조앙 나으리, 뭘 그렇게 괴로워하는 것이오? 어차피 트렌실바니아 왕국은 무너질 것이고, 비조앙 나으리는 그 동안의 공로를 인정받아 제국령의 백작이 되실 것이오. 설마 멸망할 나라에 충성을 바치는 그런 멍청이가 되고 싶은 것은 아니겠지요?"
 사내의 말에 비조앙은 다시 가슴속이 답답해지는 것을 느꼈다. 비조앙은 자신 앞에 놓여 있던 술잔을 들어 단숨에 마셔버렸다.
 "오늘은 또 무슨 일로 온 거요?"
 "호호호, 그분께서 전해드리라는 편지가 있어 왔소."
 말을 마친 사내는 천천히 품에서 한 통의 편지를 꺼내 비조앙에게 내밀었고, 한마디 말을 덧붙였다.
 "그분께서는 귀하에게 이 단계 작전이 시작되었다는 말을 전하면 나머지는 알아서 할 것이라고 하셨소. 편지와 전달 사항을 귀하에게 전했으니 본인은 이만 물러가겠소이다. 그리고 우리들의 작전을 위해서나 귀하의 건강을 생각해서 술을 줄이는 것이 좋을 거요. 호호호."
 검은 옷의 사내는 듣기 거북한 웃음을 남기고는 다시 서재의 창문을 통해 사라졌다. 사내의 사라지는 모습에는 아무런 관심도 없는지 비조앙은 사내가 전해준 편지만 응시했다.
편지에는 틀림없이 자신이 앞으로 해야 할 일이 쓰여 있을 것이다. 그리고 그 일은 트렌실바니아 왕국을 더욱 혼란스럽게 만들 것임은 보지 않아도 분명한 일이었다. 그래서인지 더욱 뜯어보기 싫었다. 그러나 자신의 힘이나 능력으로는 힝기스의 마수에서 벗어날 수 없음을 상기하고는 천천히, 그리고 힘없는 손길로 봉투를 뜯었다.
편지에는 짧은 한 줄의 글뿐이었다.

기난을 죽여라.

부들부들 손을 떨던 비조앙은 그만 편지를 놓치고 말았다. 그런 비조앙의 얼굴은 시체처럼 창백하게 변했다.
설마 자신에게 기난을 죽이라는 명령이 전해질 줄은 상상도 못했다. 그렇지 않아도 죄책감에 시달리던 비조앙은 충격을 이기지 못하고 그대로 바닥에 주저앉고 말았다. 여전히 떨고 있는 손으로 바닥에 떨어져 있던 편지를 집어 얼른 주머니에 넣었다.
한참 동안 그렇게 주저앉아 있던 비조앙이 나직한 음성으로 중얼거렸다. 그런 그의 주먹은 불끈 쥐어져 있었다.
"더 이상, 더 이상······."

고민을 하느라 꼬박 밤을 새워버린 비조앙은 아침 식사를 하는 둥 마는 둥 마치고는 기난이 있는 별성(別城)으로 향했다. 별성에 가까워지자 별성의 망루와 곳곳에는 험상궂게 생긴 사내들이 각

양각색의 옷을 걸친 채 경계를 서고 있었다.

그들은 상인들이 기난에게 기부한 막대한 자금으로 끌어모은 용병들이 대부분이었다. 지휘 체계도 확실하지 않고, 또 전국에서 모여든 탓인지는 모르지만 험상궂은 얼굴들과는 달리 그들의 경계는 허술하기 이를 데 없었다.

물론 그들을 끌어모았을 당시만 하더라도 당장이라도 제로미스의 세력을 전복하고 왕위를 계승할 것 같았지만, 그것은 단순히 비조앙의 망상에 불과했다. 먼저 용병들과 계약을 하느라 막대한 양의 군자금이 필요했고, 또 그들을 유지하는 데도 엄청난 액수의 황금을 필요로 했던 것이다. 상인들이 기부했던 군자금은 이미 바닥이 난 상태였기에 지금은 비조앙이 자신의 전 재산을 털어넣어야 하는 지경에 이르렀다.

그럼에도 불구하고 기난은 여전히 날마다 연회를 열어 하루하루를 즐기기에 여념이 없었다. 게다가 기난의 지위를 탐낸 귀족가의 딸들이 별성에 드나들기 시작하면서 기난의 사치는 거의 극에 달했다.

비조앙이 기난의 방탕 때문에 어찌나 머리를 쥐어뜯었는지 정수리 부분에 원형 탈모증에 걸릴 지경이었다. 그럼에도 불구하고 기난의 사치는 조금도 줄어들 줄 몰랐다.

비조앙이 그런 생각을 하는 동안 그가 탄 마차가 별성의 정문에 도착을 했고, 정문에 서 있던 서너 명의 용병들에게 제지를 당했다.

"멈춰라!"

"아, 안녕하셨습니까? 이 마차는 비조앙 드 모린트 남작님의 마차입니다."

"모린트 남작님?"

험상궂은 음성에 비조앙은 언제나처럼 마차의 창문을 통해 머리를 내밀며 자신의 신분을 밝혔다.

"수고가 많네. 날세."

"안녕하셨습니까, 남작님."

용병들 가운데 가장 험상궂게 생긴 사내가 다가오며 인사를 했다. 그런 사내의 뒤로 글레이브와 검으로 무장한 용병들이 다가왔다.

"어서 성문을 열도록 하게. 다른 후작님께 긴히 드릴 말씀이 있어 왔네."

"예, 알겠습니다. 하지만 이번 달 월급을 아직 받지 못했습니다. 어떻게 된 일인지 남작님께 묻고 싶습니다만……."

"그렇습니다, 남작님. 저희들은 용병입니다. 자원 봉사를 하기 위해 온 것이 아니니 그런 저희들의 사정을 이해해 주셨으면 감사하겠습니다."

"맞습니다."

한 용병의 말에 주위에 있던 용병들이 일제히 동조했다. 그 모습을 본 비조앙은 속으로 한숨을 쉬지 않을 수 없었다. 하지만 용병들은 만약 자신들에게 약속한 황금을 지급하지 않는다면 당장이라도 성을 떠나겠다는 의지가 역력히 보였다.

"잠시만 기다리도록 하게. 곧 지급이 될 것이네."

"그럼 남작님의 말씀만 믿고 기다리겠습니다. 어서 성문을 열어라!"

사내의 외침에 높이 10미터에 이르는 거대한 성문이 열리고 비조앙을 태운 마차는 재빨리 성문으로 향했다. 흔들리는 마차 안에서 비조앙은 몇 가닥 남지 않은 자신의 위 머리카락을 움켜잡고는 어금니를 깨물었다.

힝기스의 명령이 아니더라도 더 이상 기난의 곁에 자신이 있는다는 것은 미친 짓이 분명했다. 기난의 낭비벽은 거의 신의 경지에 이르러 자신의 힘으로는 어떻게 해볼 수도 없을 지경에 도달한 것이다. 용병들에게 지급되어야 할 황금을 단순히 연회나 즐기며 허영에 들뜬 귀족가의 여인들의 환심을 사는 데 소비해 버린 것이다.

비조앙이 다시 한 번 자신의 신세에 대해 한탄을 하고 있을 때 마차가 천천히 멈추었다.

"주인님, 도착했습니다."

"알았다."

대답과 함께 마차에서 내린 비조앙은 주위를 둘러보았다. 넓은 정원 곳곳에는 어제 저녁 연회가 있었던 흔적인 듯 미처 치우지 못한 갖가지 잡동사니들이 어지럽게 널려져 있었다. 눈을 질끈 감은 비조앙은 황급히 현관을 들어섰고, 부스스한 얼굴로 서 있는 시종장(侍從長)을 만날 수 있었다.

"전하께서는 깨셨는가?"

"아직 일어나지 않으셨습니다. 연회가 오늘 아침이 되어서야 끝났습니다."

터져 나오는 하품을 억지로 참는 시종장의 모습에 비조앙은 짜증이 났다.

"그럼 다론 후작 각하께서는 어디에 계시는가?"

"왕자님의 옆방에 계십니다."

"그럼, 나를 그분께 안내해 주게."

비조앙의 말에 시종장은 조금은 짜증스러운 얼굴로 돌아서서는 비조앙을 해리슨에게 안내했다. 방문 앞에 도착하자 시종장은 말도 없이 가버렸고, 비조앙은 자신의 옷을 잠시 살핀 다음 조용히 문을 두드렸다.

똑똑똑—

"들어오게."

굵직한 음성이 들리자 비조앙은 자신이 해야 될 말을 다시 한 번 정리하고는 조심스럽게 실내에 들어섰다.

거구의 해리슨은 딱딱한 표정으로 의자에 앉아 차를 마시던 중이었다. 아침 햇살을 등뒤로 받은 탓인지는 모르지만 그의 거구가 더욱 커다랗게 느껴졌다. 게다가 조금은 덥수룩하게 기른 수염이 그의 얼굴을 가리고 있어 그가 무슨 생각을 하고 있는지 도저히 짐작도 할 수 없게 만들었다.

조심스럽게 걸음을 옮긴 비조앙은 해리슨 앞에 섰다. 그러나 그와 눈이 마주치자 머리 속이 하얗게 변하는 것이 무슨 말을 먼저 꺼내야 좋을지 몰랐다. 비조앙이 우물쭈물하며 아무 말도 못 하자 해리슨의 입꼬리가 미묘하게 꿈틀거렸다.

"무슨 일인데 그렇게 긴장을 하는가?"

"다, 다름이 아니라 후작 각하께 긴히 드릴 말씀이 있어서 왔습니다."

"나? 남작이 기난 전하가 아니라 나에게 용무가 있어서 왔단 말인가?"

"그렇습니다. 어디서부터 말씀드려야 할지는 모르겠지만… 처음부터 말씀드리겠습니다."

그렇게 말문을 연 비조앙은 자신의 사업을 하던 시절부터 설명을 하기 시작했다.

 각종 과일이나 농산물을 대규모로 거래하다가 10여 년 전에 발생한 폭우와 홍수 때문에 엄청난 피해를 보았다는 것, 그로 인해 파산할 뻔했다가 누군가의 도움을 받아 겨우 재기에 성공을 했다는 것, 자신은 전혀 몰랐지만 알고 보니 그가 루벤트 제국의 첩자였다는 것, 그의 명령에 의해 기난을 도왔다는 것, 어제 그로부터 기난을 죽이라는 명령이 하달되었다는 것을 하나도 빠짐없이 이야기했다.

 비조앙의 말을 묵묵히 듣고 있던 해리슨은 그저 고개만 끄덕일 뿐 별다른 대꾸를 하지 않았다. 비조앙은 혹시 그가 자신을 오해했을지도 모른다는 생각에 자신은 그저 그들의 함정에 빠진 선량한 상인이었다는 것을 몇 번이나 강조했다.

 "그러니까 자네는 어쩔 수 없이 그들의 함정에 빠져 첩자 노릇을 했다는 것인가?"

 그제야 자신이 한 말을 해리슨이 알아들었다고 생각한 비조앙은 열심히 고개를 끄덕이며 땀에 젖은 손을 비벼댔다.

 "그, 그렇습니다, 후작 각하. 당시 저는 엄청난 빚을 지고 있었던 상황이었습니다. 그런 상황에서……."

 "자네의 입장은 이해를 하지만 어쨌든 자네는 반역 행위를 한 반역자가 아닌가?"

 한점의 온기도 느낄 수 없는 해리슨의 말에 비조앙은 드디어 올 것이 왔다는 생각이 들었다.

 "그거야 그렇습니다만, 그건 어쩔 수 없는 상황에서……."

 "나야 그런 자네를 이해한다지만 다른 사람은 자넬 어떻게 생각하겠나? 자네도 알겠지만 트렌실바니아 왕국에서 반역죄를 저

지르게 되면 자네 가족은 물론이고, 자네와 조금이라도 피가 섞인 친척은 모조리 교수형을 당할 걸세."

여전히 싸늘한 해리슨의 말이 비조앙은 부들부들 떨기 시작했다. 그런 비조앙의 모습에는 아랑곳하지 않고 해리슨은 앉은 자리에서 꼼짝도 하지 않았다.

쿵!

무너지듯 그 자리에 무릎을 꿇은 비조앙은 떨리는 음성으로 해리슨에게 간청했다.

"그렇기에 제가 이렇게 후작 각하께 먼저 말씀을 드린 것이 아닙니까? 후작 각하, 제발 저를 구해주십시오."

"쯧쯧쯧, 진작 찾아왔으면 좋았을 것을……. 그건 그렇고, 자네가 말한 그 루벤트 제국에서 파견된 스파이들의 우두머리가 누군가?"

"그걸 제가 말씀드리면 절 구해주시겠습니까?"

"지금 자네가 나와 협상을 할 자격이 있다고 생각하나?"

해리슨의 딱딱하고 사무적인 말에 비조앙은 더 이상 고개를 들고 있을 수가 없었다.

"스파이들의 두목은 힝기스 백작입니다. 세바스챤 드 힝기스 백작."

"세바스챤 힝기스?"

비조앙의 말이 조금은 의외였는지 해리슨의 말꼬리가 올라갔다. 잠시의 침묵이 흐른 뒤 해리스는 품에서 한 통의 편지를 꺼내 비조앙에게 던졌다. 비조앙은 자신 앞에 떨어진 편지를 보고는 다시 해리슨의 얼굴을 보았다.

"편지의 내용을 확인해 보게."

해리슨의 말에서 왠지 모를 두려움을 느꼈지만 그보다 훨씬 강한 호기심을 느꼈다. 해리슨은 대체 왜 자신에게 이 편지를 보이는 것일까? 혹시 누군가 자신의 정체를 알고 먼저 해리슨에게 보고한 것은 아닐까? 꼬리에 꼬리를 물고 갖가지 생각이 떠올랐다.

떨리는 손으로 봉투를 집어 편지를 꺼내 펼쳐 들었다. 편지에는 짤막하게 몇 줄의 글이 적혀 있었고, 그 필체는 상당히 눈에 익숙한 것이었다.

비조앙이 변심할지 모르오. 그의 동태를 예의 주시하기 바라오. 만약 그가 변심했다고 느껴지면 무조건 죽여 비밀이 새어나가지 않도록 주의하시오. 그리고 지금 이 시간을 기해 도플갱거Doppelganger 작전을 즉시 시행하시오. S.

"난 말일세, 나에게 명령을 내리는 그 'S'란 작자가 누군지 항상 궁금했었거든. 자네 덕분에 알게 되었으니 자네에게 고맙다고 해야 되나?"

"서, 설마 당신도······?"

"쯧쯧쯧, 어리석은 소리를 하는군. 자네 말대로 이 트렌실바니아 왕국에는 루벤트의 첩자들이 하나둘이 아니지 않는가? 나 한 사람 늘어났다고 해서 그렇게 놀랄 일은 아니라고 생각하는데? 그렇지 않나?"

천천히 자리에서 일어난 해리슨은 아주 느릿한 동작으로 자신의 롱 소드의 손잡이를 잡았다. 그러나 비조앙은 마치 혼이 빠진 사람처럼 아무런 말도 못 하고 멍하니 해리슨의 얼굴만을 바라보고 있었다.

"잘 가게."

철컥! 쿵!

롱 소드의 검집에 롱 소드가 들어가는 소리와 함께 뭔가 무거운 물건이 바닥에 떨어지는 소리가 들렸다. 자신의 배신에 번민하던 비조앙은 그렇게 어이없이 일생의 종말을 고한 것이다. 해리슨은 여전히 무릎을 꿇고 있는 비조앙의 몸뚱이를 보고는 고개를 흔들었다.

"그러기에 본 적도 없는 사람이 친절을 베풀면 조심해서 받아들여야지, 그렇지 않으면 나중에 가서 지금처럼 후회를 한다네. 다음엔 조심하게. 얀센!"

해리슨의 부름에 누군가가 문을 열고 나타났다.

"부르셨습니까?"

"도플갱거 작전을 시작한다."

"그럼, 드디어……."

*   *   *

"경이 생각할 때 앤드류 황태자께서 국왕의 자리에 오르시면 어떻게 될 것 같소?"

"예? 무슨 뜻인지?"

"후후후, 하기는 자신의 손자가 죽었는데도 자신까지 목숨을 잃을까 봐 항의 한번 안 한 사람이니 이런 말을 할 필요도 없겠지만 말이오."

"마, 말씀이 너무 지나치십니다."

"자신의 목숨이 아까워 항의 한번 하지 않는다면 억울하게 목숨을 잃은 손자가 너무 불쌍하다고 생각하지 않소?"

나이 어린 소년의 말에 마주 앉았던 노인은 아무런 말도 못 한 채 멍한 표정을 지었다.

소년의 말은 사실이었다. 외손자를 잃어 원통한 마음이 드는 것은 사실이었지만, 상대는 루벤트 제국의 황태자였다.

자신이 항의를 한다고 신경을 쓸 황태자도 아니지만, 만약 그가 기분이 나빠 자신을 죽인다면 그 피해는 자신만으로 그칠 것이 아니기에 어쩔 수 없는 일이었다.

그렇지만 자신을 찾아온 이 어린 소년이 그런 자신의 아픈 마음을 사정없이 건드릴 줄은 미처 예상하지 못했다. 참혹하게 일그러진 얼굴을 한 노인의 모습을 본 소년은 이번에는 그를 위로했다.

"경의 아픈 곳을 건드려 미안하게 생각하오. 그렇지만 황태자의 부당함을 알면서도 참고만 있다는 것은 말도 안 되는 소리가 아니오?"

"그렇지만 제가 뭘 어쩔 수 있단 말입니까? 앤드류님의 신분은 황태자이십니다. 다음번 황제가 되실 그분을 상대로 저 혼자 뭘 할 수 있단 말입니까?"

"다니엘 경 혼자가 아니오. 이미 앤드류 황태자에게 외손자나 조카를 잃은 여러 귀족들이 힘을 합쳤소이다. 한 사람 한 사람이라면 작은 힘일지도 모르지만 여럿이 힘을 합치면 그것은 결코 작은 힘이 아니오."

소년 빈센트의 음성에는 강한 힘이 실려 있었다. 그런 소년의 모습을 본 다니엘은 주먹을 불끈 쥐었다.

"하나뿐인 외손자를 잃었는데 왜 억울한 마음이 들지 않겠습니까? 할 수만 있다면 억울하게 죽은 그 아이의 원한을 풀어주고 싶습니다."

"다니엘 경, 우리가 힘을 합친다면 충분히 복수를 할 수 있소이다. 이미 스캇 형님께서도 내 의견에 동조를 했소이다."

"스캇 전하께서 말씀입니까?"

"그렇소. 윌라인에서 내가 귀족들의 힘을 모으고, 스캇 형님께서는 군대의 힘을 모아 앤드류 형님을 황태자의 자리에서 강제로 끌어내리기로 했소."

"그럼 스캇 전하께서 다음번 황제가 되시는 겁니까?"

"아니오. 황제의 자리에 오르는 것은 바로 본인이오."

"예? 그럼 스캇 전하께서는……?"

"이미 형님께서도 알고 계시는 일이오. 그리고 형님께서는 루벤트 제국의 첫 번째 대공이 되실 거요."

빈센트의 말에 다니엘은 어금니를 악물었다. 그리고 그 동안 억누르고 참아야만 했던 복수심이 다시금 불타오르는 것이 느껴져 억울하게 죽음을 당한 손자가 자신에게 힘을 전해주는 것은 아닐까 하는 생각마저 들었다.

"빈센트 전하, 제가 해야 될 일을 말씀해 주십시오. 그 아이에게 부끄럽지 않은 할아버지로 기억되고 싶습니다."

"잘 결심하셨소. 우선 다니엘 경이 알고 있는 사람들을 모아주시오. 한 사람의 힘이 더해질수록 우리의 힘은 그만큼 더 커지는 것이 아니겠소? 한 사람이라도 더 많은 사람들을 모아주시오. 그러면 나머지는 내가 알아서 하겠소이다."

"알겠습니다, 빈센트 전하."

대답을 하는 다니엘의 주먹은 불끈 쥐어졌고, 그의 눈에 비친

빈센트는 더 이상 어린 소년이 아니었다. 오히려 세상의 모든 것을 움켜쥘 어린 영웅의 모습으로 보였다.

* * *

"어서 오게. 그렇지 않아도 자넬 기다렸네."
"그 동안 안녕하셨습니까, 체로크 공작 각하."
"공작 각하는 무슨… 그냥 단테스라고 부르게."
단테스의 말에 데미안은 그가 무슨 이유에서 자신을 그렇게 반갑게 맞이해 주는 것인지 아무리 생각을 해봐도 모를 일이었다. 단테스가 안내해 준 자리에 앉은 데미안은 조금은 불편한 얼굴로 그를 바라보았다. 그러나 단테스는 뭐가 그렇게 기분이 좋은지 싱글거리는 얼굴을 하고 있었다.
"공작 각하, 전……."
"단테스라고 부르라 했지 않은가?"
"으음, 저어 단테스님께 여쭤보고 싶은 것이 있습니다."
"뭐든지 묻게."
단테스는 데미안의 잔에 술을 따르며 대답했다.
"전 단테스님께서 무슨 이유로 저에게 이런 친절을 베푸시는 것인지 그 이유를 알고 싶습니다."
"내가 자네에게 친절을 베푸는 이유 말인가?"
"그렇습니다."
"일단 술부터 한잔 하세."
단테스가 술을 권하자 데미안은 어쩔 수 없이 술잔을 들고 그와 술잔을 마주쳤다. 그리고 술잔을 입을 대었다가는 곧 떼었다.

그 모습을 보고 단테스 역시 술잔을 내려놓았다.

"그 이유가 궁금해 술도 마시고 싶지 않은 모양이군. 그럼 그 이유를 말해 주겠네. 처음 내가 자네에 대한 이야기를 들었을 땐 그저 흔한 귀족가의 아들 중 하나라고 생각을 했었네. 그러나 자네를 만난 사람들은 하나같이 자네를 칭찬, 아니, 극찬하는 것을 보고 자네에 대한 호기심이 생겼지."

단테스는 아주 편안한 자세로 의자에 앉아 술잔을 들고는 조금씩 맛을 음미하며 마셨다.

"내 호기심을 끈 것은 자네의 검술 실력에 관한 걸세. 자네가 보기에 내 나이가 몇으로 보이나?"

"예? 제가 듣기론 단테스님의 연세가 육십이 지나셨다고 알고 있습니다만······."

"올해로 일흔다섯이 되었네."

단테스의 대답에 데미안은 상당히 놀랐다. 머리가 흰색이라는 것을 제외하면 그를 마흔 살 이상으로 보기는 무리였다. 그렇게 보이는 단테스의 나이가 여든에 가까웠다니 놀라운 일이었다. 데미안이 조금은 놀란 표정을 짓자 단테스는 희미하게 쓴웃음을 지었다.

"왜, 내 나이가 생각보다 많은가?"

"예, 그렇게 많으실 줄은 몰랐습니다."

"그렇지 대부분의 사람들이 내 나이를 알게 되면 자네와 같은 표정을 짓지. 무척이나 긴 세월이었네. 과거 트레디날 제국의 영광을 되살리기 위해 부단히 노력한 것도 벌써 50년의 세월이 지났지만 쓸데없이 나이만 먹었을 뿐 이룬 것은 아무것도 없네. 후후후."

자조적인 단테스의 웃음에 데미안은 그 역시 에이라 폰 샤드 공작과 마찬가지로 평생을 트렌실바니아 왕국을 위해 바쳐 왔다는 것을 어렵지 않게 짐작할 수 있었다.

"그렇지 않습니다. 단테스님과 같은 분들이 계셨기 때문에 트렌실바니아 왕국이 명맥이라도 유지할 수 있었다고 생각합니다."

"루벤트 제국의 스파이들이 우글거리는 왕국도 명맥을 유지했다고 말할 수 있겠는가?"

"아직 경험도 별로 없는 저이지만, 샤드 공작 각하나 단테스님께서 과거의 분들이 저지른 죄에 대해 책임감을 느낄 필요는 없다고 생각합니다. 다만 두 분께서 다른 사람들보다 좀더 높은 직책에 있다는 이유만으로 두 분이 모든 책임을 지신다는 것은 말도 안 되는 소립니다. 전 평생 동안 트렌실바니아 왕국을 위해 끊임없이 노력해 오신 두 분을 진심으로 존경합니다."

데미안의 말에 단테스의 입가에는 희미하지만 미소가 떠올랐다.

"잠깐 말이 다른 곳으로 샜군. 내가 자네를 주시한 것은 눈부신 속도로 늘어난 자네의 검술 실력 때문일세. 내가 검술을 익히기 시작한 것이 여덟 살 때의 일이니, 벌써 67년이 지났군. 나도 상당히 똑똑하다는 소리를 들었던 사람인데 이제야 소드 마스터의 경지에 들어섰네. 내 자랑은 아니지만 그래도 나는 상당히 짧은 시일 안에 소드 마스터가 되었다고 생각을 해왔었는데, 자네의 소문을 듣고 커다란 착각이라는 것을 느꼈지."

"아닙니다. 우연한 기회에 좋은 스승님을 만나 검술 실력이 조금 늘었을 뿐입니다."

"자넨 내가 도박이라도 해서 소드 마스터가 된 줄 아는가? 내가 보기에도 지금 자네의 검술 실력은 소드 익스퍼트에서도 최상급의 실력이야. 자네가 태어나서부터 검술을 익혔다고 하더라도 이제 겨우 20년에 불과하지 않은가? 만약 이런 속도로 검술 실력이 늘어난다면 이 뮤란 대륙이 생겨난 이후 처음으로 소드 그렌저가 될 수 있을지도 모르지."

"너무 과분한 말씀이십니다."

"아니야. 자네를 보면 인간으로서는 도저히 불가능하다는 소드 그렌저가 될 수 있을 거라고 생각되네. 만약 트렌실바니아 왕국에 소드 그렌저가 있다면 과거의 영광을 찾는 것은 그야말로 시간 문제라는 생각 때문에 자네를 예의 주시하게 된 것이네."

단테스의 설명에 데미안은 고개를 끄덕였다. 그의 설명을 듣고서야 그가 왜 자신에게 관심이나 친절을 보였는지 이해할 수 있었다. 그러나 소드 그렌저가 될 것이란 말은 믿기 힘들었다. 물론 자신도 되기 싫다는 생각을 한 것은 아니지만 그야말로 꿈과 같은 말이었다.

"에이라님께서는 지금 상황에서 무엇보다 우선되어야 할 것이 왕국 내의 안정이라고 말씀하셨네. 그러기 위해서는 부득이 7인 위원회가 왕위 계승 문제에 개입을 하지 않을 수 없다는 결론을 내리셨지."

"그럼 샤드 공작 각하께서 지목하신 분은?"

"알렉스 전하시네."

단테스의 대답에 데미안은 고개를 끄덕였다. 앞으로 또 어떤 변화가 있을지는 모르지만 데미안이 생각하기에도 일단 알렉스가 가장 무난할 것이라는 생각을 해오고 있었다.

"그렇지만 제로미스 전하나 기난 전하께서 가만히 계시지 않으실 텐데 그 문제는 어떻게 하실 생각이신지요? 또 귀족원의 귀족들 역시 샤드 공작 각하의 결정을 받아들이려고 하지 않을 겁니다."

"물론 그렇겠지. 그렇지만 트렌실바니아 왕국의 존속과 귀족들의 자존심은 비교할 가치도 없는 것 아닌가?"

갑자기 들려온 음성에 두 사람의 고개가 돌아갔고, 그들의 눈길이 머무는 곳에 샤드가 서 있었다. 황급히 자리에서 일어난 두 사람은 샤드를 맞이했다.

"에이라님, 어서 오십시오."

"수습 기사 데미안이 샤드 공작 각하께 인사올립니다."

"일단 자리에 앉도록 하지."

샤드의 말에 단테스는 자리에 앉았지만 데미안은 자신이 그들과 마주 보고 앉을 수 있는 신분이 안 되었기에 잠시 주춤했다. 그 모습을 본 샤드가 재차 권했다.

"일단 자리에 앉도록 하게."

데미안이 조심스럽게 자리에 앉자 단테스가 샤드에게 술을 권했다. 한 모금의 술을 마시고 긴 한숨을 내쉬고는 천천히, 그러나 단호한 음성으로 입을 열었다.

"조금 전에 말한 대로 왕국이 있어야 귀족도 존재하는 법, 비록 일시적이지만 귀족원의 힘을 제한할 예정이네."

"공작 각하의 말씀은 알겠지만, 제가 들어서는 안 될 내용인 것 같습니다."

"아니야. 자네도 어느 정도 관련이 있는 이야기지."

샤드의 말에 데미안은 그가 지금 무슨 말을 하는지 알 수 없었다.

"일전에 말한 루벤트 제국의 스파이들을 색출하는 일 때문일세. 그 일에 자네의 도움이 필요로 하네."

"첩자들을 색출하는 데 제가 도움이 될 수 있다면 무슨 일이든 하겠습니다만, 아무것도 모르는 제가 무슨 일을 할 수 있겠습니까?"

"이건 자네가 위험해질 수도 있는 문제라네. 다행히 루벤트 제국에서는 자네라는 존재에 대해서 아직 모르고 있는 것 같아 세운 계획이네."

"에이라님, 어떤 계획이기에 그렇게 조심스러우신 겁니까?"

"자세한 것은 따로 말하겠지만 데미안이 루벤트 제국에 침입해 데리고 온 트레이스 카룬 후작을 이용할 생각이오."

그 말에 단테스는 호기심 어린 소년처럼 눈빛이 빛났다.

"그렇게 된다면 어떤 식으로든 스파이들이 움직일 수밖에 없겠군요."

"그렇소. 그 움직임이라는 것을 포착하는 것이 그리 쉬운 일은 아니지만 적의 수뇌부가 이 페인야드에 있다고 보면 그렇게 어려운 일도 아닐 거라고 생각을 하는데, 체로크 공작은 어떻게 생각하오?"

"제가 생각을 하기에도 그 방법이 가장 무난할 것 같습니다. 다만 그렇게 되면 데미안 군의 안전이 문제되겠군요."

"전 괜찮습니다. 제 스승님이신 라일님께서도 소드 마스터이십니다. 그리고 동료들과 함께 있으니 그리 위험하지는 않을 것 같습니다. 그런데 그 계획은 언제 실행할 생각이십니까?"

데미안의 스승이 소드 마스터란 말에 두 사람은 잠시 서로의 얼굴을 바라보았다.

데미안의 일행들이 여러 사람들로 구성되어 있는 것을 알고 있었지만, 설마 소드 마스터가 일행일 줄은 전혀 예상도 못 했던 일이었다. 특히 루벤트 제국에게서 빼앗긴 땅을 되찾을 생각에 그

기회만 노리고 있는 트렌실바니아 왕국으로서는 알려지지 않은 소드 마스터가 가세할 수만 있다면 엄청난 전력이 될 것은 묻지 않아도 알 만한 일이었다.

"트렌실바니아 왕국에 우리 7인 위원회를 제외하고 소드 마스터가 또 있었단 말인가?"

"아닙니다. 그분께서는 레토리아 왕국 분이십니다."

대답을 한 데미안은 짤막하게 라일에 대해 두 사람에게 설명을 해주었다.

"나중에 기회가 된다면 직접 만나보고 싶군. 그리고 계획은 유니콘Unicorn 기사단에 소속된 기사들의 훈련이 마치게 되면 그때 실행할 것이네."

"참고적으로 말하면 유니콘 기사단은 자네가 찾은 그 골리앗을 사용할 기사들이라네. 알렌 기사단과 쉐도우 기사단의 기사들 가운데에서도 가장 강한 기사들만을 추려 새로운 기사단을 만든 것이네. 현재 이 사실을 알고 있는 사람이 나와 에이라님, 그리고 자네뿐이네. 훈련을 받고 있는 기사들도 아직 모르고 있지."

"그럼 그들의 훈련이 모두 끝나려면 시간이 얼마나 남았습니까?"

"대략 한 달 정도 남았네."

"알겠습니다. 그럼 저는 일단 싸일렉스로 돌아가겠습니다."

"그렇게 하도록 하게. 그리고 연락은 딜케를 통해 하도록 하겠네."

"알겠습니다."

대답을 한 데미안은 자리에서 일어나 두 사람에게 정중하게 인사를 하고는 실내를 빠져 나갔다. 그 모습을 보던 단테스가 나직하게 중얼거렸다.
"모든 일이 잘될 겁니다."
"그렇소, 틀림없이 잘될 거요."

제37장
죽음과 복수

 기난은 아침부터 불편한 심기를 감추지 못하고 있었다. 이유는 자신의 자금을 담당하고 있는 비조앙의 모습이 며칠 전부터 전혀 보이지 않았기 때문이다.
 물론 비조앙의 모습이 보이거나 말거나 신경을 쓸 기난은 아니었지만, 그가 없음으로 인해 발행한 일들이 그를 불쾌하게 만들었던 것이다. 각종 청구서가 기난에게 직접 전달이 된 것이었고, 게다가 몇몇 용병들은 자신들의 봉급이 밀리기 시작하자마자 바로 그의 곁을 떠나가 버렸다.
 처음에는 그런 것이 뭐가 문제가 되겠는가 생각을 했지만 불과 이틀 만에 기난은 진저리를 쳤다. 지금 별성에 있는 사람들만 해도 거의 2,000명이 넘는데, 금고 속에 남은 돈은 얼마 되지 않아 식량을 사기에도 형편없이 부족한 액수였다.
 만약 자신이 이 문제를 해결하지 못한다면 아무도 자신 곁에 남지 않을 것임을 알기에 기난은 머리를 쥐어뜯으며 고심을 했지만, 평생 머리를 별로 써본 적이 없는 그로서는 불가능에 대한 도전이었다.

평소 쓰지 않던 머리를 갑자기 사용한 탓인지 머리는 계속해서 지끈거렸고, 덩달아 속까지 쓰리기 시작했다. 괜히 요리사에게 짜증을 부리고 식당을 빠져 나온 기난은 가슴이 답답해지는 것을 느끼고는 정원으로 나섰다.

정원에 나서서 한낮의 햇살의 따가움을 느끼던 기난은 별성의 곳곳을 지키고 있는 용병들의 모습을 발견했다. 남아 있는 용병들의 모습에 마음의 위안을 느낀 기난은 조금은 마음이 풀린 상태로 산책을 했다.

하지만 산책을 하면서 곳곳에서 충실히 경계를 서고 있는 줄만 알았던 용병들이 실은 서로 등을 기댄 채 대부분 잠들어 있다는 사실을 알게 되었다.

화가 치민 기난은 자신의 발 밑에 있는 작은 돌을 집어 꾸벅꾸벅 졸고 있던 용병들을 향해 힘껏 던졌다. 돌은 완만한 포물선을 그리며 용병들을 향해 날아갔고, 졸고 있던 용병들의 발 밑에 떨어졌다. '딱!' 하는 소리와 함께 용병들은 허리에 차고 있던 검을 뽑아 들고 주위를 두리번거렸다. 그 모습에 기분이 엉망이 된 기난은 다시 자신의 방으로 갔다.

기난과 조금 떨어진 곳에서 그 모습을 바라보던 해리슨의 얼굴에는 엷은 비웃음이 걸려 있었다. 재빨리 웃음을 지운 해리슨은 기난의 뒤를 따라 서재로 향했다. 해리슨이 자신의 뒤를 따라 방으로 들어오자 기난의 얼굴은 더욱 찌푸려졌다. 그러나 자신이 말을 한다고 신경 쓸 해리슨이 아니었기에 일부러 못 본 척했다.

어떻게든 부족한 황금을 채울 방법을 강구해야만 했다. 그러나 며칠 동안 난생처음으로 고심을 했지만 별 뾰족한 방법이 없었다. 그 생각만 하면 지금도 머리가 지끈거릴 정도였다. 기난이 얼굴의 나머지 부분을 이용해 주름을 잡고 있을 때 부하의 보고하는 음성이 들렸다.

"기난 전하, 전하를 만나뵙기 위해 오신 분이 계십니다."

"누구냐?"

한껏 인상을 찌던 기난은 귀찮은 듯 되물었다.

"보리스 백작님의 영애이신 아이린 양이 찾아오셨습니다."

"아이린이 왔다고? 어서 안으로 모셔라."

기난의 말이 끝나고 얼마 되지 않아 주름이 한껏 달린 드레스를 입은 젊은 여인이 실내로 들어왔다. 곱슬곱슬한 금발에 달걀형의 얼굴을 한 이십대 초반의 아름다운 여인이었다. 좁은 이마가 조금 눈에 거슬리기는 하지만 어디서나 쉽게 볼 수 있는 여인은 아니었다.

여인은 기난 앞에 서서 무릎을 굽히며 인사를 했다.

"전하, 그 동안 안녕하셨는지요?"

"아이린 양, 어서 오시오."

천천히 몸을 일으킨 아이린은 기난이 권한 의자에 앉아 손에 들고 있던 작은 부채를 펼쳐 부치기 시작했다. 기난이 맞은편에 앉자 조금은 뾰로통한 음성으로 투덜거렸다.

"요즘 기난 전하께서는 제가 별로 보고 싶지 않으셨나요?"

투정 섞인 아이린의 말에 기난은 조금 난처한 표정을 지었다. 그리고는 변명처럼 대답했다.

"아니오, 내가 그럴 리 있겠소?"

"그럼, 아직 절 잊지 않으셨단 말인가요?"

"물론이오. 내가 아이린 양을 얼마나 보고 싶어했는지 아이린 양은 모를 거요."

"그렇다면 왜 연락을 안 주신 거죠?"

"아이린 양에게 줄 선물이 준비되지 않아 연락을 하지 않았던 거요. 내가 준비했던 물건을 가져와라."

기난의 말에 뒤에 서 있던 시종 하나가 재빨리 작은 상자를 들고 왔다. 멋진 세공이 된 상자를 받아 든 기난은 만면에 미소를 머금은 채 앞으로 내밀었다.

"어렵게 구한 물건이오. 아이린 양의 마음에 들었으면 좋겠는데……."

"어머, 정말 예쁜 목걸이군요."

아이린이 상자 안에서 꺼낸 것은 커다란 루비와 갖가지 보석, 그리고 황금으로 이루어진 목걸이였다. 기난은 목걸이를 받아 아이린의 목에 걸어주었다. 아이린이 기쁜 듯 미소를 짓자 기난도 흡족해하는 미소를 지었다.

"전하, 오늘 저와 피크닉을 가지 않으시겠어요?"

"어디로 말이오?"

"가까운 곳에도 좋은 곳이 많던걸요."

"아이린 양이 원한다면 가도록 합시다."

기난의 말에 아이린은 기쁜 듯 미소를 지었다. 그러나 기난 뒤에 서 있던 해리슨의 얼굴에는 여전히 엷은 비웃음이 떠올라 있었다.

잠시 후 별성에서는 기난의 야유회로 인해 갑자기 분주해졌다.

그리고 얼마 지나지 않아 한 대의 마차와 10여 명의 용병들이 별성을 떠났다.

마차는 별성에서 약 10여 킬로 정도 떨어진 계곡으로 향했다. 계곡의 중턱에 위치한 공터에 도착한 기난 일행들은 곧 자리를 마련했고, 용병들은 주위에 흩어져 주위를 감시했다.

기난은 해리슨마저 어디로 사라지기를 바랬지만 도무지 선 자리에서 꼼짝할 기색도 보이지 않았다.

"다론 후작, 잠시 자리를 비켜주겠소?"

"만약 제가 자리를 피한 후 암살자들의 습격이라도 받게 되면 목숨이 위태로울 텐데, 그래도 상관없겠습니까?"

"근처에 용병들과 후작이 있지 않소? 그리고 지금은 아이린 양과 함께 있단 말이오. 눈치껏 좀 자리를 피해주면 안 되는 거요?"

"좋습니다."

그 말을 한 해리슨은 몸을 돌려 숲속으로 사라졌다. 그 모습을 본 기난은 고개를 잠시 갸웃거렸다. 자신이 어떤 말을 하든 자신의 곁을 떠나지 않던 해리슨이 그 말에 어디론가 사라져 버리자 의아한 생각이 들었지만 지금 중요한 것은 자신 앞에 앉아 있는 아이린이었다.

"내가 아이린 양의 말을 듣고 피크닉 나오길 잘한 것 같소. 조금 덥기는 하지만 바람도 시원하게 불고, 물소리까지 들리니 답답했던 가슴이 뻥 뚫어지는 것 같소."

"정말 피크닉 나오길 잘했다고 생각하시나요?"

"그렇소, 아이린 양."

"저와 함께 있기 때문에 기쁘신 가요?"

그 말에 기난은 흡족한 미소를 지었다.

"물론이오. 아이린 양은 어떻소?"

"저도 기뻐요. 그런데 전하께 죄송스럽다는 말을 하지 않을 수 없군요."

"죄송스럽다니? 뭐가 말이오?"

기난이 반문을 하는 순간 아이린은 빵을 자르기 위해 꺼내놓았던 나이프를 들어 그대로 휘둘렀다. 기난은 크게 놀라며 뒤로 물러서려 했지만 그것은 단지 그의 생각일 뿐, 나이프는 무정하게 기난의 목에 깊은 상처를 내며 지나갔다.

"커억!"

짧은 신음 소리와 함께 기난은 자신의 목을 움켜잡았고, 그런 그의 손 사이로 많은 양의 선혈이 흘러내렸다. 아이린은 차분한 눈길로 그런 기난의 모습을 바라보고 있었다. 선혈로 범벅이 된 기난은 부들부들 떨리는 손으로 아이린을 움켜잡으려고 했지만 아이린은 앉은 자리에서 꼼짝도 하지 않았다. 그러다 무엇을 발견했는지 기난은 소스라치게 놀랐고, 그의 눈이 갑자기 커지는 순간 그의 영혼은 지상을 떠났다.

기난의 눈길이 머문 곳에는 그와 똑같은 옷을 입은 사내가 서 있었다. 짧게 다듬어진 금발에 치켜 올라간 눈썹, 그리고 얇은 입술과 튀어나온 광대뼈 등 틀림없는 기난의 모습이었다.

"언제 봐도 날카로운 솜씨군요, 아이린 양."

"이제 얀센 경께서 얼마나 완벽하게 기난의 행세를 하느냐에 따라 이번 작전의 성사가 달려 있으니 그 점을 잊지 말도록 하세요."

그들이 대화를 나누는 사이 숲으로 사라졌던 해리슨이 다시 모습을 드러냈다. 바닥에 쓰러져 있는 기난의 모습을 무심한 눈길로 바라보던 해리슨이 질문을 했다.

"모두 처리했는가?"

"그렇습니다. 17명 모두 처리했고, 그들로 완벽하게 변장을 마쳤습니다."

"좋다. 두 시간 후에 성으로 복귀한다."

"명심하겠습니다."

기난을 수행했던 용병들 가운데 하나로 변장을 한 사내가 허리를 숙였다. 기난의 시체 중에서 몇 가지 물건을 챙긴 사내는 그것을 기난으로 변장한 얀센에게 넘겼고, 얀센은 침착한 태도로 그것을 받아 들었다.

기난의 시체가 사라지는 것을 본 해리슨이 얀센에게 다시 한 번 주의를 주었다.

"네가 해야 될 일을 명심해라."

"걱정하지 마십시오, 해리슨 각하."

"좋다."

새파란 잔디에 묻어 있는 몇 방울의 선혈만 아니라면 살인이 벌어졌다고 도저히 믿을 수 없는 그런 날의 정오였다.

*   *   *

"이동 마법진이 아니었다면 이곳까지 오느라고 꽤 고생을 했겠는데?"

"글쎄 말이야. 산엔 나무가 너무 빽빽해 길도 없고, 그나마 있는 길들은 말들이 다니기엔 상당히 가파른 것 같지 않아?"

"그래도 전 말을 타지 않아 너무 좋아요."

"뮤렐, 얼마나 더 가야 하지?"

데보라의 말에 뮤렐은 미안한 얼굴로 대답했다.
"죄송합니다. 이렇게 궁벽한 곳까지 오시게 해서 말입니다."
"길이 얼마나 남았냐고 물었는데 그런 쓸데없는 소릴 하다니, 괜히 사람 쑥스럽게 만들지 마."
"제가 살던 마을은 저기 보이는 산모퉁이만 돌면 바로 보입니다. 고향을 떠난 지도 벌써 4년 가까이 되는데 다른 사람들이 무사한지 모르겠군요."

데미안 일행들은 뮤렐이 가리킨 곳을 바라보았다. 뮤렐이 자신의 고향이라고 일행들에게 가르쳐 준 곳은 사방이 온통 산으로 둘러싸인 곳으로, 나무꾼들이나 다닐 법한 좁은 길을 제외하고는 인간의 흔적이 전혀 느껴지지 않는 곳이었다.

뮤렐을 제외한 데미안 일행은 오랜만에 느껴보는 평화스러운 광경에 만족스런 미소를 지었다. 특히 싸움하고는 거리가 먼 로빈이나 산속에서만 생활해 왔던 레오 같은 경우에는 더욱 그러했다. 특히 레오는 나무와 나무 사이를 마치 한 마리 날짐승처럼 날렵하게 뛰어다녔고, 그 틈을 타 데보라는 데미안 곁에 바싹 다가섰다.

웃고, 떠들면서 이동한 지 두 시간이 지나자 일행들은 마침내 뮤렐의 고향 마을에 도착할 수 있었다. 그러나 그 순간 일행들의 얼굴에서는 미소가 사라졌고, 뮤렐은 너무나 놀란 나머지 입만 벌린 채 아무 소리도 내지 못하고 벌벌 떨고 서 있었다.

뮤렐의 눈길이 향하는 곳은 산의 중턱.

그러나 그 어디에도 마을이 있었던 흔적은 없었다. 아니, 짙은 안개로 인해 아무것도 확인할 수 없었다. 게다가 안개가 희미한 곳에는 일행들이 레아논산에서 몸서리치게 경험한 적이 있던 스킬드가 수도 없이 자라고 있었다.

"마치 드래곤의 레어 같군요."

"레어란 말씀입니까, 드래곤의?"

"확실한 것은 아니지만 제 눈에는 그렇게 느껴집니다. 드래곤 가운데에서도 블랙 드래곤의 레어라고 말입니다."

카프의 말에 일행들은 자신들도 모르게 긴장을 해서 침을 삼키고 있었다.

"대, 대체 이게 어떻게 된 일이지?"

커다란 충격을 이기지 못하고 벌벌 떨던 뮤렐은 힘없이 그 자리에 주저앉았다. 그 모습에 데미안이 다가왔다.

"뮤렐, 이곳이 고향이 틀림없어?"

"제가 태어나서 20여 년 동안이나 자란 곳입니다. 이곳은 틀림없이 제 고향이 맞습니다. 그런데 왜 이곳이 늪지로 변해버렸는지……."

일행들은 따가운 햇살을 피해 숲으로 들어갔다. 그리고는 뮤렐에게서 들은 이야기를 정리했다.

4년 전쯤 뮤렐이 사는 마을에 갑자기 몬스터가 출몰하기 시작했고, 당시 자신의 몸을 지킬 아무런 힘이 없던 마을 사람들은 하나둘씩 몬스터에게 무참하게 살해당했다. 그러나 마을 사람들의 거센 저항 때문인지 주춤하던 몬스터의 공격이 어느 날부터인지 갑자기 조직적으로 변했고, 그로 인해 마을의 방어선은 맥없이 무너졌다.

방어선이 무너지자 몬스터들은 마을로 쏟아져 들어왔고, 그때 방어선을 지키던 뮤렐의 아버지도, 마을 여인들과 함께 피신했던 어머니와 여동생도 무참히 몬스터들에게 죽임을 당했다. 혼전 가운데 마을 밖까지 쫓겼던 뮤렐은 새벽에 마을 청년들과 함께 다시 마을로 숨어 들어왔다. 그러나 그가 발견한 것은 싸늘하게 식은 부모님과 여동생의 시신뿐이었다.

이성을 잃은 뮤렐은 몬스터들이 밀고 내려온 곳을 향해 달려가려 했지만 마을 사람들의 만류로 그러지도 못했다. 부모님과 여동생의 시신 앞에서 밤을 지새운 뮤렐은 복수를 하기 위해 마을을 떠날 결심을 했다.

뮤렐은 마을 사람들이 모두 잠에 빠져 있는 이른 새벽에 조용히 마을을 떠났다. 그후 뮤렐은 트렌실바니아 왕국 전역을 떠돌며 자신이 복수를 하는데 도움을 줄 스승을 찾았지만, 스무 살이 훨씬 넘은 그를 제자로 맡겠다는 사람은 한 사람도 없었다. 실망을 하던 뮤렐이 차이렌의 이름을 들은 것은 그때의 일이었다.

희망이 생긴 뮤렐은 차이렌을 찾아 국경으로 향하다가 당시 페인야드로 여행 중이던 데미안과 만나게 된 것이었다.

"그러니까 4년 전에는 이런 늪지가 없었단 말이지?"
"그렇습니다."
대답하는 뮤렐의 눈은 여전히 늪지를 향해 있었다.
"대체 몬스터들이 무엇 때문에 마을을 공격했을까요? 몬스터들이 특별한 이유도 없이 사람들이 사는 마을까지 습격하는 일은 참 드문데 말이에요."
로빈의 말에 일행들은 고개를 끄덕였다. 아닌 게 아니라 로빈의 말처럼 몬스터들이 아무런 이유도 없이 사람들이 사는 마을을 습격하는 일은 좀처럼 볼 수 없는 일이었다. 게다가 뮤렐의 말대로라면 당시 마을을 습격했던 몬스터는 오거와 트롤, 그리고 오크들이라고 하지 않는가?

비록 오크들이 무기를 사용하기는 하지만 자신보다 훨씬 강한 오거나 트롤과 함께 다닌다는 것은 아무리 생각해 봐도 이상한 일이 아닐 수 없었다. 데미안이 아는 상식으로는 몬스터들을 조종해 마을을 습격하도록 지시를 내릴 수 있는 존재는 지상에 단 하나밖에 없었다.

생각이 거기에 이르자 데미안과 카프는 자신들도 모르게 눈이 마주쳤고, 상대도 자신과 생각이 같다는 데 놀랐다.

"그럼 카프님께서도……?"

"데미안님도 저와 같은 생각을 하신 모양이군요. 아무래도 그 몬스터들의 배후에는 드래곤이 있는 것 같군요."

카프의 말에 다른 사람들도 그렇게 생각했는지 고개를 끄덕였다. 그러나 뮤렐은 그 말을 듣는 순간 절망에 빠지지 않을 수 없었다. 당시 마을을 습격했던 몬스터들만 하더라도 복수의 상대로는 벅차기 이를 데 없는데 드래곤까지 개입되었다면 복수는 포기할 수밖에 없다는 말이 아닌가?

그 생각이 드는 순간 뮤렐의 눈에서는 굵은 눈물이 흘러내렸다. 일행들도 답답한 생각이 들었지만 어떻게 할 수 있는 방법이 없었다. 순간 차이렌의 음성이 들렸다.

"바보 같은 놈! 눈물만 흘리고 있으면 복수가 저절로 된단 말이냐? 차라리 속시원하게 불이라도 싸질러 버려!"

울고 있던 뮤렐의 입에서 갑자기 분노한 차이렌의 음성이 들리자 조금은 으스스한 생각이 들었다. 옆에서 그 말을 듣던 데미안도 찬성을 했다.

"그래, 뮤렐. 그렇게 하자."

데미안의 말에 놀란 것은 나머지 일행들이었다.

"데미안님! 지금 산에 불을 질렀다가는 그 피해가 엄청날 겁니다."

"왜 데미안 너까지 저 늙은이의 꼬임에 넘어가는 거야?!"

"데보라님의 말씀이 맞습니다. 그렇지 않아도 지금은 시기적으로 비가 별로 오지 않아 나무들이 상당히 말라 있습니다. 만약 작은 불씨라도 날리는 날엔 엄청난 화재가 날 것은 데미안님도 잘 알고 계시지 않습니까?"

"나무에도 생명이 있습니다."

카프까지 만류를 하자 데미안은 잠시 실망한 표정을 짓다가 다시 뮤렐에게 자신의 생각을 말했다.

"뮤렐, 여기서 이럴 것이 아니라 한번 더 가보자. 만약 드래곤이 있다면 다음 기회를 보더라도 일단 어떤 녀석이 마을을 이런 꼴로 만들었는지는 알아야 복수든 뭐든 할 것 아니야?"

낙담하고 있던 뮤렐의 눈에 생기가 돌아왔다. 그리고는 자리에서 벌떡 일어났다.

"데미안님의 말씀대로 일단 누가 마을을 이렇게 만든 것인지 알아야겠습니다."

"그래, 잘 생각했어. 그리고 뮤렐의 곁에는 내가 있고, 또 동료들이 있잖아."

데미안의 말에 뮤렐은 뭐라고 감사함을 표시해야 할지 몰랐다. 그저 고개를 숙일 뿐이었다.

"감사합니다. 감사합니다. 정말 감사합니다. 전 여러분께 어떻게 감사를 드려야 할지……"

"뮤렐, 힘을 내!"

"뮤렐 형, 나도 형을 도울게."

"이봐, 뮤렐. 나도 있다는 걸 잊지 마. 아마조네스의 위대한 칸인 나 데보라가 언제나 곁에 있을 테니까."

일행들의 말에 감격한 뮤렐은 고개를 숙인 채 들질 못했다.

잠시 후 일행들은 각자 자신의 무기와 복장을 살피고는 천천히 늪지를 향해 걸음을 옮겼다. 늪지로 향하는 길은 그래도 예전에 마을이 있었던 탓인지는 모르지만 그런 대로 평탄했다. 그리고 간간이 과거에 마을이 존재했음을 증명하는 흔적들을 발견할 수 있었다.

무너진 담이나 이미 낡아버린 가재 도구들, 산산이 부서진 지붕의 잔재를 바라보는 일행들의 눈길에는 자연스럽게 긴장감이 어렸다.

뜨겁게 지면을 달구던 태양도 어느덧 지고 있었다. 긴 그림자를 끌며 일행들이 늪지로 향하는 동안 주위는 희미한 어둠에 묻혀갔다. 일행들은 희미하게 안개에 휩싸인 지역에 들어섰고, 아직 태양빛이 남아 있었건만 사방이 뿌연 안개에 휩싸여 5미터 앞도 보이지 않았다.

일행들은 잔뜩 긴장한 채 아주 조심스럽게 앞으로 전진을 했다. 일행들은 모두 무기를 꺼내 들고 혹시 있을지도 모르는 몬스터들의 공격에 대비했다. 안개 때문인지 얼마나 걸어왔고, 또 어느 곳으로 자신들이 향하는지 전혀 알 수 없었다.

레오가 기분이 나쁜지 주위를 둘러보며 으르렁거렸다. 데미안이 그러지 말라고 말하려는 순간 일행들을 향해 뭔가가 덮쳐 왔다.

놀란 데보라가 엉겁결에 무지막지한 브로드 소드로 자신의 몸을 가렸고, 그녀를 향해 날아오던 뭔가가 브로드 소드와 부딪혀 땅에 떨어졌다. 일행들의 눈이 일제히 그곳으로 향했고, 그 정체를 확인하고는 어이없다는 표정을 지었다.

바닥에 떨어져 버둥거리는 것은 겨우 어른의 주먹 정도가 될까 말까 한 크기를 가진 작은 도마뱀이었다. 밝은 회색의 몸에 군데군데 선인장의 가시처럼 생긴 검은색의 뿔이 돋아나 있던 것이 다를 뿐이었다. 그렇게 긴장을 했는데 겨우 도마뱀 한 마리라니. 일행들이 실소(失笑)를 짓는 것과는 달리 로빈은 일행들에게 주의를 주었다.

"조심하세요. 이건 습지나 늪지 같은 곳에 사는 도마뱀의 일종으로 프락시돈이라고 불리는 놈이에요. 저 가시처럼 생긴 뿔에는 재생력이 좋은 트롤조차 한 방에 즉사시킬 수 있는 맹독(猛毒)이 있어요."

긴장한 로빈의 말에 그제야 일행들의 얼굴에서 웃음이 사라졌다. 자연스럽게 일행들의 중앙에 들어선 로빈은 신성 주문을 외우며 일행들의 이동 속도에 맞추어 발걸음을 옮겼다.

약 15분 정도가 지났지만 어떤 움직임도 없었다. 그러나 일행들은 경계심을 풀 수 없었다. 이미 레아논산에서 엄청난 수의 몬스터들과 혈전을 통해 방심이 얼마나 위험한 행동인지를 뼈저리게 느끼고 있었기 때문이다.

"젠장, 너무 조용한 것 같지 않아?"

"데보라 양, 이제 곧 공격이 시작될 것 같습니다. 조심하시는 것이 좋을 듯합니다."

카프의 충고에 데보라는 다시 허리에서 쇼트 소드를 꺼내 왼손에 들었다. 아무리 그녀가 고집이 세고, 자존심이 강하다고 하더라도 숲속이나 늪지에서 싸울 때 엘프의 충고를 무시하는 멍청한 짓을 할 데보라는 아니었다. 카프의 말에 일행들이 긴장할 때 그의 말처럼 공격이 시작되었다.

미처 육안으로 식별하게도 힘들 정도로 작은 크기를 가진 프락시돈 수십, 수백 마리들이 사방에서 달려들었다. 게다가 그들은 엄청난 도약력을 가지고 있어 그들이 지면이나 나무를 박차고 날아들 때는 마치 화살이 날아오는 듯 보였다.

로빈이 보호막을 치고 있는 동안 일행들은 일단 흥분된 마음을 진정시키며 제각기 자신들의 무기를 휘둘렀다. 뮤렐은 자신이 일행들에게 아무런 도움도 되지 않는다는 것을 느끼고는 차이렌을 깨웠다. 잠시 주위를 둘러본 차이렌은 곧 스펠을 캐스팅하고는 그대로 손을 내뻗었다.

"프리징 애로우!"

순간 차이렌의 몸 주위에는 흰색을 지닌 20여 발의 화살들이 생겨났고, 그의 손짓에 따라 사방으로 날아갔다. 데미안도 차이렌을 도와 사방에 프리징 애로우를 날렸다.

순식간에 주위의 공기는 싸늘하게 식어버렸고, 안개도 어느 정도 제거가 되어 주위의 모습이 드러났다. 비록 바닥에 얼어붙은 채 떨어진 프락시돈의 숫자는 얼마 되지 않았지만 안개가 걷힌 탓인지 더 이상의 공격은 없었다. 그러나 그것도 잠시뿐 다시금 일행들을 향해 안개가 밀려들었다.

* * *

"알렉스 전하, 지금 전하를 뵙고자 하는 사람이 왔습니다."

"날 말입니까?"

"그렇습니다, 전하."

자렌토의 말에 알렉스는 고개를 갸웃거렸다.

"그 사람이 누굽니까?"

"스스로 기난 전하의 측근이라고만 밝힌 자입니다."

조금은 난처한 표정으로 대답하는 자렌토의 모습에 알렉스도, 또 뒤에서 자렌토의 보고를 듣고 있던 세무엘도 조금은 놀란 표정을 지었다.

"기난 형님이 나에게 연락을 주시다니……. 싸일렉스 백작, 일단 그 사람을 이곳으로 불러주시오."

"알겠습니다, 알렉스 전하."

대답을 한 자렌토는 곧 실내를 빠져 나갔고, 잠시 후 들어온 사람은 사십대로 보이는 나이에 탄탄한 체구를 가진 기사였다. 특이하게도 왼쪽 가슴에는 오직 왕국의 근위 기사단장만이 새길 수 있는 검을 움켜잡고 있는 선더버드의 문양이 선명하게 자리잡고 있었다.

실내로 들어온 사내는 알렉스를 보고는 허리를 숙여 정중하게 인사를 했다.

"알렉스 전하, 처음으로 인사를 드리게 되었습니다. 전 기난 전하를 모시고 있는 후리오라고 합니다."

"만나서 반갑소, 후리오 경."

다시 꼿꼿하게 허리를 편 후리오는 당당한 자세로 서서 알렉스를 향해 굵지만 힘있는 음성으로 말을 건넸다.

"기난 전하께서는 혼란스러운 왕국의 안정을 찾는 것이 무엇보다 먼저라고 하셨습니다. 이런 상황을 맞이하게 된 것은 왕족들의 잘못이 지대하다고 판단을 내리시고는 형님이신 제로미스 전하와 기난 전하, 그리고 알렉스 전하 이 세 분께서 직접 만나 허심탄회하게 대화를 나누어 사태를 수습하자고 말씀을 하셨습니다. 만약 알렉스 전하께서 그럴 의사가 계시다면 오늘 8월의 마지막 날 페인야드 북쪽에 있는 제록스성으로 오시라는 기난 전하의 말씀이셨습니다."

"형님이 그런 말씀을 하셨단 말이오?"

"그렇습니다. 제 귀로 직접 들은 이야기입니다."

후리오의 여유만만한 태도에 알렉스 뒤에 서 있던 세무엘의 얼굴이 조금 이상하게 변했다.

"기난 전하의 말씀을 모두 전했으니 전 이만 물러가겠습니다. 참! 전하께서는 이런 말씀도 하셨습니다. 만약 알렉스 전하께서 그 장소에 나오시지 않는다면 앞으로 알렉스 전하와는 어떠한 협조도 이루어 질 수 없다는 점을 분명하게 기억하라고 하셨습니다. 그럼 다음에 뵐 때까지 선더버드의 가호가 함께하시길."

후리오는 여유만만하게 인사를 하고는 여전히 당당한 발걸음으로 실내를 빠져 나갔다. 잠시 그런 후리오의 뒷모습을 보던 알렉스가 고심에 빠져 있을 때 후리오를 배웅하기 위해 나갔던 자렌토가 한스와 함께 실내로 돌아왔다.

"알렉스 전하, 기난 전하께서 그렇게 말씀을 하셨다니 조금은 의외입니다."

"싸일렉스 백작의 생각은 어떻습니까?"

"글쎄요, 왠지 께름칙한 생각이 들기는 하지만 그것이 무엇 때문인지는 설명하기 힘들군요."

"흐음."

알렉스의 입에서 약한 신음 소리가 흘러나오자 묵묵히 서 있던 세무엘이 말을 꺼냈다.
"백작, 백작이 보기에 조금 전에 왔던 후리오라는 자의 검술 실력이 얼마나 되는 같았소?"
"확실하지는 않지만 거의 저와 필적하는 수준인 것 같았습니다."
"백작도 그렇게 느꼈구려. 내가 보기에도 그렇소. 그렇다면 더욱 이상한 일이 아니오? 그런 실력자가 있다는 사실을 오늘에서야 알게 되다니 말이오?"

물론 세무엘이 말하고자 하는 것이 무엇인지는 자렌토 역시 잘 알고 있었지만 후리오를 의심하기에는 그의 태도가 너무나도 당당했던 것이 마음에 걸렸다. 또 자신들이 수집한 정보에 의하면 기난의 여전히 연회와 여자에 빠져 세월 가는 줄 모르고 있다고 알고 있는데, 오늘 후리오가 전한 내용을 사실이라고 가정하면 기난은 세상을 속여왔다는 말이 아닌가?

이제까지의 개망나니에 탐욕스러운 욕심쟁이로 알려졌던 기난이 실은 뛰어난 계략의 명수라? 좀처럼 믿기 힘든 일이었다.

"그리고 또 한 가지는 기난 전하가 제록스성에서 만나자고 제의한 것인데, 그건 누가 생각을 해도 함정이라는 것이 뻔하지 않습니까? 게다가 참석하지 않으면 앞으로 협조가 없다니. 그 말은 뒤집어 생각해 보면 제로미스 전하와 힘을 합칠 수도 있다는 협박 아닙니까?"

한스의 말에 알렉스의 얼굴은 어두워졌다. 그렇지 않아도 자신 역시 그렇게 생각을 하고 있던 중이었다. 갑자기 당당해진 기난의 태도도 이해가 가지 않았지만, 그가 제의한 회담을 거부할 명분이 없었다.
 "알렉스 전하, 기난 전하의 제의는 거부하는 것이 좋을 듯싶습니다. 무슨 위험이 있을지도 모르는 일이고, 게다가 갑자기 기난 전하의 행동이 변한 것이… 일단 사태를 좀더 두고 보시는 것이 좋을 듯싶습니다."
 "제 생각 역시 그렇습니다. 소문으로 알려진 기난 전하의 성격과 오늘 후리오란 자가 전해준 기난 전하의 말은 너무도 다른 모습이지 않습니까? 왠지 느낌이 별로 좋지 않습니다."
 한스의 말에 다른 사람들도 은연중에 동조했다. 뒤에 서 있던 세무엘은 한스를 눈여겨 보며 지나가는 말로 물었다.
 "자네가 생각하기에 알렉스 전하가 참석을 해야 된다고 생각하나? 만약 참석을 하지 않았다고 치면 우리가 어떤 준비를 해야 한다고 생각을 하는가?"
 갑작스런 세무엘의 질문에 한스는 잠시 당황하다가는 곧 침착한 음성으로 대답했다.
 "제가 대답할 성격의 질문은 아닌 것 같지만, 다만 제 생각을 말한다면 제 의견은 이렇습니다. 기난 전하가 함정을 팠다고 가정을 했을 때 제록스성에 제로미스 전하나 알렉스 전하를 사로잡아 왕권을 차지하려는 것은 묻지 않아도 뻔한 일입니다. 제로미스 전하의 경우 아마 그런 사실을 쉽게 깨달으셨을 것이고, 그런 경우 제로미스 전하께서는 반대로 기난 전하를 사로잡아 쉽게 왕위 계승 문제를 해결하려고 하실 것이 틀림없습니다."
 잠시 말을 마친 한스는 바싹 마른 입술에 침을 묻힌 다음 말을 이었다.
 "두 분이 생각하시기에 알렉스 전하의 세력은 가진 힘이 미약하고, 또한 왕위 계승 문제를 결정 짓는 데 별 영향력을 발휘하지 못한다고 판단했기 때문에 별로 신경 쓰지 않을 것 같습니다. 그때 두 분 전하를 포로로 삼는다면 아마 쉽게 왕위 계승 문제를 수습할 수도 있지 않을까 하는 생각을 하는데, 다만 이것은 제 생각일 따름입니다."

"그러니까 그대의 말은 수단과 방법을 가리지 말고 두 분 전하를 포로로 만들어야 한다는 말이오?"

"후작 각하, 그 말씀은 너무 과격하신 발언이십니다. 그저 왕위 계승 문제를 매듭 짓기 위한 올바른 수순(手順)이라고 하는 것이 맞는 말이 아닐까 생각이 됩니다."

한스의 말에 세무엘의 입가에는 쓴웃음이 지어졌다. 그저 단어만 다를 뿐 말하고자 하는 뜻은 전혀 바뀐 것이 없었다. 한스의 설명을 들은 알렉스 역시 그가 말하고자 하는 뜻은 충분히 이해할 수 있지만 자신의 손으로 그런 짓은 하고 싶지 않은 것이 솔직한 심정이었다.

"기난 전하의 초대에 응하시려면 아직까지 시간이 있으니 천천히, 그러나 충분히 생각하시는 것이 좋을 듯합니다."

자렌토의 말에 알렉스는 고개를 끄덕이기는 했지만 그의 얼굴에는 고뇌의 기색이 역력했다.

*　　　*　　　*

"뭔지는 모르지만 상당히 불쾌한 기분이 듭니다. 아마도 다른 몬스터의 공격이 있을 것 같습니다."

카프의 경고에 일행들은 잔뜩 긴장한 채 사방을 주시했다. 그러나 조금씩 일행들을 향해 밀려드는 안개만 보일 뿐 다른 것은 아무것도 보이는 것이 없었다. 그럼에도 불구하고 주위에 있는 뭔가가 자신들을 공격할 것 같은 느낌에 일행들은 전혀 긴장을 풀지 못했다.

데미안은 이곳 늪지를 멀리서 바라보았을 때 보았던 스킬드의 공격이 없자 신경이 곤두섰다. 잠시도 긴장감을 늦추지 못하는 시간이 길어지면 길어질수록 일행들의 신경은 점점 더 날카로워졌다. 그러던 가운데 일행들은 자신들이 안개에 휩싸이면서 뭔가 안개 속에서 움직이는 것을 감지할 수 있었다. 그러나 그 움직임이 워낙 빨라 뭐가 안개 속에서 움직이는 것인지 전혀 육안으로 식별할 수 없었다.

일행들이 잔뜩 긴장하고 있을 때 안개를 가르며 뭔가가 헥터의 머리를 향해 날아들었다. 그렇지 않아도 경계심을 늦추지 않았던 헥터는 곧 바스타드 소드를 들어 자신의 머리를 향해 날아오는 뭔가를 막아냈다.

챙!

날카로운 금속음을 울리며 떨어져 내리는 물건은 한쪽의 날 길이만 60센티미터가 넘어 보이는 커다란 배틀 엑스였다. 그렇지 않아도 긴장하고 있던 일행들은 누가 말을 하지 않아도 신속하게 원형의 대형을 만들며 주위를 경계했다. 그런 그들의 눈앞에 나타난 것은 오거들이었다.

수십 마리가 넘는 오거들의 모습을 발견한 라일은 평소처럼 앞으로 나서며 자신의 앞에 있던 오거를 향해 힘껏 자신의 롱 소드를 휘둘렀다. 그러나 그가 휘두른 롱 소드는 오거들의 배틀 엑스에 힘없이 막혀버렸고, 라일은 그 충격을 이기지 못하고 뒤로 몇 걸음이나 물러서야 했다. 황급히 고개를 돌려 서쪽을 바라보니 태양이 서쪽 하늘을 붉게 물들이며 서서히 지고 있는 모습이 보였다.

당연히 라일이 오거를 물리치리라 생각을 했던 일행들은 적지 않게 당황했고, 데미안은 자신의 자리를 떠나 라일의 앞을 가로막았다. 그러나 그 순간 다시 데미안의 앞을 가로막는 사람이 있었다. 카프였다.

카프는 자신의 클레이모어를 힘껏 움켜쥔 채 정면에서 다가오는 오거를 노려보았다. 카프의 눈빛 때문인지 잠시 움찔하던 오거는 그런 자신의 행동이 마음에 들지 않는지 괴성을 지르며 카프에게 달려들었다.

카프는 엘프족 사회에서 내려오는 전래의 방법—주로 강한 눈빛을 상대에게 보여 스스로 겁을 먹고 물러가게 하는 방법—을 사용해 오거를 물러나게 하려고 했지만 실패했다. 굳게 어금니를 깨문 카프는 클레이모어를 들고 있던 손에 잔뜩 힘을 주고는 그대로 앞으로 내뻗었다. 카프의 클레이모어가 막 오거의 심장이 있는 부분에 닿으려는 순간 오거의 심장은 요란한 소리를 내며 그대로 폭발해 버렸다.

펑—!

카프의 공격을 받았던 오거의 커다란 덩치는 마치 낙엽처럼 날리며 뒤로 날아갔다. 요란한 소리와 함께 오거의 덩치가 날아가 버리자 함께 공격을 하던 오거들이 순간적으로 움찔하는 모습이 보였다. 순간 데미안과 헥터, 그리고 레오가 누가 먼저라고 할 것도 없이 앞으로 뛰어나갔다.

만만하게 생각했던 인간들이 당돌하게도 자신들을 공격하는 모습을 본 오거들은 비명 같은 포효를 터뜨리며 세 사람에게 달려들었건.

 데미안과 헥터는 자신들의 바스타드 소드에 마나를 한껏 집어넣고는 그대로 휘둘렀다.

 "슬러그스 스타!"

 데미안과 헥터의 검기에 10여 마리의 오거들이 심한 상처를 입고 뒤로 물러서자 레오가 빠른 속도로 달려들며 오거들의 다리를 공격했다. 두 사람에게 입은 부상 때문에 행동이 느려진 오거들은 레오의 공격을 피하지 못하고 그대로 공격을 허용했다.

 레오의 손톱이 스치고 지나간 곳에는 당장 깊은 상처가 생겼고, 싯벌건 핏물이 허공에 튀었다. 그러나 이미 레오의 모습은 그림자도 찾아볼 수 없었다. 과연 살아 있는 생물이 저렇게 빠를 수도 있는 것인가 하는 의심이 들 정도로 레오의 몸놀림은 빨랐다.

 일행들이 걱정스러운 표정을 지으려고 할 때 이미 레오는 일행들에게로 돌아와 있었다. 그 모습을 본 차이렌이 재빨리 스펠을 캐스팅하고는 오거들을 향해 손짓을 했다.

 "파이어 랜스!"

 길이가 거의 2미터에 가까운 불꽃으로 이루어진 창이 허공에서 생겨났고, 그 화염 창은 차이렌의 손짓에 따라 오거들을 공격했다. 그 모습을 본 데미안도 오거들을 공격하기 위해 스펠을 캐스팅했다.

 "미티어 레인!"

 데미안의 손에서 튀어나온 수십 개의 빛들은 오거들에게로 날아갔고, 부딪치는 순간 빛들은 불꽃으로 변해 오거들의 커다란 몸뚱이를 순식간에 불덩어리로 만들었다. 10여 마리의 오거들이 불덩이로 변하자 헥터는 그 틈을 놓치지 않고 달려들며 바스타드 소드를 휘둘러 오거들의 목을 날렸다.
 일행들의 실력에 잠시 감탄하던 카프 역시 클레이모어를 휘두르며 오거들을 공격했다. 그렇게 잠시가 지나자 일행들을 공격했던 오거들은 모두 목숨을 잃었고, 차이렌과 데미안의 화염 공격 때문인지 주위의 안개도 상당히 걷힌 상태였다.
 일행들이 그 모습에 나직하게 한숨을 쉬고 있을 때 데미안이 일행들에게 주의를 상기시켰다.
 "긴장을 풀지 마십시오. 아까 보았던 스킬드의 공격이 아직까지 없는 것이 이상합니다."
 그제야 일행들은 스킬드의 공격이 아직 없었음을 깨달을 수 있었다. 그 모습을 보고 카프가 일행들을 안심시켰다.
 "스킬드의 공격 때문에 걱정을 하시는 것이라면 안심하십시오. 제게 스킬드의 공격을 막을 방법이 있습니다."
 자신만만한 카프의 말에 스킬드 때문에 죽을 뻔했던 경험이 있었던 일행들로서는 스킬드를 막을 수 있는 방법이 무엇인지 궁금하기 이를 데 없었다. 그렇다고 스킬드가 공격할 때까지 기다릴 수는 없는 일이었기에 일행들은 자신들의 발자국을 기준으로 앞으로 전진했다.
 날이 조금씩 어두워지자 라일은 조금씩 기운을 되찾는 듯했다. 그러나 일행들 가운데 그런 기색을 알아챈 사람은 없었다. 라일이 갑자기 걸음을 멈추었다. 그러자 일행들의 발걸음도 자연스럽게 멈추어졌다.
 "지면에서 물기가 올라오는 것이 늪지에 들어선 것 같다."
 라일의 말에 일행들은 자신들의 발 밑을 바라보았다. 신발을 신었기 때문인지 일행들은 이미 지면이 축축하게 젖어 있다는 사실을 그제야 발견할 수 있었다. 뿌연 안개 사이로 보이는 것은 엉망으로 자란 갈대와 잡풀들이었다. 군데군데 늘어선 나무들은 밧줄 크기만한 덩굴을 늘어뜨리고 있었다.

시계(視界)가 조금 좋아지기는 했지만 대신 바닥이 미끈거리고 발이 푹푹 빠지는 것이 기분이 별로 좋지 않았다. 그때였다.

"온다!"

"조심하십시오!"

라일과 카프의 음성이 동시에 터져 나왔다. 일행들이 재빨리 원형의 대형을 갖추었을 때 뭔가가 일행들을 향해 날아들었다. 데보라가 로빈의 앞을 가로막으며 무지막지한 브로드 소드를 들어 자신의 앞을 가렸다.

챙! 챙! 챙!

날카로운 금속음과 함께 바닥에 떨어진 것은 조잡하게 만들어진 것이기는 했지만 분명히 화살이었다. 그것을 본 카프가 소리쳤다.

"오크들입니다. 조심하십시오."

카프의 말에 일행들은 주위를 둘러보았지만 안개에 가려 아무것도 보이는 것이 없었다. 일행들이 긴장을 하고 있을 때 갑자기 레오의 행동이 기민해졌다. 쉴새없이 주위를 두리번거리더니 갑자기 어느 곳을 향해 뛰어올랐고, 일행들이 만류할 틈도 없이 안개 속으로 사라졌다. 그리고 오크들의 비명 소리가 들려왔다.

걱정이 된 데미안은 조금씩 앞으로 전진했고, 바닥도 점점 더 질퍽거렸다. 발목까지 빠질 정도가 되자 뭔가가 자신의 발목을 공격하는 기색을 느꼈고, 재빨리 주위를 둘러보았지만 아무것도 보이지 않았다. 다시 데미안의 눈이 앞을 향하는 순간 그의 곁에 누군가가 내려섰다.

놀란 데미안이 바스타드 소드를 옆으로 휘둘렀지만 상대의 방어에 가볍게 막혀버렸다. 그제야 상대를 확인하니 카프였다. 재빨리 검을 거둔 카프는 품에서 장갑을 꺼내 낀 다음 허리에 차고 있던 주머니에서 붉은 가루를 꺼내 자신과 데미안 주위에 뿌렸다. 그러자 습기 있는 지면을 붉게 물들이며 빠르게 주위로 퍼져 나갔다. 그러자 발목 부분에서 느껴지던 움직임이 갑자기 사라졌다.

신기한 생각이 든 데미안이 카프에게 물었다.

"그게 대체 무슨 가루기에 공격을 하려던 스킬드가 갑자기 사라진 겁니까?"

"후후후, 조금 이상한 방법이기는 하지만 스킬드를 물리치는 방법은 간단합니다. 스킬드의 진액을 채취해 햇볕에 말려 가루로 만들어 스킬드가 공격을 할 때 뿌리기만 하면 됩니다. 아주 간단하지 않습니까?"

"스킬드의 진액으로 스킬드를 물리친단 말씀입니까?"

"우리 엘프족들에게만 전해오는 비장의 방법입니다."

카프의 말에 데미안이 고개를 끄덕이는 순간 뒤에 처져 있던 일행들이 다가왔고, 안개 속으로 사라졌던 레오도 일행들 가운데 섞여 있었다.

"우리가 온 거리를 생각해 보면 늪의 가장자리에 들어온 것이 확실합니다. 대부분의 몬스터들이 가진 특성을 생각해 보면 아마 늪지 근처에 그들이 사는 곳이 있을 겁니다."

일행들은 주위를 경계하면서도 카프의 충고에 고개를 끄덕였다.

"계속 전진을 할 것인지, 아니면 이 늪지 주변으로 돌아갈 것인지 결정을 해야 합니다."

"일단 계속 전진을 하는 것이 어때요?"

데보라의 말에 별 뾰족한 방법이 없기에 다른 사람들도 고개를 끄덕였고, 곧 다시 이동을 시작했다.

처음엔 지면을 적실 정도에 불과했던 물도 이제는 종아리 절반 정도까지 차올랐다. 여전히 주위는 안개에 싸여 있었고, 군데군데 넝쿨을 늘어뜨리고 있는 나무들을 제외하고는 아무것도 보이는 것이 없었다.

더 이상 몬스터들의 공격도 없었고, 주위는 완벽한 침묵에 휩싸여 있었다. 일행들은 그 정적을 깨며 전진했다.

첨벙첨벙!

일행들과 조금 떨어진 곳에서 무언가가 물로 떨어지는 소리가 들렸다. 여전히 일행들은 전진을 했지만 아무것도 만날 수 없었다. 그러던 가운데 갑자기 데보라의 비명 소리가 들렸다.

"꺄악! 비, 빌어먹을, 대체 이게 뭐야?"

그렇게 말하는 데보라의 손에는 어른 주먹 두 개를 합친 크기를 가진 싯벌건 물건이 들려 있었다.

제38장
블랙 드래곤의 레어

"백작님, 지금 돌아왔습니다."

"정말 수고 많았네."

자렌토의 환대를 받고 있는 사람은 몇 개월 전 비조앙을 감시하기 위해 길을 떠났던 파이야였다.

"먼저 보고를 드리겠습니다."

"아니네. 일단 쉬고 잠시 후에 듣도록 하세."

"아닙니다. 비록 제가 자세한 내막을 알 수는 없지만 사태가 심상치 않은 것 같습니다."

파이야의 태도가 심상치 않자 잠시 생각하던 자렌토는 그와 함께 알렉스가 있는 방으로 향했다. 난생처음 왕자를 만난 파이야는 순간적으로 당황했지만 곧 용병 학교에서 배운 예절을 생각해 내 알렉스에게 허리를 숙여 인사를 했다.

"용병 파이야가 알렉스 전하께 인사올립니다."

"자네가 파이야인가? 슈벨만 군을 통해 이야기 많이 들었네."

뜻밖에 알렉스가 자신에 대해 알고 있자 파이야는 조금 당황했다. 자렌토는 파이야에 대해 간단하게 설명했다.

"여기 있는 파이야 군은 데미안과 함께 용병 학교에서 훈련을 받았던 동기로 지금은 비조앙 드 모린트 남작을 감시하는 임무를 맡고 있었습니다. 저에게 보고할 일이 있다고 말하는 것을 보아 뭔가 중요한 일이 발생한 것 같습니다."

"비조앙 드 모린트 남작?"

"예, 귀족원에 많은 황금을 기부금으로 바치고 남작의 자리에 오른 자입니다. 기난 전하의 측근으로 알려져 있습니다."

한스의 말에 알렉스는 고개를 끄덕이며 파이야에게 고개를 돌렸다. 알렉스의 눈길을 받은 파이야는 지금 실내에 있는 사람들 가운데 자신보다 약한 사람이 단 한 사람도 보이지 않는다는 사실에 주눅이 든 듯한 표정을 짓고 있었다. 특히 알렉스 뒤편에 서 있는 세무엘과 눈빛이 마주치고는 고개조차 들기 힘들어했다.

"저, 저는 그 동안 비조앙 드 모린트 남작을 감시하고 있었습니다. 이유는 모린트 남작이 기난 전하의 측근으로 기난 전하께서 하시는 일에 자금을 조달하는 일을 담당하는 것으로 알려져 있기 때문입니다."

"자금이라면 군자금 말인가?"

"그렇습니다. 지금 기난 전하께서 가지신 전력이라면 기난 전하를 지키기 위해 7인 위원회에서 파견된 해리슨 드 다론 후작 각하와 근위 기사 10명, 병사 40명을 제외하고 모린트 남작의 군자금으로 끌어들인 용병 2,000여 명이 있습니다. 그리고 기난 전하께 충성을 맹세한 사람들은 주로 상인 출신에서 귀족이 된 남작과 자작들이 대부분이고, 상당수의 상인들도 포함되어 있습니다."

파이야는 말을 하면서 안정이 되는지 자신이 알아낸 사실들을 최대한 정리해 알렉스에게 설명했다.

"이것이 외형적으로 알려진 기난 전하의 세력입니다."

"용병이 2,000명이나 된다면 그것은 상당한 전력입니다. 이름도 들어보지 못했던 모린트 남작이란 자의 능력이 이 정도일 줄은……"

자렌토의 의견에 파이야는 고개를 저었다.

"그렇지 않은 것 같습니다."

"그렇지 않다니? 그게 무슨 말인가?"

"기난 전하의 진영에 참가했던 귀족들과 상인들을 다독이던 모린트 남작이 얼마 전부터 행방이 묘연해졌습니다. 이건 제 생각이지만 아마 누군가에게 목숨을 잃은 것이 아닌가 생각이 됩니다."

"모린트 남작이 목숨을 잃다니 그게 무슨 말인가?"

"이것 역시 제 생각이지만 뭔가 모린트 남작이 해서는 안 될 일을 했다거나 자신들이 하는 일에 방해가 되었기 때문이 아닐까 생각됩니다."

파이야의 말에 실내에 있던 사람들의 얼굴에는 의아한 기색뿐이었다. 그의 말대로라면 모린트 남작이란 자는 기난 왕자의 진영에서 상당히 중요한 위치를 차지하고 있던 자인데 대체 누가 그 자를 해쳤단 말인가? 혹시 제로미스 왕자의 진영에서 암살자를 보낸 것이 아닌가 하는 생각이 들었다. 마치 그런 사람들의 생각을 읽은 것처럼 파이야가 말을 이었다.

"그런데 문제는 모린트 남작이 은밀하게 힝기스 백작의 저택을 드나들었다는 데 있습니다."

"힝기스라니? 지금 세바스챤 드 힝기스 백작을 말하는 것인가?"

"그렇습니다. 모린트 남작은 3일에 한 번씩 새벽 시간에 힝기스 백작의 저택을 은밀하게 찾아갔습니다. 제가 모린트 남작을 계속 감시했기 때문에 알 수 있었던 사실입니다."

"내가 알기에 그 사람은 중립을 선언해 어떤 모임에도 참석하지 않는 것으로 알고 있었는데 힝기스 백작이 무슨 이유로 모린트 남작을 만난단 말인가? 게다가 힝기스 백작은 상인 출신 귀족들을 몹시도 경멸하던 사람이 아닌가?"

"전하의 말씀이 맞습니다. 그렇지만 또 한 가지 말씀드릴 것은 힝기스 백작의 부하들로 보이는 자들에게 모린트 남작이 감시를 받고 있었다는 사실입니다. 모린트 남작이 사라진 것으로 추정되는 날 저녁 모린트 남작은 힝기스 백작의 부하로 보이는 사내에게 쪽지를 건네받았고, 다음 날 일찍 기난 전하가 계시는 별성으로 향했습니다. 그리고 난 후 실종이 되었습니다."

"자네, 조금 전에는 살해된 것 같다고 하지 않았던가?"

"예, 분명히 그렇게 말씀드렸습니다. 다만 그것은 저의 생각에 불과하기 때문에 실종이라고 말씀을 드린 것입니다. 며칠이 지나도록 모린트 남작이 성에서 나오지 않자 저는 별성으로 잠입했습니다. 그러나 별성 어디에도 모린트 남작은 보이지 않았습니다. 그러다 조금은 이상한 모습을 발견했습니다. 모린트 남작의 모습이 보이지 않고 불과 며칠이 지나지 않았음에도 불구하고 군자금이 모자라 곤란해하던 기난 전하 진영에 갑자기 자금이 풍족해진 것입니다."

"그게 그렇게 이상한 일인가?"

"제가 모린트 남작을 감시하다 보니 기난 전하를 직접 본 일도 몇 번이나 있었는데, 당시 보았던 기난 전하의 모습과 모린트 남작이 사라진 후의 기난 전하의 모습과는 뭔지는 모르지만 다른 사람처럼 느껴졌습니다. 게다가 갑자기 많은 귀족들이 기난 전하의 진영에 참가하기 시작했다는 점이 왠지 의심이 들기 시작했습니다. 해서 전 더 이상 모린트 남작을 찾는 것을 포기하고 싸일렉스로 돌아온 것입니다."

파이야의 긴 설명이 끝나자 알렉스와 자렌토 등의 얼굴이 어두워졌다. 특히 파이야의 마지막 말은 왠지 모르게 신경을 자극하는 것이었다.

"기난 전하의 진영에 귀족들이 참가하기 시작했다고?"

"그렇습니다. 숫자가 그리 많지는 않지만 참가하겠다는 사람들의 행렬이 끊이지 않고 있습니다. 그리고 그들 대부분이 정치적 중립을 선언했던 귀족들이었습니다."

파이야의 말에 나머지 사람들의 얼굴 표정이 이상하게 변했다. 모린트 남작의 행방이 묘연해진 일이나 정치적 중립을 선언했던 귀족들이 갑자기 기난 진영에 투신했다는 것이 이해가 가지 않았다. 기난이 세 명의 왕자 가운데 가장 능력이 떨어진다는 사실을 모를 사람은 아무도 없었다. 그럼에도 불구하고 기난 진영에, 그것도 정치적 중립을 선언했던 귀족들이 모여든다는 사실을 어떻게 받아들여야 된단 말인가?

"아무래도 제록스성으로 가서 기난 형님을 만나봐야겠습니다. 아까 파이야 군이 말한 것 가운데 형님이 변하신 것 같다는 말이 신경 쓰여 가만히 있을 수 없군요."

"그렇지만 함정인 줄 알면서도 가신다는 것은 너무 위험한 행동이십니다."

"지금 알렉스 전하께서는 혼자의 몸이 아니라는 것을 잊지 마십시오."

자렌토와 한스의 진심 어린 말에 알렉스는 뭐라고 말을 하려다가 그만 입을 다물었다. 그때 누군가가 방문을 두드리는 소리가 들렸다.

"누군가?"

"슈벨만입니다."

"어서 들어오게."

자렌토의 말에 슈벨만이 실내로 들어왔다. 안으로 들어온 슈벨만은 파이야를 향해 슬쩍 눈인사를 하고는 자렌토에게 고개를 숙였다.

"백작님, 지금 RS(Raising Sun)클럽의 회원들이 찾아와 알렉스 전하께 인사드리고 싶어합니다."

"몇 명이나 왔던가?"

"모두 서른일곱 분이십니다."

"그럼 모두 왔군. 잘되었네. 그럼 일단 그들을 잠시 응접실로 데리고 가도록 하게. 그리고 조금 있다 서재로 그들을 데려오도록 하게."

"알겠습니다. 그럼 전 이만 물러가겠습니다."

"저도 물러가겠습니다."

알렉스 등에게 인사를 한 파이야는 슈벨만을 따라 실내를 빠져나갔다. 방문을 닫던 파이야의 눈에 자신을 기다리고 있는 슈벨만의 모습이 보였다. 다가간 파이야는 슈벨만과 힘차게 악수를 했다.

"그 동안 잘 지냈어?"

"그래, 그러는 넌 어땠어? 잘 지냈어?"

"응, 즐겁다고는 할 수 없었지만, 그래도 데미안님께 도움이 될 수 있을 거란 생각이 드니까 그리 힘들진 않았어. 그것보다 데미안님은 어디에 계시지?"

"그게 말이야… 또 어디론가로 떠나셨거든."

슈벨만의 대답에 파이야는 실망스러운 마음을 감출 수 없었다. 그런 파이야의 모습에 슈벨만이 재빨리 설명했다.

"떠나신 것은 분명하지만 금방 돌아오실 거야. 그리고 너에게 데미안님에 대해 알려줄 것이 있는데, 네가 그 이야기를 듣는다면 아마 깜짝 놀랄 거야. 얼마 전에……."

슈벨만은 파이야의 어깨를 두드리며 걸음을 옮겼다.

　　　　＊　　　　＊　　　　＊

"그건 마이어 리치(Mire Leech : 진흙 거머리)입니다."

"거, 거, 거머리?"

의아한 표정으로 카프의 설명을 듣던 데보라는 순식간에 안색이 창백해졌고, 그의 말이 끝났을 땐 벌써 물에서 벗어나려고 뒷걸음질치고 있었다.

그녀뿐만이 아니었다. 다른 사람들도 얼굴을 찌푸리며 조금씩 뒷걸음질쳤다. 유일하게 태도의 변화가 없는 사람은 라일뿐이었다. 하기는 뼈밖에 남지 않은 라일이 거머리를 두려워해야 할 아무런 이유도 없었다. 일행들 가운데에는 그런 라일의 특별한 신체를 부러워하는 사람도 있었다.

"쳇! 라일님이 부럽기는 처음이군."

차이렌의 말에 데미안이 노려보았지만 차이렌은 딴전만 부리고 있었다. 잠시 마이어 리치가 수도 없이 둥둥 떠 있는 물 위를 둘러보던 카프가 일행들에게 자신이 알고 있는 것을 설명했다.

"저 마이어 리치는 행동이 빠르진 않지만 상당히 골치 아픈 존재입니다. 비록 물이 있는 곳에서만 살 수 있지만 처음 목표로 한 것은 끝까지 추적하는 지독한 놈이기도 합니다. 그리고 한 가지 특징적인 것은 이놈은 절대 검으로 죽일 수 없다는 점입니다. 트롤과 마찬가지로 재생력이 엄청나 검으로 두 동강이 난다고 해도 죽지 않고 금세 나머지 몸이 자라 순식간에 두 마리가 됩니다."

카프의 말에 일행들은 질린 표정을 지었다. 트롤의 재생력이 얼마나 좋은지는 익히 알고 있었지만 그것도 어느 정도의 재생력이지 잘린 몸이 두 개가 된다니……. 일행들은 물 위에 떠 있는 마이어 리치들을 바라보며 혐오스럽다는 표정을 짓고 있었다.

"이대로 전진할 수는 없습니다. 어떻게 하시겠습니까?"

"어쩌기는 뭘 어째요? 빠, 빨리 여길 벗어나자고요."

일행들과 조금 떨어져 있던 데보라가 거의 울 듯한 음성으로 말하자 일행들은 어쩔 수 없이 늪지에서 물러서야 했다. 일행들은 늪지를 우회해 돌며 주위를 살폈지만 더 이상의 몬스터들은 찾아볼 수 없었다. 일행들은 어쩔 수 없이 늪지를 빠져 나가기로 의견 일치를 보고 조심스럽게 늪지의 외곽으로 향했다.

한참의 시간을 소비하고서야 늪지에서 빠져 나온 일행들은 주위에 흩어져 나무에 몸을 기댄 채 휴식을 취했다. 잠시 머리를 움직여 뭉쳐졌던 근육을 풀던 데미안이 뮤렐을 바라보았다.

"뮤렐, 내일 날이 밝으면 다시 한 번 찾아보자고. 낮이 되면 이 늪지를 휘감고 있는 안개도 어느 정도 걷힐 것이고, 그러면 몬스터들을 찾기도 쉬울 거야."

"아닙니다. 이 정도면 만족합니다."

"무슨 소릴 하는 거야? 겨우 오거를 몇 마리 죽였다고 부모님과 여동생의 복수가 됐다고 생각한단 말이야? 그럼 억울하게 죽어간 마을 사람들의 복수는 어떻게, 누가 할 거지?"

데미안의 따지는 듯한 말에 뮤렐은 힘없이 고개를 숙였다. 그런 뮤렐의 모습이 답답한지 데미안은 앉은 자리에서 벌떡 일어섰다.

"뮤렐이 만족한다면 뮤렐은 이제 빠지도록 해. 그렇지만 왜 그렇게 쉽게 포기를 하는 거지? 그 빌어먹을 몬스터들에게 당한 것이 억울하지도 않아? 지금 우리는 재미로 복수를 하려는 것이 아니란 말이야. 난 이 산에 불을 지르는 한이 있어도 꼭 억울하게 죽은 사람들의 복수를 해야겠어."

어찌 보면 필요 이상으로 화를 내는 데미안의 모습이 이상하게 보이기도 했다.

"왜 인간이 몬스터들에게 쫓겨 살던 곳에서 떠나야 하고, 억울하게 죽음을 당해야 하지? 그저 조금씩만 양보하면서 살면 안 되는 것일까?"

마치 넋두리 같은 데미안의 중얼거림에 일행들도 모두 입을 다물었다. 왠지 어색한 침묵이 그들 일행을 감싸고 있을 때 갑자기 카프의 모습이 사라졌다. 그리고 잠시 후 나타난 카프의 옆구리에는 두 명의 소년이 끼어 있었다.

일행들의 눈이 휘둥그레지자 카프가 설명했다.

"조금 떨어진 곳에서 저희를 감시하고 있었습니다."

말과 함께 소년들을 바닥에 뉘여놓자 뮤렐이 신음처럼 중얼거렸다.

"루디, 폴······."

"뮤렐, 아는 사람이야?"

"예, 같은 마을에 같이 살던 동생들이었습니다."

생기가 사라졌던 뮤렐의 얼굴에 희미하게 생기가 돌기 시작했다. 그 모습을 본 로빈이 재빨리 치유의 구슬로 소년들을 깨웠다.

잠에서 깨어난 소년들은 자신들의 모습을 유심히 살피고 있는 사람들의 모습을 발견하고는 겁에 질린 듯한 표정을 지었다. 일행들이 잠시 머뭇거릴 때 뮤렐이 앞으로 나서며 그들의 이름을 불렀다.

"루디, 폴! 날 알아보겠니?"

갑자기 누군가 자신들의 이름을 부르자 두 소년은 흠칫 놀라며 고개를 돌렸고, 그런 그들의 눈에 조금은 긴 금발에 허약하게 생긴 청년 하나가 걱정이 가득한 눈으로 자신을 바라보고 있는 모습이 보였다.

"뮤렐 형?"

"지, 진짜 뮤렐 형이 맞아?"

불신감이 가득한 소년들의 표정을 발견한 뮤렐은 소년들에게 다가가며 자신의 가슴을 쳤다.

"그래. 나 뮤렐이야. 날 알아보겠니?"

"형!"

"혀엉!"

소년들은 비명처럼 커다란 소리를 지르고는 뮤렐의 품으로 뛰어들었다. 서로 부둥켜안은 세 사람은 보는 사람의 마음까지 뭉클해질 정도로 눈물을 흘리고 있었다. 한참 동안 그러고 있던 뮤렐은 몸을 떼고는 소년들에게 황급히 질문했다.

"다른 마을 사람들은? 너희들만 살아남은 거야?"

뮤렐이 한 소년의 어깨를 잡고 흔들자 소년은 어깨에서 이는 통증 때문에 조금 얼굴을 찌푸리면서 대답했다.

"아니에요. 제럴드 아저씨와 혹스, 그리고 지올러 아저씨 댁 가족만 살아남았어요. 그리고 아이들 몇 명하고요."

"그럼 살아남은 사람들이 있단 말이야?"

루디는 사정없이 자신의 몸을 흔드는 뮤렐의 과격한 행동 속에서도 열심히 고개를 끄덕였다. 그 모습을 본 뮤렐은 갑자기 기운이 빠진 듯 그 자리에 털썩 주저앉았다.

"뮤렐, 잘됐다. 어서 가서 그 사람들을 만나보자. 그럼 마을을 이렇게 만든 놈들의 정보를 얻을 수도 있지 않겠어?"

데보라의 말에 힘차게 고개를 끄덕인 뮤렐은 자리에서 벌떡 일어나 소년들을 재촉했다.

"애들아, 아저씨들이 있는 곳으로 우리를 안내해 주겠니?"

"응, 우리 뒤를 따라와."

두 소년은 말을 하고는 앞장서서 앞으로 달려갔다. 일행들은 각기 자신의 짐을 챙기고는 소년들의 뒤를 따라갔다. 소년들은 이미 여러 번 늪지를 찾아왔었는지 조금도 망설임 없이 나무들을 헤치고 달려갔다. 그렇게 달려 30분 정도가 지나자 일행들은 계곡에 난 여러 개의 동굴 가운데 한곳을 택해 들어갔다.

"여기에는 함정이 설치되어 있으니까 조심해서 제 뒤를 따라오세요."

루디란 소년의 말에 일행들은 주위를 둘러보았고, 입구와 바닥에 조잡하게 설치되어 있는 함정을 곧 발견할 수 있었다. 함정을 피해 걸음을 옮긴 일행들은 갑자기 나타난 자신들을 보고 경계의 눈으로 바라보는 20여 명 정도의 사람을 발견할 수 있었다.

전부 남루한 옷에, 제대로 음식을 먹지 못했는지 피폐한 모습이었다. 특히 10여 명의 어린아이들은 파리한 안색에 몸은 바짝 말라 있었다. 그 모습을 발견한 데미안 일행은 저절로 눈살이 찌푸려졌다.

잔뜩 경계하던 사람들은 일행들 가운데 뮤렐이 섞여 있는 모습을 발견하고는 눈이 휘둥그레졌다. 그럼에도 아는 척을 하지 못한 것은 뮤렐 주위에 있는 나머지 일행 때문이었다.

"아저씨, 뭐 하세요? 뮤렐 형이라고요."

"벌써 형의 얼굴을 잊어먹은 거예요?"

루디와 폴은 답답한 듯 사람들에게 소리쳤지만 사람들은 여전히 움직일 줄 몰랐다. 그 모습에 헥터가 나머지 사람들에게 눈짓을 하고는 동굴 입구 쪽으로 물러섰다. 그와 함께 뮤렐이 한걸음 앞으로 나서며 말했다.

"제럴드 아저씨, 저 뮤렐이에요. 로완스 집안의 큰아들. 4년 전에 떠났던 그 뮤렐이라고요. 그래도 절 모르시겠어요?"

답답한 듯 자신의 가슴을 치며 말하는 뮤렐의 모습에 얼굴에 수염이 잔뜩 난 사내 하나가 앞으로 나섰다. 그런 그의 얼굴 표정은 복잡 미묘했다. 반가워하는 기색과 책망 등이 어우러져 있었다.

"내가 자넬 왜 모르겠나?"

"그런데 왜 모른 척하신 거죠?"

"모른 척한 것이 아니네. 자넨 이 지옥 같은 곳에 대체 무엇 때문에 다시 돌아왔단 말인가?"

그제야 뮤렐은 상대가 뭘 말하려고 하는 것인지 깨달을 수 있었다. 사내의 손을 꼭 잡은 뮤렐은 자신의 뒤를 가리키며 자신이 다시 마을을 찾은 까닭을 설명했다.
"그야 몬스터들에게 복수를 하기 위해서지요. 이분들이 절 도와주실 겁니다."
데미안 일행을 바라보는 사람들의 눈에는 불안감밖에 없었다. 헥터와 카프를 제외하고 나머지 일행들은 도저히 몬스터와 싸울 수 있는 사람으로는 보이지 않았다. 그러나 뮤렐이 알고 싶은 것은 그것이 아니었다.
"제가 마을을 떠나고 대체 무슨 일이 있었던 겁니까?"
"휴우……"
뮤렐의 질문에 제럴드란 중년 사내는 긴 한숨을 쉬었다.
"우선 앉도록 하게. 여러분들도 앉아서 편히 쉬십시오."
다시 한 번 깊은 한숨을 쉰 사내는 일행들에게 지난 4년 간 일어났던 일들을 천천히 설명했다.
"자네도 알다시피 몬스터들은 매일 밤 우리 마을을 습격했네. 마을 사람들은 하나둘씩 몬스터들의 손에 목숨을 잃었지. 그때부터였네. 마을에는 이상하게도 안개가 끼기 시작했고, 사람들은 하나둘씩 호흡 곤란을 일으키며 쓰러져 갔지. 가장 먼저 피해를 본 사람들은 노인과 어린아이들이었네."
"그럼 마을을 떠나면 되잖아요?"
데보라의 철없는 말에 제럴드는 쓴웃음을 지었다.
"후후후, 누가 그걸 모릅니까? 하지만 마을을 벗어날 수 없었던 이유는 마을을 포위하고 있던 몬스터들 때문이었습니다. 몬스터들이 마을을 벗어나는 사람들을 잔인하게 공격해서 마을을 떠날 수가 없었습니다."
제럴드의 말에 일행들은 아무 말도 할 수 없었다.

"그런 나날들이 계속되던 중 온몸에 털이 잔뜩 난 몬스터 하나가 마을에 나타나 이상한 소리를 했습니다. 마을의 북쪽 산에 커다란 신전을 만들면 마을 사람들을 살려주겠다는 것이었습니다. 당시의 우리들로서는 선택의 여지가 없었습니다. 그래서 마을 사람들은 신전을 만들기 시작했고, 3년 정도가 지나자 겨우 신전을 완성할 수 있었습니다. 그때서야 그 신전의 주인이 타이시아스라는 블랙 드래곤이라는 걸 알게 되었습니다. 마을 사람들은 상대가 드래곤이라는 사실에 대부분 살아 있는 것만 해도 다행이라고 생각을 했습니다. 그런데, 그런데……."

제럴드가 갑자기 말꼬리를 흐리더니 더 이상 말을 잊지 못했다. 그의 입에서 타이시아스란 말이 나오자 카프와 데미안은 소스라치게 놀랐다. 설마 이런 곳에서 타이시아스에 대한 이야기를 들을 줄은 상상도 못 했던 것이다. 데미안은 조금은 걱정이 서린 눈으로 카프를 바라보았지만 카프는 그저 표정만 조금 굳어졌을 뿐 조금 전과 달라진 점이 없었다. 그러나 그의 주먹이 부서질 듯 움켜쥐어져 있었다.

제럴드는 주먹을 불끈 쥔 채 몸을 부들부들 떨었다. 그의 곁에 있던 갸름한 인상의 사내가 그의 어깨를 두드리며 그를 안심시켰다. 스스로를 훅스라고 소개한 사내는 그 후에 벌어진 일들을 설명했다.

"그런데 신전이 어느 정도 완성이 되자 몬스터들이 저희를 갑자기 공격한 겁니다. 저희들은 아무런 준비도 없이 몬스터들의 공격을 받아 비참하게 죽어갔습니다. 저희 세 가족은 다행히 당시 몸을 피할 수 있었습니다만 나머지 마을 사람들은 모두 몬스터의 손에 목숨을 잃었습니다."

혹스의 이야기에 나머지 사람들도 원한에 사무친 눈빛을 하고 주먹을 불끈 쥐었다.

"여기 이 아이들은 모두 부모를 몬스터의 손에 잃은 아이들입니다."

"그럼 이 동굴에서 생활한 지는 얼마나 되었습니까?"

"거의 7, 8개월 정도됩니다. 산 전체에 몬스터들이 돌아다니는 통에 제대로 사냥도 할 수 없어 굶을 때가 더 많으니 아이들만 불쌍한 일이지요."

비쩍 마른 아이들의 얼굴은 혹스의 말이 아니더라도 확실히 영양실조로 보였다. 묵묵히 혹스의 이야기를 듣던 데미안은 치밀어 오르는 분노를 억지로 눌러 참으며 데보라와 헥터에게 슬쩍 눈짓을 했다. 세 사람이 동굴을 나가고 얼마 되지 않아 그들은 커다란 사슴 두 마리와 서너 마리의 토끼를 잡아 다시 돌아왔다.

"이것을 요리해 아이들에게 주세요."

데보라의 말에 혹스는 몇 번이고 감사하다는 인사를 했다.

"감사합니다. 정말 감사합니다."

동굴 안이 갑자기 부산스러워지더니 약간 활기를 띠었다. 잠시 후 비록 별다른 양념도 되지 않은 고기 요리였지만 그들은 둘러앉아 배가 터지도록 고기를 먹었다. 그 모습을 지켜보던 데미안 일행은 가슴이 아팠다.

데미안은 제럴드나 나머지 마을 사람들도 신경이 쓰였지만 아무 말도 없이 앉아 있는 카프가 더욱 신경 쓰였다. 하지만 뭐라고 말을 건네야 좋을지 몰랐다.

"괜찮으십니까?"

"전 괜찮습니다."

블랙 드래곤의 레어 235

비록 말로는 괜찮다고 하지만 언제나 미소를 짓고 있던 카프의 얼굴은 굳어져 있었다. 데미안은 포만감을 견디지 못하고 뒤로 물러나 앉은 혹스에게 물었다.

"말씀을 좀 묻겠습니다."

"예, 뭐든지 물으십시오."

"혹시 블랙 드래곤 타이시아스를 보신 적이 있습니까?"

"아닙니다. 단 한 번도 본 적이 없습니다."

카프는 혹스의 대답에 비록 표현을 하지는 않았지만 적지 않게 실망한 듯 보였다.

"그렇다면 타이시아스가 어디에 있는지 모르시겠군요."

"예, 저희는 모르고 있지만 처음 저희에게 신전을 짓도록 명령을 내렸던 그 몬스터라면 혹시 알고 있을지도 모르겠습니다."

혹스는 처음 자신들에게 신전을 짓도록 명령을 내렸던 몬스터의 특징을 상세하게 설명했다. 일행들은 혹스가 설명하는 몬스터가 트롤인 것을 알고는 날이 밝는 대로 그 트롤을 찾기로 결정을 내렸다.

"혹시 몬스터들이 사는 곳이 어딘지 아십니까?"

데미안의 질문에 혹스는 제럴드, 지올러와 함께 한참 동안 상의를 하고는 설명했다.

"저희가 아는 곳은 두 곳입니다. 그리고 확실하지는 않지만 의심이 가는 곳도 서너 곳이 있습니다."

"그럼 그곳을 저희에게 알려주십시오. 저희가 몬스터들을 쫓아 마을 분들의 복수를 해드리겠습니다."

데미안의 확신이 가득한 말에서 혹스는 왠지 그에게 말을 해도 좋을 것 같다는 느낌이 들었다. 제럴드와 지올러에게 고개를 돌려 그들을 바라보았지만 그들 역시 마찬가지의 생각을 하고 있었는지 고개를 끄덕였다.
　훅스는 데미안에게 자신이 알고 있던 두 곳의 지형을 상세하게 설명했다. 그리고 의심이 가는 곳의 지형 역시 자세하게 설명해 주었다.
　훅스의 설명을 들은 일행들은 두 패로 나뉘어 몬스터들을 기습하기로 했다. 한쪽은 라일, 데미안, 데보라, 로빈이, 다른 한쪽은 카프와 헥터, 레오, 그리고 뮤렐이 맡기로 했다. 다만 라일이 날이 밝으면 능력을 십분 발휘하지 못하기 때문에 데미안이 속한 조는 새벽에 기습을 하기로 결정을 내렸고, 일행들은 체력을 비축하기 위해 일찍 잠자리에 들었다.

　다음날 새벽 가장 먼저 일어난 데미안은 잠시 잠들어 있는 사람들의 모습을 살펴보고는 명상에 빠졌다.
　몸 속의 마나가 순조롭게 몸 안을 흘러가는 것을 느끼며 자신이 밝고 상쾌한 기운에 싸이는 것을 깨달을 수 있었다. 잠시 후 눈을 뜬 데미안은 데보라가 자신을 바라보고 있는 것을 확인했다.
　"일어났어?"
　"응, 잘 잤어?"
　고개를 끄덕인 데미안은 그때까지 잠들어 있던 로빈을 흔들어 깨웠다. 로빈이 졸린 눈을 비비며 잠을 깨우고 있을 때 라일이 동굴 안으로 들어왔다.
　"산 전체가 지독한 안개에 싸여 있으니 조심하는 것이 좋을 것 같다."
　라일의 말을 들으며 일행들은 출발 준비를 했다. 데미안들이 준비하는 소리에 깨었는지 카프가 어느샌가 일어나 있었다.
"저희 때문에 깨신 것 같군요."
"아닙니다. 그보다 조심하십시오. 제 경험으로 비추어볼 때 늪지를 지키고 있는 몬스터들은 모두 타이시아스의 마법에 정신을 빼앗기고 있기 때문에 상대를 두려워하지 않습니다."
"걱정하지 마십시오. 그리고 카프님께서도 조심하십시오."
데미안이 오히려 자신을 걱정하자 카프는 쓴웃음을 짓지 않을 수 없었다. 확실히 데미안은 자신이 여태껏 만나왔던 수많은 사람들과는 다른 무엇이 있었다.
라일과 데미안 등은 조용히 동굴을 떠났고, 카프만이 그들을 배웅했다.

동굴을 떠난 데미안과 라일 등은 산 정상을 향해 걸음을 옮겼다. 새벽이기 때문일까? 산 전체에 자욱하게 안개가 끼어 있었다.
처음 잠이 깨지 않아 비틀거리며 걸음을 옮기던 로빈도 차가운 산 안개에 정신을 차렸는지 주위를 경계하며 걸음을 옮겼다. 다행히 산 정상까지 별다른 장애물은 없었다.
주위에 간간이 서 있는 나무 뒤에 몸을 숨긴 채 데미안과 나머지 사람들은 주위를 살폈지만 어디에도 몬스터의 모습은 보이지 않았다.
"좀더 올라가 보자."
데미안과 데보라, 그리고 로빈은 라일의 말에 다시 이동을 하기 위해 나무 뒤에서 나왔다. 바로 그때 그들의 눈에 마치 경계라도 서듯 어슬렁거리는 세 마리의 오크가 보였다.
재빨리 나무 뒤로 몸을 숨긴 일행들은 다시 주위를 살펴보았지만 그 오크들을 제외하곤 더 이상 몬스터의 모습은 보이지 않았다.

그 오크를 발견하는 순간 데미안은 조용히 레이피어를 뽑아 들었다. 그리고는 미처 라일이나 데보라가 말릴 사이도 없이 뛰쳐 나갔다. 데미안의 몸 속에서 돌아다니는 마나의 양이 늘어난 탓인지는 모르지만 그의 몸놀림은 엄청나게 빨랐다.

글레이브와 쇼트 소드로 무장한 오크들은 소리도 없이 자신들을 향해 무시무시한 속도로 달려오는 데미안의 모습을 발견하고는 깜짝 놀라며 자신들의 무기를 들었다. 아니, 들려고 했다. 그러나 데미안의 공격은 그보다 훨씬 빨랐다.

가장 앞쪽에 쇼트 소드를 들고 있던 오크의 품으로 뛰어들며 데미안이 들고 있던 레이피어는 턱의 아래 부분을 사정없이 꿰뚫었다. 공격당한 오크의 눈이 찢어질 듯 부릅떠졌을 때 이미 데미안은 몸을 회전시켜 옆의 오크를 공격하고 있었다.

레이피어는 사정없이 오크의 목을 가르고 지나갔고, 마지막 남은 오크는 들고 있던 글레이브를 미처 움직이기도 전 레이피어가 그의 목을 꿰뚫어 버렸다. 결국 오크들은 반항 한번 못 하고 모조리 죽음을 당했다.

아무런 소리도 없이 세 마리의 오크들이 죽어가는 모습을 본 로빈은 아무런 말도 하지 못했다. 가볍게 레이피어를 휘둘러 검에 묻은 선혈을 털어내고는 검집에 집어넣는 데미안의 모습이 너무도 낯설게 느껴졌다. 외형적으로 변한 것은 없지만 뭔가 자신이 알고 있던 데미안과는 다른 이질적인 것이 느껴졌다.

고개를 돌려 보니 데보라 역시 그렇게 느끼는지 어색한 표정을 짓고 있었다. 잠시 그런 데미안의 모습을 보던 라일이 걸음을 옮졌다. 두 사람이 라일과 함께 숲에서 나오는 모습을 본 데미안은 앞장서서 정상을 향해 올라갔다.

얼마 가지 않아 데미안이 옆에 있던 커다란 바위 뒤로 몸을 숨기는 것을 보고 뒤따라오던 세 사람도 재빨리 몸을 엎드렸다. 무릎까지 자란 풀들이 그들의 몸을 가려주었다.

"아마도 마을 사람들을 해친 몬스터들이 이곳에 있는 것 같다. 조심하도록 해라."

라일의 말에 로빈은 신성 주문을 외어 자신의 몸 주위에 방어막을 만들어 몬스터들의 공격에 대비했다. 데보라도 자신의 바스타드 소드를 움켜쥐고는 주위를 연신 둘러보았다.

몇 분 정도의 시간이 지나고 데미안이 다시 움직이는 모습이 보였다. 세 사람은 주위의 나무와 바위 뒤에 몸을 숨기며 조금씩 전진했다.

그런 그들의 앞에 갑자기 넓은 공터가 나타났다. 그리고 투박하기는 하지만 정성스럽게 만든 것으로 보이는 신전의 모습이 보였다. 수풀 사이에 엎드려 있던 데미안은 일행들에게 손짓을 했고, 데보라 등은 엎드린 자세로 데미안에게로 다가갔다. 데미안은 아무 말도 없이 신전 쪽을 가리켰다.

신전의 문 주위에는 섬세하게 조각을 한 검은 드래곤의 석상이 서 있었고, 그 석상을 향해 마치 인간처럼 엎드려 경배를 올리고 있는 몬스터들의 모습이 보였다. 그 숫자는 예상보다는 적은 40여 마리쯤으로 보였다.

"조심해라."

라일은 다시 한 번 일행들에게 주의를 주었고, 세 사람은 라일에게 가볍게 인사를 하고는 공터 주위에 흩어져 공격할 준비를 했다. 그리고는 누가 먼저랄 것도 없이 몬스터들을 공격했다.
 하나 로빈은 도저히 오크나 오거들을 공격할 수 없었다. 공격하는 방법을 모르는 것이 아니라 그들의 목숨을 빼앗는 짓을 할 수 없었던 것이다. 의술을 배워 생명의 소중함을 배웠기 때문인지는 모르지만 어떠한 이유에서도, 또 어떤 생물이든지 생명을 유지하고 있는 것을 죽이는 것은 의술의 신 라페이시스의 뜻을 어기는 죄악처럼 느껴졌다.
 어려서부터 엄격한 신전의 생활과 사람들, 특히 환자들을 돌보는 일을 해온 탓인지는 모르지만 지금처럼 자신의 목숨이 위험할 때도 기껏 상대를 기절시키는 것이 고작이었다.
 오크는 치유의 구슬에서 뻗어나온 푸른빛이 두려운 듯 피했지만 오거는 달랐다. 오크보다 지능이 떨어지기 때문인지 몇 번의 충격을 받고도 계속해서 달려들었다. 게다가 상당한 덩치 때문인지 로빈이 받는 충격도 적지 않았다. 그러나 상황은 로빈이 위험해지기 전에 종결이 되었다.
 지면을 흥건히 적시며 오크와 오거들은 사방에 쓰러져 있었고, 라일과 데미안, 그리고 데보라는 자신들의 검에 묻은 선혈을 닦고 있었다.
 로빈 곁으로 다가온 데미안은 약간 가라앉은 음성으로 말을 건넸다.
 "괜찮아?"
 "예? 예."
 "그럼 빨리 다음으로 이동하자고."
 "알겠습니다."
 로빈은 내키지 않는 심정으로 대답을 하고는 고개를 돌려 쓰러져 있는 몬스터들을 쳐다보며 나직하게 중얼거렸다.

"라페이시스여! 저들의 영혼을 받아들이시고, 저들이 같은 고통에 시달리지 않게 보살피소서."

로빈은 산을 내려가는 일행들의 뒤를 따라갔다.

일행들이 동굴로 돌아온 것은 정오가 지난 시간이었다. 이미 카프 일행들은 동굴로 돌아와 있었다. 간단하게 요기를 하면서 그들은 자신들이 찾은 곳에 대한 이야기를 나누었다.

공통된 의견은 비록 몬스터들이 여러 곳에 있기는 했지만 그 숫자가 생각보다 적었다는 것이다. 게다가 화이트 드래곤 카이시아네스의 레어를 찾아갔을 때 만났던 무시무시한 몬스터들은 보이지도 않았다는 점이었다.

"제가 타이시아스에게 복수를 하기 위해서 제가 살던 마을을 찾았을 때도 지금과 같은 경우였습니다. 비록 몬스터들이 있기는 했지만 어느 정도의 검술을 익히고 있다면 죽이지 못할 정도는 아니었습니다."

"그렇지만 죽을 고생을 했던 카이시아네스의 레어에 비하면 이건 허술해도 너무나 허술합니다."

"데미안님, 이렇게 생각해 보십시오. 드래곤의 레어가 있는 곳을 알고 있다고 하더라도 우리처럼 직접 찾아가는 사람은 극히 드물 겁니다. 그리고 여러분들 정도의 실력을 가지고 있으니까 그렇게 간단하게 몬스터들을 처리한 것이지 보통 사람이라면 아마 몬스터들에게 목숨을 잃기 십상이었을 겁니다."

일행들은 카프의 설명에 고개를 끄덕였다.

그의 말대로 자신들 파티가 굉장한 인원들로 구성되어 있는 것만은 사실이었다.

 소드 마스터가 둘, 소드 익스퍼트 최상급이 둘, 소드 익스퍼트 상급이 하나, 6싸이클의 마법사 하나, 라페이시스가 선사한 최고의 아티펙트를 소유한 사제가 하나, 그리고 마지막으로 수인족들 가운데 최강으로 불리는 호인족이 하나.

 일반적인 파티는 소드 익스퍼트 상급의 실력을 가진 자가 우두머리가 되어 비슷한 실력을 가지고 있거나, 아니면 조금 처지는 실력을 가진 자들 서너 명이 모여 구성되어 있는 것을 생각해 보면 데미안 일행들은 정말 엄청난 사람들이 모여 이루어진 파티인 것만은 사실이다.

 그러나 타이시아스의 레어가 허술하게 느껴지는 것만은 사실이었다. 자신들이 아니더라도 약간의 실력을 가진 용병이나 검사들이라면 충분히 몬스터들을 물리칠 정도였으니 저주받을 만큼 강한 드래곤이 한 일이라고 보기에는 왠지 석연치 않은 것이 많았다.

 "여러분이 보셨던 화이트 드래곤이나 다른 드래곤들은 한번 레어를 정하면 특별한 일이 발생하지 않는 한 다시 레어를 짓지는 않습니다. 그러나 블랙 드래곤들은 탐욕스런 성격 탓인지는 모르지만 보통 2, 3개의 레어를 가지고 있다고 알고 있습니다. 여러분들이 드래곤의 레어에 대해 어떻게 생각하고 있는지는 모르지만, 레어 주위에는 원래 몬스터들의 숫자가 그리 많지 않습니다. 드래곤들이 그들을 식량으로 삼는 탓도 있지만 한 지역에 그렇게 많은 종류의 몬스터들이 산다는 것이 오히려 이상하지 않습니까?"

 "그럼 카이시아네스의 레어 같은 경우에는 왜 그렇게 많은 몬스터들이 있었던 거죠?"

데보라가 궁금한 듯 질문을 하자 다른 사람들도 고개를 끄덕였다. 그 모습에 카프는 잠시 생각을 하더니 곧 대답했다.

"제가 알고 있는 상식으로 그 화이트 드래곤의 레어에 그렇게 많은 몬스터들이 있었다면 아마도 그건 화이트 드래곤의 수집품들이었을 겁니다."

"수집품?"

황당하기 이를 데 없는 카프의 대답에 일행들의 얼굴은 대부분 멍청하게 변했다.

"그렇습니다. 제가 알고 있는 이야기가 맞다면 그 화이트 드래곤은 아직 1,000살이 되지 않았다고 들었습니다. 그렇다면 마법에 능통하지 않기에 좀더 강한 몬스터들을 긁어모아 자신의 레어를 지키려고 한 것일 겁니다. 물론 어느 정도 그들을 보살펴주기는 했을 테지만 말입니다."

카프의 말에 일행들은 과거 카이시아네스를 만났을 때 그녀가 애완 동물 운운했던 것을 기억해 낼 수 있었다.

"뮤렐, 카프님의 찾고자 하는 드래곤과 너희 마을에 만행을 저지른 드래곤이 일치한다는 사실을 알았으니 오늘은 일단 이곳을 떠나자. 그리고 우리 힘을 합쳐 그 드래곤을 찾는 것이 어때?"

데미안의 말에 뮤렐은 고개를 끄덕일 수밖에 없었다. 그나마 이 정도 복수라도 할 수 있었던 것이 데미안과 그 일행들 때문이라는 것을 알고 있는 뮤렐이기에 오히려 감사하고 싶은 마음이었다.

"알겠습니다, 데미안님."

"그리고 마을 사람들에게 싸일렉스에 와서 사는 것은 어떻겠느냐고 한번 물어봐. 여긴 몬스터들 때문에 아마 살기 힘들지도 모르고, 또 만약 그 블랙 드래곤이 다시 찾아온다면 목숨을 부지하기 힘들 테니까 말이야."

데미안의 말에 뮤렐은 마을 사람들을 대신에 그에게 감사의 말을 하고는 조금은 불안한 시선으로 바라보고 있던 마을 사람들에게 가 방금 데미안이 한 말을 전달했다. 그렇지 않아도 불안한 삶을 살아온 그들이 데미안의 호의를 거절할 까닭이 없었다.

올 때와는 달리 일행들이 늘기는 했지만 어느 누구도 불만을 나타내는 사람은 없었다. 점점 멀어지는 늪지를 다시 한 번 쳐다본 데미안은 조용히 중얼거렸다.

"카프님, 드래곤들은 정말로 살아 있을 가치가 없는 생물들이군요."

"데미안님의 말씀이 맞습니다. 오로지 파괴밖에 모르는 드래곤들은 저주받아 마땅합니다."

나직이 대꾸하는 카프의 눈도 자욱한 안개에 싸여 있는 늪지를 향하고 있었다.

제39장
국왕의 서거

　슈벨만은 오랜만에 만난 파이야와 함께 방에서 대화를 나누고 있었다. 파이야는 그 동안 슈벨만에게서 데미안의 변한 모습에 대한 이야기를 몇 번이나 들었지만 좀처럼 믿을 수 없었다.
　데미안이 왕립 아카데미를 졸업한 지도 1년에 가까운 시간이 흘렀다고는 하지만 그렇게 짧은 기간 만에 비슷한 실력을 가졌던 데미안이 소드 익스퍼트에서도 최상급에 해당되는 실력을 가졌다니 믿기 힘든 일이었다.
　물론 자신도 열심히 훈련을 했고, 또 보르도 백작에게 특별 훈련까지 받아 소드 익스퍼트 상급에 드는 실력을 이제야 겨우 갖추게 되었는데, 데미안은 벌써 최상급에 드는 실력을 가졌다니……. 단순히 그가 익힌 검술이 이스턴 대륙의 불가사의한 검술 때문인지는 모르겠지만 보통 사람은 평생 동안 검술을 익혀야 겨우 소드 익스퍼트 상급에 드는 것을 생각해 보면 믿을 수 없을 만

큰 빠른 성취인 것만은 사실이었다.

다만 파이야는 데미안의 성취가 놀랍게 높아졌다는 것도 기쁜 소식이었지만 그래도 그를 직접 만나보고 싶다는 생각이 더욱 간절했다. 그가 어떻게 변했을지 그것이 너무나 궁금했던 것이다.

"슈벨만, 슈벨만 군, 거기있는가?"

갑자기 들린 음성에 두 사람의 고개는 구석에 놓여져 있던 작은 탁자로 향했고, 그 탁자에 놓여져 있던 수정 구슬이 밝은 빛을 뿌리는 것을 발견했다. 슈벨만이 황급히 달려가 확인을 하자, 수정 구슬 가운데에 왕립 아카데미의 매직 칼리지에서 자신을 가르쳤던 딜케였다. 무슨 일인지 그의 얼굴은 심각하게 굳어져 있었다.

"예, 저 여기에 있습니다. 말씀하십시오, 선생님."

"지금부터 내가 하는 이야기를 잘 듣도록 하게. 오늘 새벽을 기해 트랜실바니아 왕국 전역에 비상계엄령이 선포되었네. 비상계엄령을 선포하신 분은 에이판 폰 샤드 공작 각하이시고, 비상계엄령을 선포하신 이유는 슈트라일 폰 트레디날 국왕폐하께서 오늘 새벽에 서거하셨기 때문이네."

"구, 국왕 폐하께서 서거하셨단 말씀입니까?"

"그렇네. 이 사실을 즉각 알렉스 전하께 전해드리도록 하고, 닷새후 있을 장례식에 꼭 참석하시라는 말을 잊지말도록 하게."

"알겠습니다. 꼭 전하겠습니다, 선생님."

"그럼, 이만."

수정 구슬에서 딜케의 모습이 사라졌다. 파이야와 슈벨만은 넋을 잃고 한참 동안 멍하니 서 있다가 소스라치게 놀라며 깨어났다.

"어서 전하와 백작님께 알려드리도록 하자."

"그래, 가자."

자신들의 방에서 빠져 나온 두 사람은 알렉스의 방으로 갔다. 그리고는 문을 두드렸다.

"누군가?"

"예, 슈벨만과 파이야입니다."

"들어오게."

자렌토의 대답에 두 사람은 조심스럽게 실내로 들어섰다. 방에서는 알렉스와 세무엘, 자렌토와 한스가 심각한 얼굴로 대화를 나누고 있었다.

두 사람의 모습을 본 자렌토는 뭔가 이상함을 느꼈다. 그들이 자신들을 대할 때 조심스러워하기는 하기만 지금같이 어색한 표정을 짓는 모습은 처음 보았다.

"무슨 일인가?"

"어떻게 말씀을 드려야 좋을지 모르겠습니다."

자렌토의 말에 슈벨만은 어색한 표정을 지으며 우물쭈물했다. 그 모습에 알렉스가 파이야에게 물었다.

"나를 보는 것을 보니 내게 할 말이 있는 듯하군."

"그렇습니다. 방금 페인야드에 있는 딜케란 분이 연락을 하셨습니다. 내용은 슈트라일 폰 트레디날 국왕 폐하께서 오늘 새벽에 서거하셨다는 것이었습니다. 해서 에이라 폰 샤드 공작 각하께서 비상계엄령을 선포하셨답니다. 딜케란 분이 말씀하시길……"

"아버님께서 돌아가셨다고?"

희미한 미소를 짓던 알렉스의 얼굴이 돌처럼 굳어졌다. 그렇기는 알렉스 뒤에 서 있던 세무엘도, 그와 이야기를 나누고 있던 자렌토와 한스 역시 마찬가지였다.

"그렇습니다. 페인야드에 계신 딜케 선생님께서 그렇게 전하셨습니다. 그리고 5일 후 장례식이 있으니 그때 장례식에 꼭 참석하시란 말씀도 계셨습니다."

슈벨만의 이야기에도 알렉스는 꼼짝도 하지 않은 채 멍하니 천장을 바라보고 있었다. 그 모습을 보고 자렌토가 위로의 말을 전했다.

"알렉스 전하, 정신을 차리십시오. 이럴 때일수록 전하께서 흔들리지 않는 모습을 보여주셔야 합니다."

자렌토의 말에도 알렉스는 아무런 대꾸도 하지 않았다. 알렉스의 입이 열린 것은 잠시의 시간이 흐른 뒤였다.

"한스, 자네가 생각하기에 앞으로의 정세가 어떻게 변할 것 같은가?"

"예?"

"앞으로의 정세 말일세. 두 분 형님들이 가만 계시지 않을 것은 확실한 일이고, 이런 상황에서 내가 어떻게 행동하는 것이 옳은가?"

조금은 얼이 빠진 듯한 음성이었지만 그의 말은 자렌토나 나머지 사람들을 놀라게 하기에는 충분했다. 누구보다 심약하다고 생각해 왔던 알렉스가 그런 말을 하다니…….

"백작님, 백작님을 뵙기를 청하는 사람이 있습니다."

밖에서 들려온 루안의 말에 자렌토는 정신을 차렸다.

"누군가?"

"이반 호미테란 상인과 제크란 사람입니다."

"알았으니 일단 내 서재로 모시게."

"알겠습니다."

문밖에서 루안의 대답을 들은 자렌토는 알렉스에게 양해를 구했다.

"전하, 잠시 그들을 만나보고 오겠습니다."

"그렇게 하시오."

알렉스에게 고개를 숙여 예를 표하고 밖으로 나온 자렌토는 자신의 서재로 향했다. 서재로 들어가니 오십대 초반으로 보이는 고급스러운 옷을 입은 사내와 이제 겨우 삼십대 초반으로 보이는 평범하게 생긴 청년이 자신을 기다리고 있었다.

두 사람에게 자리를 권한 자렌토는 대체 두 사람이 자신을 무슨 이유로 찾아온 것인지 궁금했다.

"내가 자렌토 싸일렉스요. 두 사람은 무슨 일로 나를 찾아온 것이오?"

"전 이반 호미테란 상인입니다. 이곳에 알렉스 왕자님께서 계시고, 그분께서 세력을 키우고 있단 말을 들었습니다. 만약 저에게 기회가 닿는다면 그분께 충성을 맹세하고, 하시는 일에 도움이 될 수 있도록 약간의 군자금을 제공하고 싶습니다."

"군자금을 대겠다는 말이오?"

"그렇습니다."

"만약 알렉스 전하께서 하시는 일이 실패하면 당신은 단 한 푼의 황금도 돌려 받을 수 없다는 것을 알고 그런 말을 하는 거요?"

"물론입니다."

태연하기조차 한 이반의 대답에 자렌토는 잠시 혼란스러운 머리 속을 정리해야 했다. 무엇보다 그가 무슨 근거로 군자금을 대겠다고 하는 것인지 그 저의가 궁금했다.

"백작님께서는 상인이라는 자들을 잘 모르실 겁니다. 한 푼의 이익을 위해 수십 킬로미터 밖에 있는 사람을 찾아가기도 하지만 머나먼 미래에 더 큰 이익을 내기 위해 과감하게 투자를 하기도 합니다."

"당신의 말대로라면 알렉스 전하께서 국왕이 되실 것이 확실하단 말이오?"

"적어도 제가 그 동안 수집한 정보가 확실하다면 틀림없을 겁니다. 상인이란 누구보다도 정보에 밝아야 합니다. 이 트렌실바니아 왕국 전역에서 일어나고 있는 일들을 자세히 알아야만 장사에 성공할 수 있습니다. 알렉스 왕자님에 비해 제로미스 왕자님이나 기난 왕자님께서는 국민들의 신망을 잃으셨습니다. 나라없는 왕은 있을 수 있어도 국민없는 왕은 있을 수 없지 않습니까?"

그 말을 하는 이반의 얼굴은 확신에 차 있는 듯했다. 너무도 자신만만해 보였기 때문인지는 몰라도 자렌토는 할 말을 잃었다. 그렇지 않아도 군자금의 부족을 느끼고 있었는데 시기적절하게 나타난 이반의 존재가 너무도 고마웠다.

자렌토의 고개가 자신을 향하자 젊은 청년이 자리에서 일어나 자렌토를 향해 정중하게 인사를 했다.

"제크 레이먼이라고 합니다. 싸일렉스 백작님을 만나뵙게 되어 영광입니다."

"그대도 알렉스 전하께 충성을 맹세하기 위해서 날 찾아온 것이오?"

"아닙니다. 전 데미안님을 뵙기 위해 찾아왔습니다."

"데미안을?"

"그렇습니다. 왕립 아카데미에 다니실 때 보았던 그분의 모습을 잊을 수 없어서 이렇게 찾아온 것입니다."

제크의 말에 자렌토는 그의 말이 뜻하는 것은 이해할 수 있었지만, 데미안에게 무슨 매력이 있어 그의 주위로 사람들이 이렇게 몰려드는 것인진 이해할 수 없었다.

"왕립 아카데미에 다녔을 때의 일이라니? 내가 알아들을 수 있도록 설명해 주겠소?"

"예, 제가 그분을 처음 보았을 땐 왕립 아카데미의 입학식이 있던 날이었습니다. 그날……"

데미안이 거의 매일 책을 빌려가기 위해 도서관을 찾았다는 말에 자렌토는 믿기 힘들다는 표정을 지었다. 다른 사람도 아니고 데미안이, 게다가 매일 책을 빌리기 위해 도서관을 찾았다니. 마치 다른 사람의 이야기를 듣는 기분이 들었다.

"언제나 웃는 모습이었고, 게다가 매직 칼리지에 있던 아이들과 스스럼없이 지내시는 모습이 너무 보기 좋았습니다. 또 데미안님은 상대를 대함에 있어 신분이 귀하거나, 천하거나, 아니면 자신보다 나이가 많거나, 또는 적거나 차별하지 않으셨고, 항상 분명하게 자신의 의견을 말씀하시곤 했습니다."

다른 사람도 아니고 자신의 아들에 대한 칭찬이었다. 그러니 자렌토의 기분이 좋지 않을 수 없었다. 옆에서 듣고 있던 이반도 고개를 끄덕이며 동조했다.

"나이도 어리신 분께서 아주 훌륭한 성품을 가지고 계시군요. 그리고 보니 저도 데미안이란 이름을 가진 용병을 알고 있습니다. 빨강 머리에 무척이나 아름다운 얼굴을 한 용병이었는데, 생긴 것과는 달리 검술 실력은 상당하더군요."

"당신이 말한 그 용병의 곁에 혹시 체격이 큰 용병이 한 사람 더 있지 않았소?"

"그렇습니다."

"그럼 그 데미안이란 용병은 내 아들이 확실하오. 왕립 아카데미를 졸업하고 어떤 상인의 대열을 호위한 적이 있다고 했는데 그 사람이 당신이었구려."

자렌토의 대답에 이반은 자신에게 벌어진 묘한 인연에 신기해했다.

"전 가진 것이라고는 기억력 하나밖에 없습니다. 이것이 데미안 님께 무슨 소용이 있을지는 모르지만 도움이 된다면 마음껏 써 주십시오."

"알았소. 데미안은 앞으로 며칠 안으로 돌아올 거요. 데미안은 그때 만나보도록 하고 일단 내가 두 사람을 알렉스 전하께 소개할 테니 나와 같이 가도록 합시다."

자렌토의 말에 두 사람은 자리에서 일어나 자렌토의 뒤를 따라갔다.

*   *   *

상당히 큰 홀이었다.

사방 벽은 호화스럽게 치장이 되어 있었고, 중앙에 놓인 길다란 탁자 위에는 갖가지 먹음직한 음식들이 줄지어 놓여 있었다. 그리고 탁자 곁에 놓여 있는 40여 개의 의자에는 한 사람씩 앉아 있었고, 그들 뒤에 거의 100여 명에 해당되는 사람들이 술잔을 든 채 누군가를 기다리고 있었다.

잠시 후 시종 차림을 한 젊은 사내가 나타나며 큰 소리로 외쳤다.

"제로미스 왕자님께서 입장하십니다. 모두 예를 갖추어 주십시오."

그 말에 홀에 모였던 사람들은 모두 일어나 정중하게 허리를 숙였다. 그런 그들의 앞의 지나는 사람이 있었다.

제로미스와 그의 팔짱을 낀 에이드리안, 안토니오 니컬슨 후작, 피지엔 화렌시아 후작, 랄프 디오케 근위 기사단장들이었다.

가장 상석에 자리를 잡은 제로미스는 고개를 숙이고 있는 사람들의 모습을 잠시 보고는 근엄한 음성으로 입을 열었다.

"모두들 편히 자리에 앉으시오."

제로미스의 말에 사람들은 차분히 자리에 앉았고, 주위가 다시 정적에 싸이자 안토니오가 입을 열었다.

"이미 제군들도 잘 알고 있겠지만 오늘 새벽에 국왕 폐하이신 슈트라일 폰 트레디날님께서 서거를 하셨다. 비통한 마음을 금할 수 없지만, 우리에게 시급한 일은 혼란스런 정국을 안정시키는 일이라는 것을 제군들도 잘 알고 있을 것이다."

말을 마친 안토니오는 나이에는 걸맞지 않게 강렬한 시선으로 그 자리에 모인 사람들을 바라보았다. 그와 눈이 마주친 사람들은 자신도 모르게 고개를 돌려버릴 정도로 강렬한 눈빛이었다.

"이제 남은 것은 제로미스 전하께서 왕위에 오르시어 루벤트 제국에게 복수하는 일뿐이다. 그러기 위해서는 제군들의 단결된 힘이 필요하다. 그대들은 제로미스 전하를 위해 그대들이 가진 모든 힘을 바칠 준비가 되었는가?"

"그렇습니다."

"제로미스 폐하, 만세!"

홀 안은 금세 시끌벅적하게 변했다. 한동안 그런 사람들의 모습을 지켜보던 안토니오가 다시 입을 열었다.

"지금 제로미스 전하께서 왕위에 오르시는 데 가장 문제가 되는 것은, 다른 두 분의 왕자님이라는 것은 굳이 말하지 않아도 잘 알 것이다. 먼저 그 문제에 대해 상의를 하겠다. 기탄없이 의견을 제시하기 바란다."

안토니오의 말이 끝나자 그의 곁에 서 있던 조나단 헤밍턴이 한걸음 앞으로 나서며 들고 있던 종이에서 뭔가를 읽어 내려갔다.

"먼저 기난 왕자님 진영에 관한 일입니다. 지금까지 기난 왕자님의 세력은 신경 쓸 필요가 없었을 정도로 허술하고 방만하게 운영되어 왔습니다. 그런데 얼마 전부터 급격한 변화를 보이며 상당히 조직적으로 변했습니다. 게다가 기난 왕자님께서는 제록스성에서 왕위 계승 문제를 해결 짓자는 말까지 하셨습니다. 이는 기난 왕자님께 불리한 전세를 뒤집을 뭔가가 있다는 것이 아닐까 예상이 됩니다."

조나단의 말에 그 자리에 모인 사람들은 고개를 끄덕였지만 특별히 의견을 제시하는 사람은 없었다. 그 모습을 보고 안토니오는 속으로 욕을 했다.

'전부 돌대가리들만 모였단 말인가? 왜 하나같이 남이 뭔가 해주기만을 기다리는 거지? 정말 답답한 일이야.'

"두 번째 일은 알렉스 왕자님에 관한 일입니다. 얼마 전에 저희가 파악한 정보로는 드디어 싸일렉스 백작이 알렉스 전하의 진영에 투신했다고 합니다. 게다가……"

"뭐? 자렌토 싸일렉스 백작이?"

"그럼 알렉스 전하의 진영이 더욱 강해지는데……."

"알렉스 왕자님의 진영에?"

조나단의 말에 사람들은 일제히 웅성거리기 시작했다. 그 모습에 안토니오는 치밀어 오르는 분노를 참으며 짧고 낮은 음성으로 외쳤다.

"조용!"

갑자기 정적이 찾아왔다.

"게다가 애초에 예상했던 대로 지방의 귀족들이 싸일렉스 백작을 중심으로 몰려들기 시작했고, 이미 상당한 숫자의 귀족들이 모였다는 정보가 입수되었습니다. 또 정보원들이 보내온 보고에 의하면 싸일렉스 백작의 저택이 몇 번의 침입을 받아 상당한 사상자가 생겼다는 것입니다. 싸일렉스 백작의 저택을 침입한 자들의 정체가 누군지 아직 알 수는 없지만, 덕분에 알렉스 왕자님의 진영은 상당히 혼란스럽다는 보고였습니다."

역시 아무도 입을 여는 사람이 없었다.

"잠시 생각할 시간이 필요하시다면 그 동안 저희가 분석한 정보를 먼저 말씀드리겠습니다. 먼저 알렉스 왕자님의 진영에 관한 분석입니다. 신진 귀족들이나 별 영향력을 가지지 못한 귀족들의 모임이라고는 하지만 그들의 힘을 무시할 수는 없습니다. 게다가 싸일렉스 백작이나 알렉스 왕자님께서는 국민들이 믿고 따르는 형편이기 때문에 시간을 끌면 끌수록 저희가 불리할 수도 있다는 판단입니다. 다만 현재는 참가하는 인원도 그렇게 많지 않은 데다가 군자금까지 부족해 사정이 별로 좋지 않다는 것이 유일한 약점입니다."

조나단은 기난에 대해 분석한 부분을 찾아 읽었다.

"기난 왕자님의 진영은 주로 상인과 용병들로 구성이 되어 있습니다. 여기 계신 랄프 단장님께서 말씀을 해주셔서 알게 된 사실이지만, 별성에 있는 용병들이 비록 숫자는 많지만 그리 위협적인 존재는 아니라고 말씀하셨습니다. 또 정세가 불리해지면 배신을 밥먹듯 하는 자들이 바로 상인이 아닙니까? 약간의 위험만 느껴져도 금세 저희들에게 항복할 것이라고 판단이 됩니다. 더 더욱 그들에게 불리한 것은 전투나 싸움에 대해 능통한 사람이 없기 때문에 상대하는 데 큰 문제는 없을 것이라고 저희들은 결론을 내렸습니다."

조나단의 말을 들은 귀족들의 얼굴에서는 조금씩 자신감이 어리기 시작했다.

"그럼 저희 진영의 약점에 대해 알아보겠습니다. 저희는 귀족원에 회원으로 계신 분들이 대부분이십니다. 정계, 경제계, 군 계통에 골고루 분포가 되어 있지만 샤드 공작 각하께서 군을 장악하고 계시기 때문에 군대를 움직일 수는 없습니다. 이 점은 나머지 두 분의 왕자님도 마찬가지이니 굳이 저희만 불리하다고 볼 수는 없는 일입니다. 다행인 점이 바로 가장 큰 전력이 되는 사병(私兵)에 관한 것인데, 저희는 많지는 않지만 대부분 사병을 가지고 있고, 어느 정도 훈련이 되어 있는 상태입니다. 그 숫자를 합치면 상당한 숫자가 될 것이고, 게다가 이미 지휘 체계까지 완벽하게 정해놓은 상태이니 문제될 것이 없습니다."

조나단은 손에 들었던 보고서를 내리며 그 자리에 모인 사람들을 쳐다보았다. 그리고 말을 덧붙였다.

"그리고 여러분께서는 미처 모르고 계시겠지만 저희에게는 80대의 골리앗이 있습니다. 물론 군에 소속된 것이 아니라 제로미스 전하께서 개인적으로 가지고 계시는 골리앗을 말하는 겁니다."

조나단의 마지막 말에 사람들은 놀라움을 감추지 못했다.

개인적으로 가지고 있는 골리앗이라니?

트렌실바니아 왕국에 있는 모든 골리앗은 모두 군대에 속해 있었고, 엄격한 심사를 통해 선발된 극소수의 사람들만이 골리앗의 주인이 될 수 있었던 것이다. 그러나 그들도 평상시에는 절대 골리앗을 사용할 수 없었다.

군의 엄격한 통제 속에서 있어야 할 골리앗을 제로미스가 가지고 있다니……. 좀처럼 믿기 힘든 일이지만 제로미스에게 골리앗이 있는 것이 확실하다면 더 이상은 말할 필요도 없는 일이었다. 신인의 유물인 골리앗에 적수가 될 수 있는 유일한 존재는 골리앗뿐이기 때문이다.

조나단의 말에 사람들의 입가에는 미소가 지어졌다. 자신들에게는 골리앗이 있고, 샤드 공작이 개입하지 않을 것이 확실하다면 자신들이 당연히 승리할 것이라는 확신이 생기자 그제야 웃을 여유가 생긴 것이다.

안토니오로서는 별로 유쾌한 일은 아니었지만 그래도 그들에게 희망과 용기를 불어넣어 주어야 할 필요가 있었다.

"이제 남은 것은 결전의 날은 언제로 잡느냐 하는 것뿐이다. 그때까지 제군들은 긴장을 풀지 말고 계속 노력해 주기 바란다. 이제 영광의 날이 멀지 않았다."

"명심하겠습니다, 후작 각하."

"저희가 반드시 승리할 것입니다."

그런 사람들의 모습을 보는 안토니오의 표정은 그리 밝지 않았다.

'기쁨은 같이 해도 슬픔까지 같이할 자들은 못 되는군.'

* * *

"비상계엄령이 선포되었습니다."

"계엄령?"

"그렇습니다. 국왕인 슈트라일이 오늘 새벽 서거했답니다. 해서 샤드 공작이 비상계엄령을 선포했습니다."

부하의 보고에 힝기스는 머리를 긁었다. 물론 슈트라일이 오랜 시간 병상에 있었던 것은 사실이지만 그가 죽었다는 것이 자신에게 호재(好材)로 작용할지, 아니면 악재(惡材)로 작용할지 쉽게 판단을 내릴 수 없었다.

"그리고 별성에 계신 다론 후작께서 백작님을 만나고 싶다는 연락을 보내오셨습니다."

"날? 무슨 이유로?"

"왕위 계승 문제와 여러 가지를 상의하고 싶다는 말씀을 하셨습니다."

"제길, 내 정체를 알고는 어떻게든 자신이 주도권을 차지하려고 하는군. 흥! 그렇지만 나는 왕족이니 당신이 제아무리 소드 마스터라고 하더라도 날 어쩔 수는 없을 것이오."

나직하게 중얼거린 힝기스는 부하에게 명령을 내렸다.

"지금 즉시 별성으로 떠날 준비를 해라."

"알겠습니다."

잠시 후 힝기스는 별성으로 향하는 마차에 몸을 싣고 있었다. 어차피 트렌실바니아 왕국에 잠입해 있는 스파이들을 총책임을 지고 있는 사람은 왕족인 자신이니 다론 후작을 견제하는 것은 문제가 아니었다. 물론 상대도 자신의 신분을 알고 있으니 무리한 요구를 할 수도 없을 것이다.

그렇다면 자신과 상의를 해야만 할 다른 문제라도 발생했다는 것일까? 그러나 아무리 생각해 봐도 지금 상황에서 문제가 될 만한 일은 생각나지 않았다. 그러는 사이 마차는 별성에 도착했다.

시종장의 안내를 받아 힝기스는 해리슨의 방을 찾아갔다. 힝기스가 방 안으로 들어서자 주위에 아무도 없는 것을 확인한 해리슨은 그리 곱지만은 않은 시선으로 그를 맞이했다.

"미스터 S, 드디어 만나게 되었구려."

"지금 같은 상황에서 날 부르다니 대체 무슨 일 때문에 부른 것이오?"

"진정하고 일단 자리에 앉으시오, 세바스챤 힝기스 후작."

상대의 조금은 강경한 태도에 힝기스는 잠시 굳은 표정을 짓다가 자리에 앉았다.

"가장 큰 문제가 뭔 줄 아시오?"

"……."

"얼마 전 샤드 공작에게서 비밀리에 전해진 전달 사항이 한 가지 있소. 그 내용이 무엇인지 힝기스 후작이 안다면 아마 기절초풍할 거요."

해리슨이 말을 빙빙 돌리며 좀처럼 핵심을 이야기하지 않자 힝기스는 짜증을 냈다.

"지금 귀하는 약을 올리기 위해 날 부른 거요? 불쾌하군. 이만 돌아가겠소."

그 말을 하면서 힝기스는 자리에서 벌떡 일어나 문으로 향했다. 그 모습을 보며 해리슨은 그리 빠르지 않은 속도로 그 내용을 이야기했다.

"얼마 전 데미안 싸일렉스란 녀석이 과거 트렌실바니아 왕국의 영토였던 토바실에 잠입을 했다는 소식이었소."

그 말에 힝기스의 발걸음이 저절로 멈추어졌다.

"데미안이 토바실에? 무엇 때문에 토바실에 잠입했다는 거요?"

"무엇 때문인지는 모르지만 지금 데미안 싸일렉스가 가지고 있는 것이 트렌실바니아 왕국에 잠입해 있는 본국 스파이들의 명단이란 말이오."

"뭐? 지, 지금 뭐라고 했소?"

번개처럼 몸을 돌린 힝기스는 해리슨에게 따지듯 물었다.

"스파이들의 명단이라고 했소."

"믿을 수 없소. 데미안의 행방이 묘연해진 것은 사실이지만 그가 어떻게 토바실에 있으며, 또 토바실에서 어떻게 우리의 명단을 입수할 수 있었단 말이오?"

"데미안은 트레이스 카룬 후작에게서 그것을 얻었다고 했소."

"으음."

해리슨의 말에 힝기스의 입에서는 저절로 신음이 터져 나왔다. 카룬 후작이라면 황제의 열 몇 번째 왕비인가의 오빠가 되는 작자로 능력보다는 누이동생을 잘 두어 후작이 된 자였다. 게다가 그의 임무는 토바실을 다스리는 총독으로서의 임무도 있었지만, 더 크고 중요한 임무는 트렌실바니아 왕국에서 암약하는 스파이들을 지원하는 것이다.

그런 이유 때문에 데미안이 스파이들의 명단을 가지고 있다는 말이 상당히 신빙성을 가지는 것이었다. 힝기스의 입에서는 자신도 모르게 욕설이 흘러나왔다.

"빌어먹을, 병신 같은 작자 때문에……."

"힝기스 후작이 총책임자이니 어떻게든 조치를 취해야만 할 것이오. 게다가 닷새 뒤에 치러질 국왕의 장례식 문제는 또 어떻게 할 것이오?"

답변을 요구하는 듯한 해리슨의 말이 힝기스가 듣기에는 마치 자신의 처지를 비웃는 것처럼 느껴졌다. 그러나 지금 문제는 그것이 아니었다.

"지금 데미안이 있는 곳은 어디요?"

"본국에 연락을 취해서 알게 된 사실인데 카룬 후작은 데미안에게 납치를 당했다고 하오. 샤드 공작이 오고 있다고 표현한 것을 보면 아직 국경을 넘지는 못한 것으로 판단이 되오."

"한 가지 이해가 가지 않는 것은 데미안이 아무리 뛰어난 실력을 가지고 있다고 하더라도 혼자의 힘으로 카룬 후작을 포로로 잡을 수는 없었을 텐데… 그것에 관해서는 아는 것이 없소?"

"데미안은 토바실 지방에서 암약하는 저항군들의 도움을 받았다고 하오."

"제길, 데미안 싸일렉스!"

이를 악문 힝기스의 모습은 살벌하기 이를 데 없었다.

"진작에 처치해 버렸어야 하는데 한순간 방심이 두고두고 골칫거리가 되는군. 무슨 일이 있어도 데미안을 장례식이 거행되기 전에 처치를 해야 되오."

"그렇지만 아직 그의 소재도 파악하지 못하고 있소. 대체 어디서 데미안을 찾는단 말이오?"

"그것은 다른 후작께서 무슨 수를 쓰더라도 꼭 알아내 주시오. 난 장례식이 거행되는 날을 D-day로 잡아 제로미스와 알렉스를 처치하겠소이다. 후작께서는 적어도 데미안이 그때까지만 페인야드에 도착하지 못하게만 조치를 취해주시면 되는 일이오. 그것은 다론 후작께서 꼭 해주셔야 될 일이오."

힝기스의 말에 다론은 고개를 끄덕였다.

"알겠소. 그리고 가기 전에 얀센을 만나 그가 해야 할 일을 분명하게 지시를 내려주시오."

"알겠소."

대답을 한 힝기스는 방을 빠져 나와 기난으로 변장해 있는 얀센이 있는 곳으로 향했다. 힝기스가 찾아가자 얀센은 초조하게 그를 기다렸는지 반갑게 맞이했다.

"어서 오십시오. 그렇지 않아도 기다리고 있었습니다."

"무슨 일이 있었는가?"

"예, 제로미스가 저에게 연락을 보내왔습니다."

"제로미스가 연락을?"

"그렇습니다."

얀센을 보니 조금은 불안한 표정을 짓고 있었다.

"뭐라고 하던가?"

"장례식이 끝나는 대로 왕위 계승 문제를 매듭 짓는 것이 어떻겠느냐고 했습니다."

그 말에 힝기스는 이상한 생각이 들었다.

제로미스야 결정한 일은 무조건 밀어붙이는 성격의 소유자라 그렇다손 치더라도, 신중하기 이를 데 없는 안토니오까지 그렇게 나왔을 땐 뭔가 자신들의 승리를 자신할 수 있는 것이 있다고밖에 생각할 수 없었다.

만약 겉으로 드러난 자신들의 세력을 모든 전력으로 믿고 그렇게 판단한 것이라면 문제될 것이 없지만, 그렇지 않다면 트렌실바니아 왕국에 있는 스파이 조직은 심각한 타격을 입을 것이 분명한 일이었다. 아니, 심각한 정도가 아니라 모조리 목숨을 잃을지도 모르는 일이다.

과연 제로미스가 승리를 확신하는 것은 무엇 때문일까?

힝기스는 머리 속이 복잡하기 이를 데 없었다. 일단 알렉스의 문제를 해결하고 난 후에 제로미스의 일을 처리하려고 했었다. 만약 제로미스가 왕위 계승 문제를 종결시킬 힘을 가진 것이 확실하다면 어떻게든 장례식장에서 그를 해치워야만 된다는 것이 그의 결론이었다.

"그 문제는 내가 알아서 할 테니 자네는 다른 사람들이 자네의 정체를 눈치 채지 못하게 조심하도록 하게."

"알겠습니다."

"돌아가겠네. 그리고 문제가 될 만한 일이 생기면 우선 다른 후작과 함께 상의를 하도록 하게."

"예, 조심해서 돌아가십시오."

얀센의 인사를 들으며 힝기스는 방을 빠져 나오며 제로미스를 어떻게든 처치해야 된다는 결심을 더욱 굳혔다.

* * *

여러 사람들에 둘러싸여 술을 마시던 청년은 조금은 피곤한 표정으로 발코니로 나왔다. 그리고는 밤공기를 한껏 들이마셨다. 아직도 낮의 열기가 느껴지기는 했지만 그래도 답답했던 실내보다는 나았다.

청년이 발코니에서 바람을 느끼고 있을 때 그의 등뒤로 접근하는 사람이 있었다.
"앤드류 전하, 오늘 저녁 만찬에서는 아주 훌륭하셨습니다. 윌라인 외곽을 지키는 군단장과 사령관들이 모두 흡족해하고 있습니다."
풀트렌의 말에 앤드류는 고개도 돌리지 않은 채 질문을 했다.
"스캇 그 빌어먹을 놈에 대해 들어온 새로운 소식이 그렇게 없단 말인가?"
"그저 군사 훈련만 열심히 할 뿐 다른 징후는 보이지 않는다는 보고가 올라왔습니다."
"아니야, 그럴 리 없어. 그 빌어먹을 놈이 얼마나 음흉한 놈인데 자신에게 불리한 짓을 하겠어. 틀림없이 무슨 짓을 벌이려고 할 거야. 잠시도 감시의 눈을 떼지 마."
"명심하겠습니다."
"내가 감시하라고 했던 놈들의 동정은 어떻지?"
"모두 전하께서 언제 자신을 죽일지 몰라 겁을 먹고 집 밖으로는 얼씬도 안 하고 있다고 합니다. 그들에 대한 걱정은 안 하셔도 될 것 같습니다."
"아니야. 방심하는 것은 좋지 않아. 특히 나같이 병신 같은 형제자매들을 많이 둔 사람은 더 더욱 조심을 해야지. …그러니까 풀트렌 경이 보기엔 모두 겁을 먹고 집 안에 꼭꼭 숨었단 말이지?"
"속으로는 무슨 생각을 하고 있는지 모르지만 적어도 외관상 파악된 상태는 그렇습니다."
"혹시 연합을 해서 나에게 대들지도 모르니까 신경을 바짝 쓰라고 해. 알겠나?"
"명심하겠습니다. 사람들이 기다리고 있습니다. 어서 안으로 들어가시지요."
 "제길, 이래서 난 사람 만나는 것이 싫어."
 앤드류는 잔뜩 투덜거리며 다시 홀로 들어섰다. 그때 그의 눈을 강렬하게 자극하는 사람이 있었다. 홀의 구석에서 한잔의 술을 마시고 있는 사람을 보았을 때 앤드류는 너무도 강렬한 그 사람의 이미지에 도저히 눈을 뗄 수 없었다.
 진홍색의 드레스에 붉은 장갑, 붉은 부채, 그리고 타는 듯 보이는 붉은 머리카락, 또 그와는 너무 대조적으로 하얀 얼굴. 너무도 아름다운 여인의 얼굴에 앤드류는 마치 최면이라도 걸린 양 멍한 표정을 지으며 그녀에게로 걸음을 옮겼다.
 단순히 그뿐만이 아니었다. 그녀 곁에 있던 사람들은 예외없이 멍한 표정을 짓고 있었다.
 그녀의 얼굴에는 아주 독특한 매력이 있었다.
 백치 같은 순수함을 보이다가도 수백 년 동안 세상을 산 노인과 같은 노련함을 보이기도 했다. 또 들꽃과 같은 청초함과 평생 남자만을 상대해 온 창녀와 같은 요염함도 가지고 있었다. 그러나 무엇보다 특징적인 것은 그녀의 눈이었다. 비록 눈을 뜨고는 있지만 마치 아무것도 보이지 않는 사람처럼 멍해 보이는 시선에는 어울리지 않게 강한 힘이 실려 있었다.
 "실례가 되지 않는다면 레이디의 이름을 알 수 있겠소?"
 "저 말인가요, 앤드류 전하?"
 "그렇소. 내가 이제껏 보아왔던 어떤 여인보다 아름다운 사람이여!"
 "전 마브렌시아라고 해요, 앤드류 전하."

제40장
조짐

"백작님, 데미안님께서 돌아오셨습니다."

정문으로부터 통보를 받은 슈벨만이 기쁜 듯이 소리치자 저택 안은 갑자기 활기를 띠었다. 자렌토 등 가족들이 마중을 나간 것은 물론이고, 파이야, 슈벨만, 제크 등 왕립 아카데미 시절 만났던 동료들과 알렉스와 세무엘, 그리고 알렉스에게 충성을 맹세한 수십 명의 귀족들도 함께 마중을 나갔다.

일행들과 대화를 나누며 저택을 향해 걸어오던 데미안은 자신을 마중 나온 수십 명의 사람들을 발견하고는 자신도 모르게 걸음을 멈췄다.

사람들을 대신해 앞으로 나선 자렌토는 환하게 웃는 얼굴로 데미안을 맞이했다.

"어서 오너라. 그리고 어서 알렉스 전하께 인사를 올리도록 하거라."

자렌토의 말에 데미안은 한 발 앞으로 나서며 알렉스에게 허리를 숙여 인사했다.

"알렉스 전하, 다녀왔습니다."

"수고 많았네. 어서 안으로 들어가세. 자네에게 소개하고 싶은 사람들이 많다네."

알렉스가 소개하고 싶다는 사람들이 그의 뒤편에 서 있는 사람들이라는 것을 직감적으로 깨달은 데미안은 대답 대신 고개를 끄덕이고 허리를 폈다. 그런 그의 눈에 보고 싶었던 사람들의 모습이 보이는 것이 아닌가?

"파이야, 제크, 그리고 당신은 이반?"

"데미안님, 드디어 만나게 되었군요."

"반갑습니다, 데미안님."

"저번에는 용병이라고 날 속이더니, 이번에는 뭐라고 날 속일 생각이시오?"

제각기 반가운 인사말을 던지는 사람들의 모습에 알렉스 뒤에 서 있던 사람들은 어떤 사람들은 고개를 끄덕였고, 어떤 사람들은 이해가 가지 않는지 고개를 갸웃거렸다.

"자자, 이럴 것이 아니라 안으로 들어가시지요?"

자렌토의 말에 사람들이 저택 안으로 들어갔고, 재빨리 데미안 곁으로 다가온 파이야는 그 동안 변했을지도 모르는 데미안의 모습을 살펴보았다.

신의 솜씨로 조각한 듯 아름다운 얼굴은 여전했고, 슈벨만의 말이 아니더라도 데미안이 왕립 아카데미 시절과는 비교할 수도 없을 정도로 검술 실력이 늘었다는 것을 그의 분위기만 봐도 알 만했다. 다만 예전 데미안이 가지고 있던 분위기보다는 왠지 조금은 무겁고 깊어졌다는 느낌이 드는 것이 자신이 그를 보지 못했던 사이 데미안에게 많은 일이 있었다는 것을 그저 짐작할 뿐이었다.

"파이야, 언제 왔어?"

"데미안님이 일행 분들과 어디론가 떠나시던 날 싸일렉스에 도착했습니다."

"조금만 늦게 떠났다면 만나볼 수 있었을 텐데. 파이야에게 미안한걸."

"이제라도 데미안님을 뵈었으니 됐습니다."

쑥스러운 듯 어색한 미소를 짓는 파이야의 어깨를 한번 두들기고는 말을 건넸다.

"파이야, 우리도 안으로 들어가자고. 어떻게 지냈는지 상당히 궁금해."

만면에 미소를 머금은 채 말을 건네는 데미안의 모습은 허물없이 지내던 왕립 아카데미 시절의 데미안이 분명했다. 조금 전 왠지 어색한 느낌을 받았던 자신의 생각이 잘못됐다고 생각을 하고는 그와 함께 저택 안으로 들어갔다.

저택 안으로 들어가자 안절부절못하며 기다리던 네로브가 데미안을 큰 소리로 부르며 달려들었다.

"아빠!"

"오, 네로브야."

네로브를 번쩍 안아 든 데미안은 작은 그녀의 볼에 가볍게 키스를 해주었다.

"그 동안 할아버지, 할머니 말씀 잘 듣고 있었니?"

"응, 할아버지하고 할머니하고 옛날 얘기 많이 해주셨어."

"좋았겠구나."

"아빠, 이건 비밀인데, 네로브는 아빠하고 엄마하고 있는 게 더 좋아."

커다란 비밀이라도 되는 양 귓전에 대고 조용히 말하는 네로브의 모습에 데미안은 그녀가 사랑스러워 견딜 수 없었다. 그리고 왠지 너무도 행복해 눈물이 나올 것만 같았다.

"네로브야, 엄마도 널 많이많이 보고 싶어했거든. 그러니까 엄마한테도 가야지?"

"응."

대답을 한 네로브는 데미안이 내려놓자 뒤이어 홀로 들어오던 데보라를 향해 뛰어갔다. 그리고 그녀의 작지만 사랑스러운 음성이 들렸다.

"엄마!"

"네로브, 그 동안 잘 있었니?"

"응, 엄마도 뽀뽀해 줘."

"그럼, 해주고말고."

데보라가 네로브의 뺨에 몇 번이나 입맞춤을 하는 모습을 지켜보던 파이야가 데미안에게 조용히 물었다.

"저어… 데미안님, 저 네로브 아가씨가 정말 데미안님의 따님입니까?"

"그래, 누가 뭐라고 해도 네로브는 틀림없이 내 딸이야."

단호하기까지 한 데미안의 음성에 파이야는 더 이상 물어볼 엄두를 내지 못했다.

"자세한 이야기는 나중에 내가 해줄 테니 일단 다른 사람들을 먼저 만나보자고."

"알겠습니다, 데미안님."

데미안과 파이야는 곧바로 급하게 회의실로 개조한 식당으로 향했다. 사람들은 이미 기다란 탁자 주위에 앉아서 데미안이 들어오기만 기다리고 있었다. 데미안의 동료들도 한쪽에 앉아 있었다.

데미안이 자신의 자리에 앉자 뜻밖에 제크가 자리에서 일어나 침착한 음성으로 이야기를 하기 시작했다.

"먼저 데미안님과 그 일행 분들이 정세에 대해 모르고 있을 것 같아 그 동안 발생했던 일들을 설명드리겠습니다. 다른 분들도 사태의 심각성을 고려해 다시 한 번 들어주시기 바랍니다."

제크의 음성은 너무나 침착해 대체 그 동안 어떤 일이 발생한 것인지 궁금하기 이를 데 없었다. 그러나 사람들의 얼굴이 어두워져 있는 것이 신경 쓰였다.

"먼저 그 동안 일어난 가장 큰 일은 국왕 폐하께서 승하하셨다는 겁니다."

"국왕 폐하께서?"

"그렇습니다. 물론 국민의 한 사람으로 국왕 폐하의 승하 소식을 들었을 때 가슴이 아파오는 것을 느낍니다. 하나 알렉스 전하께는 죄송스럽지만 살아 있는 사람은 살아남았기에 해야 할 일이 있습니다. 아마도 제로미스 전하나 기난 전하께서는 이번 사태를 최대한 자신들에게 유리하게 이용하려고 할 것은 여러분들께서도 쉽게 짐작하고 계실 겁니다. 저희는 바로 그 점에 대비해야 합니다."

제크는 탁자에 놓여 있던 자신의 보고서의 내용을 다시 확인하고는 말을 이었다.

"두 번째는 샤드 공작께서 계엄령을 선포하셨다는 겁니다. 군의 모든 명령권을 가지신 그분으로서는 당연한 조치입니다만, 한 가지 이해가 가지 않는 것은 새로운 국왕 추대일을 장례식이 끝난 5일 후로 못 박았다는 사실입니다. 만약 루벤트 제국에서 이번 일을 알게 된다면 틀림없이 어떤 움직임이 있을 것은 불을 보듯 뻔한데, 왜 그렇게 무리하게 일을 벌이시는 것인지 저로서는 이해할 수 없습니다."

그 말에 데미안은 드디어 트렌실바니아 왕국 내에 숨어 있는 루벤트 제국의 첩자들을 색출하는 작전이 시작되었다는 것을 깨달을 수 있었다. 이제 자신이 할 일은 최대한 적들의 이목을 끌어 샤드가 그들을 색출하는 것을 돕는 것이다.

"그리고 마지막 세 번째는 국왕 폐하께서 승하하기 전에 기난 전하께서 제의해 오신 의견입니다. 어쩌면 이것이 저희들이 가장 시급하게 처리를 해야 될 일일지도 모릅니다. 기난 전하께서 제록스성에서 왕위 계승에 관한 모든 문제를 매듭 짓자고 하셨을 땐 나름대로는 자신이 있기 때문이라고 볼 수 있습니다. 국왕 폐하의 장례식이 거행되는 날은 앞으로 3일 후, 그리고 기난 전하께서 기한을 정하신 날은 그로부터 5일 후가 됩니다. 또 샤드 공작께서 말씀하신 국왕 추대일 역시 5일 후입니다."

데미안은 사태가 자신이 예상했던 것보다 훨씬 급박하게 돌아가는 것을 느꼈다.

"묘한 일이기는 하지만 저희에게는 시간적 여유가 없어 상당히 불리합니다. 당연한 일이지만 알렉스 전하께서는 국왕 폐하의 장례식에 반드시 참석하실 것이니 저희들로서는 알렉스 전하의 안전을 먼저 생각하지 않을 수 없습니다. 물론 알렉스 전하 곁에는 맥시밀리언 후작 각하께서 계시겠지만, 상대들은 저희보다 전력이나 수적인 면에서 앞서고 있기 때문에 쉽지 않은 일입니다. 제록스성에서의 회담은 그 후의 일입니다. 이상이 며칠 사이 일어났었던 일들입니다."

제크는 마지막까지 침착성을 잃지 않았고, 사람들의 얼굴은 여전히 어두웠다.

"그렇다면 자네가 생각하기에 지금 우리가 할 수 있는 최선책은 뭐라고 생각하는가?"

자렌토의 질문에 대부분의 사람들은 제크를 바라보았다. 그 질문에 제크는 기다리기라도 했다는 듯 대답했다.

"이런 말씀을 드리면 어떻게 생각하실지 모르지만, 알렉스 전하께서 당당하게 장례식에 참석하는 것입니다. 그리고 저희는 알렉스 전하를 철저하게 경호를 하는 것이지요."

"뭐라고? 지금 그걸 말이라고 하는가!"

듣고 있던 귀족들 가운데 누군가가 큰 소리로 외쳤다. 그리고 대부분의 사람들이 그 말에 동조했다.

"알렉스 전하께서 당당히 참석을 하심으로 해서 우리는 몇 가지의 이득을 얻을 수 있습니다. 첫째, 제가 이곳으로 오기 전에 발생했던 일들 가운데 외부의 암살자들을 물리친 일이 있다고 들었습니다. 누가 보냈는지 대강 짐작은 가지만 이 자리에서 밝히지는 않겠습니다. 암살자를 보낸 측에서는 아마도 암살에 성공을 하리라 생각을 했기 때문에 그 정도에 해당되는 인원을 보냈을 겁니다. 그런데 암살이 실패로 돌아갔다는 것은 저희의 전력이 적들의 예상보다 훨씬 강하다는 말이 됩니다. 그런 저희들이 충성을 바치는 알렉스 전하께서 장례식에 참석을 하시는 것이니 아마 적들의 신경이 잔뜩 쓰일 겁니다."

"내 생각에는 그렇게 간단하게 생각할 문제는 아니라고 판단이 되네."

 누군가의 말을 듣기는 했지만 제크는 그 말을 무시하고는 자신의 말을 이어갔다.

 "둘째, 그렇게 된다면 알렉스 전하에 대한 경호 문제가 발생하게 되는데, 얼마 전 맥시밀리언 후작 각하께 확인한 이야기로 라일님께서는 소드 마스터라고 들었습니다. 그 말씀이 맞습니까?"

 갑작스런 제크의 말에 대부분의 귀족은 대체 누가 라일이란 사람인지 궁금해했다. 트렌실바니아 왕국 전체를 통틀어 일곱 명에 불과한 소드 마스터를 제외하고 또 다른 소드 마스터가 있었다니 놀랄 일이지 않는가?

 "그렇네."

 라일의 대답에 사람들의 시선은 일제히 라일에게 쏠렸다. 머리끝에서 발끝까지 검은색 천으로 가린 그의 모습은 어딘지 모르게 위압감을 느끼기 하기에 충분했다.

 "죄송하지만 장례식 당일 알렉스 전하의 경호를 맡아주시지 않겠습니까? 물론 맥시밀리언 후작 각하께서도 전하의 신변을 경호하시겠지만 적의 숫자가 많아 곤란한 일이 발생할지도 모를 일입니다. 그리고 한 분 정도 더 거들어 주셨으면 안심을 할 수 있겠는데……"

 제크가 말끝을 흐리자 자렌토가 손을 들었다.

 "그 일은 내가 맡겠네."

 그 말에 대부분의 귀족들은 고개를 끄덕였다. 두 명의 소드 마스터와 소드 마스터에 가장 가깝게 접근했다고 평가받는 자렌토라면 경호에는 아무런 문제가 없을 것이 분명할 것이기 때문이다. 그러나 뜻밖에 제크가 반대를 했다.

"싸일렉스 백작님은 안 됩니다."

"나는 안 된다니? 그 이유가 뭔가?"

"백작님께서는 RS클럽의 나머지 분들을 인솔하셔야 합니다. 어차피 백작님을 중심으로 결성된 클럽인만큼 지휘는 백작님께서 맡아주셔야 하기 때문입니다."

너무도 논리 정연한 말에 사람들은 말문이 막힌 듯 아무런 말도 못 했다. 고작 왕립 아카데미에서 사서에 불과했던 제크였지만 지금만큼은 완전히 장내를 장악하고 있었다.

"제 생각에는 데미안님이 경호를 맡아주셨으면 좋겠습니다만, 가능하시겠습니까?"

그 말에 사람들의 시선은 일제히 데미안에게 쏠렸다. 약간 어색함을 느끼기는 했지만 데미안은 분명하게 자신의 생각을 이야기했다.

"그렇게 중요한 자리에 날 추천해 줘서 고맙기는 하지만, 난 비밀리에 맡은 임무가 있거든."

데미안이 비밀 임무란 말을 꺼내자 대부분의 귀족들은 어이가 없다는 표정을 지었다. 대체 다음번 국왕이 될지도 모르는 알렉스를 경호하는 것보다 더 급한 일이 뭐가 있다고 비밀 임무 운운하는 것인지 이해가 가지 않았다.

"내가 한 사람을 추천해도 괜찮겠는가?"

라일의 말에 제크는 아쉬움을 느꼈다.

데미안으로 하여금 알렉스의 경호를 맡긴 것에는 나름대로 생각이 있어서였기 때문이다. 어떤 식으로든 데미안이 알렉스에게 인상적인 모습을 보여준다면 앞으로 알렉스의 도움을 기대할 수도 있을 것이라는 것이 제크의 계산이었던 것이다.

"어느 분을 추천하실 생각이신지?"

"내가 추천하는 사람은 여기 있는 카프라네."

라일의 뜻밖에 자신의 곁에 있던 카프를 지목하자 귀족들의 눈은 하나같이 찌푸려졌다. 같은 사람이라고 할지라도 믿지 못할 판국에 엘프라니? 게다가 멍청하게 보이는 미소를 짓고 있는 그의 검술 실력이 소드 마스터가 추천할 만큼 강한지도 의문이었다.

"라일님, 제가 낄 자리가 아닌 것 같습니다."

"왜? 소드 마스터 중에서도 중급의 실력을 가진 자네가 이 일을 맡지 않는다면 이중에서 그 일을 맡을 사람은 아마 아무도 없을 것이네."

단정적인 라일의 말에 카프는 곤란한 표정을 지었고, 라일의 말을 들은 사람들의 얼굴에는 불신의 기색이 완연했다.

에이란 폰 샤드 공작이나 체로크 폰 단테스 공작을 제외하면 나머지 다섯 명의 후작들도 도달하지 못한 경지였다. 그런데 어벙해 보이는 미소를 지닌 저 젊은(?) 엘프의 검술 실력이 그 정도로 뛰어나다니……. 귀족들이 술렁거리자 제크가 재빨리 장내를 진정시켰다.

"카프님 역시 소드 마스터이시라면 더욱 잘되었습니다. 제가 예상하기에 장례식이 아니라면 제록스성에서 알렉스 전하를 음해하려는 세력이 암살을 기도하려고 할 겁니다. 설마 알렉스 전하 곁에 소드 마스터가 세 명이나 있을 줄은 아마 적들도 예상하지 못할 겁니다. 그리고 마지막으로 백작님과 RS클럽의 회원 분들께서는 평소 친분이 계셨던 친구 분들이나 저희 진영에 참사시킬 수 있는 분이라면 그분이 뭘 하셨던 분이든 끌어들이셔야 합니다. 전력에는 질적인 면이 상당히 많이 작용하지만 양적인 면도 상당히 중요합니다."

잠시 말을 끊은 제크는 데미안에게도 말을 잊지 않았다.

"죄송한 말씀이지만 데미안님도 왕립 아카데미 시절 사귀었던 친구 분들께도 연락을 하셔서 저희 진영에 참가하도록 설득하셔야 합니다. 그리고 국민들의 호응도 중요하니 백작님의 이름을 이용해서라도 더 많은 사람들을 참가시켜야 합니다. 지금부터는 그야말로 살얼음판을 딛는 심정으로 조심하고 결코 긴장을 풀어서는 안됩니다."

제크의 말에 대부분의 귀족들은 어금니를 깨물고 그 동안 차별을 당해왔던 자신들의 처지를 되씹었다.

비록 단 한 번이라고 해도 기사에게는 아주 사소한 모욕도 참을 수 있는 일이 아니었다. 그렇지만 단지 수도인 페인야드에서 멀리 있다는 이유로, 또 가진 힘이 별로 없다는 이유로 받았던 멸시와 조롱 속에서 벗어나려면 설사 목숨을 바치는 한이 있어도 알렉스를 국왕으로 추대해야만 한다. 만약 그렇게 되면 자신은 목숨을 잃겠지만 자신의 가족과 가문만큼은 예전의 비참했던 생활은 하지 않아도 되기 때문이다.

그런 귀족들의 모습을 보며 제크는 자신이 과연 마지막 말을 해야 할지 말아야 할지 고민을 해야만 했다. 자신이 들은 이야기가 확실하다면 이런 자신들의 노력은 완전히 수포로 돌아갈 것이 확실하기 때문이다. 물론 그것은 최악의 경우일 때지만 그렇게 될 가능성도 있다는 것이 문제였다.

결국 제크는 아무런 말도 하지 못했다. 그저 운명의 여신이 자신들에게 미소 짓기만을 바랄 뿐이었다.

*   *   *

"초대에 응해주어서 정말 고맙소."

"무슨 말씀을, 감히 황태자 전하의 초대에 오지 않을 여자가 있을까요?"

가볍게 부채를 부치며 대답하는 여인은 마브렌시아였다. 앤드류는 재빨리 그녀를 응접실로 안내를 했고, 그녀에게 의자를 권했다.

"그날 당신을 보고 난 내 눈을 의심했소."

"그게 무슨 뜻인가요?"

"내가 살아오면서 보아왔던 어떤 여인보다, 아니, 그녀들을 모두 합친 것보다 당신이 훨씬 아름다웠기 때문이오."

"호호호, 그럴 리가 있나요?"

부채로 살짝 입을 가리고 있는 그녀의 모습에 앤드류의 눈은 게슴츠레하게 변했다.

한 나라의 황태자인 신분이었기 때문인지, 아니면 아버지인 루벤트 4세에게 물려받은 유전적인 성격 탓인지는 모르지만 앤드류의 곁에는 항상 많은 여자들이 있었다. 그 여자들 가운데 두 번을 만난 여자는 단 한 명도 없었다.

어떤 의미에서 보면 앤드류가 정말 아버지인 루벤트 4세보다 바람둥이인지도 몰랐다. 그랬던 앤드류의 마음을 온통 빼앗아 버린 상대를 이렇게 우연하게 만나게 될 줄은 미처 생각지 못했던 일이었다.

"마브렌시아 양은 어느 가문의 영애이신지?"

"저 말인가요? 전 이 나라 사람이 아니에요."

"그렇다면?"

"멀리 북쪽에서 왔답니다, 앤드류 전하."

"당신같이 아름다운 여인이 왜 지금에서야 내 눈앞에 나타났는지 신들의 섭리가 부당하게 느껴지는구려."

"호호호, 정말 그렇게 생각하시나요?"

"그렇소."

대답을 하는 앤드류는 만약 자신이 눈을 깜빡이는 동안 상대가 사라지기라도 하듯 눈 한번 깜빡이지 않았다.

"신들은 항상 그렇지요. 쓸데없이 고통을 주기도 하고, 온갖 부당한 것들을 요구하기도 하죠. 그러면서도 항상 자신들에게 복종할 것을 강요하지요. 그렇게 생각하지 않나요?"

"그대의 말이 맞소. 그대를 이제야 내 곁으로 보낸 것만 봐도 충분히 짐작할 수 있는 일이 아니오."

"호호호, 앤드류 전하께서는 재미있는 분이시군요."

낭랑한 음성이 마브렌시아의 작은 입에서 흘러나오자 앤드류의 눈동자는 더욱 몽롱해져 갔다.

"전하께서는 전설을 믿으시나요?"

"어떤 전설 말이오?"

"뮤란 대륙이 처음 생기고 벌어졌다는 신과 악마와의 전쟁이나, 이스턴 대륙이 신들의 만행에 의해 뮤란 대륙에서 떨어져 나갔다든가 하는 전설 말이에요."

"하하하, 그런 허무맹랑한 전설을 누가 믿겠소?"

앤드류가 웃음을 터뜨리자 마브렌시아의 표정이 잠시 굳어졌다가는 다시 환한 웃음을 터뜨렸다.

"호호호, 그렇다면 신이 지상에 남겨놓았다는 여섯 가지의 무기에 대해서는 전혀 아는 바가 없으시겠군요."

"신이 남긴 여섯 개의 무기? 미안하지만 나로서는 난생처음 들어보는 소리요."

앤드류는 문득 마브렌시아의 말에 호기심이 생기는 것을 느꼈다. 그녀가 말하는 신의 무기가 무엇인지는 모르지만 만약 그녀가 말한 그런 것이 있다면 그 위력은 엄청난 것이 분명했다. 생각이 거기에 이르자 앤드류는 더 이상 호기심을 참을 수 없었다.

"혹시 그 무기가 무엇인지 알고 있소? 만약 알고 있다면 나에게 가르쳐 주겠소?"

"허무맹랑한 전설 같지 않으신가요?"

"내 말에 기분이 상했다면 내 정중히 사과를 하겠소."

"호호호, 앤드류 전하께서 그렇게 정중하게 사과를 하시니 오히려 제가 더 미안하군요. …그 물건은 불의 검, 물의 창, 바람의 활, 신기루의 반지, 태양의 방패, 그리고 나머지 하나는 저도 몰라요."

마브렌시아의 대답에 앤드류는 자신이 어떤 표정을 지어야 좋을지 몰랐다. 그녀의 말을 믿기에는 그녀의 대답이 너무 황당했고, 그렇다고 믿지 않기에는 그녀의 얼굴에 떠 있는 자신만만한 표정이 신경 쓰였다.

"그 무기들에 대해 예를 들어 설명을 하자면 태양의 방패는 타울이 지상에 남긴 것이라고 하더군요."

"전쟁의 신이라는 그 타울을 말하는 것이오?"

"그래요, 전설대로라면 전쟁의 신 타울을 섬기던 사제들이 사용했던 방패라고 전해져요."

"태양의 방패라는 거창한 이름이 붙기는 했지만 방패는 고작 방패가 아니오? 물론 마브렌시아 양의 말을 의심하는 것은 절대 아니오. 하지만 그 방패에 무슨 힘이 있다는 것인지 그것이 궁금하구려."

"그 방패를 들고 방패의 안쪽에 적혀 있는 신성 주문을 외우게 되면 방패는 그 순간 지상에 떨어진 태양으로 변해 엄청난 빛과 열을 발산하게 돼요. 그 빛을 보는 자는 눈이 멀고, 방패에서 뿜어져 나온 열기는 바위조차 녹인다고 해요. 그 정도면 굉장한 것 아닌가요?"

앤드류는 열심히 설명하는 마브렌시아를 보면서 속으로 생각했다.

우선 그런 물건이 있다는 것 자체를 믿을 수 없고, 둘째, 그런 굉장한 물건이 있다면 왜 여태껏 세상에 알려지지 않았는지도 또한 믿을 수 없었다. 셋째, 설사 그녀의 말이 사실이라고 하더라도 마브렌시아라는 이 정체 불명의 여자가 어떻게 그런 사실을 알고 있는 것인지 이해할 수 없었다.

열심히 설명하던 마브렌시아는 갑자기 말을 멈추더니 앤드류를 쳐다보며 자신의 왼손을 앞으로 내밀었다. 영문을 모른 앤드류는 그녀의 손을 바라보았고, 그녀의 중지에 구리에 투명한 색을 가진 보석이 박혀 있는 반지를 발견했다.

"이게 뭐 같은 가요?"

"그야 반지 아니오?"

단순한 질문에 단순하게 대답하던 앤드류의 얼굴이 갑자기 이상하게 변했다.

"설마, 이 싸구려 반지가 당신이 말한 전설 속의 무기 가운데 하나인 신기루의 반지라는 말이오?"

"보여 드릴까요? 날 잘 보세요."

말을 마친 마브렌시아는 신비스러운 미소를 지었고, 앤드류가 뭐라고 말을 하기도 전에 그의 눈앞에서 감쪽같이 사라졌다. 갑작스런 사태에 앤드류는 깜짝 놀랐고, 돌연 뒤에서 그녀의 음성이 들렸다.

"어떤가요? 이 모습을 보고도 단순히 허무맹랑한 전설 속의 일이라고 치부할 건가요?"

앤드류는 고개를 돌리는 순간 그야말로 혼이 달아날 정도로 놀랐다.

그의 눈길이 머무는 곳에는 수십 명의 마브렌시아가 각기 다른 복장과 표정을 지으며 서거나, 앉거나 또는 엎드린 모습을 하고 있었다.

눈 깜짝할 사이에 벌어진 일에 앤드류는 그저 멍한 표정으로 마브렌시아를 바라보고 있었다.

"혹시 앤드류 전하께서는 지금 보이는 것이 단순히 눈의 착각이나 마법이라고 생각하시나요? 그렇다면 와서 직접 저의 몸을 만져 보세요."

마브렌시아의 말에 앤드류는 불신감으로 가득한 얼굴로 그녀에게 다가가서 그녀의 손을 만져 보았다. 분명히 살아 있는 생명체만이 가지고 따스한 온기와 부드러운 감촉을 느낄 수 있었다.

앤드류는 도저히 눈앞에 벌어진 광경을 믿을 수 없었다. 게다가 더 더욱 자신의 눈을 의심하게 된 것은 앤드류가 마브렌시아의 손을 만질 때마다 그녀의 몸이 둘로 나뉘어지며 계속 그 숫자가 늘어난다는 것이었다.

"이것은 이 반지가 가지고 있는 수많은 능력 가운데 하나예요. 없는 것을 있는 것처럼 보일 수도 있고, 또 있는 것을 없는 것처럼 보일 수도 있어요. 하나를 지금처럼 많게 보이게 할 수도 있고,

또 몇백 명이나 되는 사람을 단 한 사람으로 보이게 할 수도 있어요. 아레네스가 남긴 이 반지의 힘은 활용하기에 따라서는 엄청난 힘을 발휘할 수 있어요. 그리고 이 세상에는 이런 힘을 가진 물건들이 아직 다섯 개나 남아 있다는 거죠."

마브렌시아의 말에 앤드류의 눈에는 순간적으로 탐욕스런 빛이 어렸다가 사라졌다.

"마브렌시아 양의 말씀을 잘 알겠소. 이렇게 굉장한 물건이 있다는 사실을 몰랐다는 것이 더 이상하구려. 혹시 나머지 물건들이 어디에 있는지 나에게 가르쳐 줄 수 있소?"

"글쎄요? 워낙 오래 전에 있었던 일이라 옛날 문헌에서나 겨우 찾아볼 수 있어요. 만약 전하께서 허락을 하신다면 루벤트 제국에서 보관하고 있는 고문서를 보고 싶습니다만……. 아! 물론 그 무기를 찾아내 그것을 가로채고 싶은 마음은 없어요. 전 다만 어떻게 생긴 물건인지 확인하는 것으로 만족해요. 허락을 하시겠습니까?"

마브렌시아의 말에 잠시 망설이던 앤드류는 곧 고개를 끄덕였다.

"마브렌시아 양의 말이 사실이라면, 내 가능한 모든 협조를 아끼지 않겠소."

"감사합니다, 앤드류 전하."

수십 명의 마브렌시아가 동시에 인사를 하는 순간 한 명의 마브렌시아만 남고 모두 사라졌다. 앤드류의 탐욕스런 시선은 허리를 숙인 마브렌시아의 왼손에 고정되어 있었다.

* * *

불과 며칠 사이 트렌실바니아 왕국은 두 개의 소문으로 소란스러워졌다.

첫 번째는 무능의 대명사처럼 불렸던 슈트라일 폰 트레디날 국왕이 세상을 떠났다는 것이었고, 두 번째는 트렌실바니아 왕국의 영웅 자렌토 싸일렉스의 아들인 데미안 싸일렉스가 루벤트 제국에 잠입해 트렌실바니아 왕국에서 암약하고 있는 스파이들의 명단을 입수해 수도 페인야드를 향해 이동하고 있다는 사실이었다.

첫 번째 소문에 대해서는 더 이상 실망할 것도 없는 소문이었기에 대수롭지 않게 지나쳤지만, 두 번째 소문에 대한 국민들의 반응은 엄청난 것이었다.

아버지인 자렌토 싸일렉스는 루벤트 제국의 침공을 막아낸 국민들의 영웅이었는데, 이제 아들인 데미안 싸일렉스마저 루벤트 제국의 스파이들의 명단을 입수해 돌아오고 있다는 것이 아닌가?

국민들은 데미안이 어떻게 생겼는지도 모르면서 그가 트렌실바니아 왕국의 새로운 앞날을 열 젊은 영웅으로 받아들이고 있었다. 물론 국민들이 그렇게 생각하는 데는 아버지인 자렌토의 후광이 어느 정도 작용한 것이 사실이었다.

국민들의 관심이 서거한 국왕보다는 페인야드로 돌아오고 있다는 데미안에게 쏠리고 있을 때 데미안은 밀턴시로 향하고 있었다.

페인야드에서 북쪽으로 40킬로미터쯤 떨어진 곳에 위치한 밀턴시는 묘한 열기에 휩싸여 있었다. 이유는 페인야드로 향하는 것으로 알려진 데미안이 그곳을 지날 것으로 예상되기 때문이었다.

밀턴시의 외곽에서 밀턴시의 전경을 바라보고 있는 청년이 있었다. 전체적으로 근육질의 몸에 와이번의 문장이 새겨진 라이트 레더를 걸친 용병이었다.

"파이야, 뭐 보이는 것이 있어?"

"아니, 아직까지는 조용한데? 데미안님, 어떻게 하시겠습니까? 곧바로 밀턴시로 가시겠습니까?"

파이야의 물음에 데미안은 나무 그늘에 앉아 흘러가는 구름을 바라보고 있었다.

"내일이 국왕 폐하의 장례식이 있는 날이니 날 공격할 수 있는 날은 오늘밖에 없잖아. 곧 소식이 있을 거야."

데미안의 대답에 옆에 앉아 있던 슈벨만은 존경스럽다는 듯이 데미안의 얼굴을 바라보고 있었다. 그런 눈길을 느꼈는지 어색한 표정을 지었다.

"뭘 그렇게 뚫어져라 보는 거야?"

"존경스럽기 때문입니다."

"존경스럽다고? 내가?"

"그렇습니다. 제가 알기로 국왕 폐하와 다섯 분의 후작 각하들을 제외하고 두 분의 공작 각하를 동시에 만나본 분은 데미안님이 유일할 겁니다."

"그게 뭐 그리 대단한 일이라고 그러는 거야?"

"어째서 그게 대단한 일이 아닙니까? 이 트렌실바니아 왕국에 공작 각하가 몇 분이나 되십니까? 그리고 샤드 공작 각하께서는 살아 있는 전설이신 분이 아니십니까? 그런 분께서 데미안님을 믿기 때문에 이런 작전을 펼칠 생각을 하신 것이 아닙니까?"

파이야마저 데미안을 쑥스러움의 바다에 빠뜨려 죽이려고 하자 데미안은 얼굴을 붉히지 않을 수 없었다. 그리고는 딴전을 부렸다.

"다른 사람들은 어떻게 하고 있는지 궁금하군."

"제크님의 치밀한 계획대로 움직이는 것이니 틀림없이 성공할 겁니다. 그리고 왕립 아카데미에서 보았던 제크님께서 이렇게 뛰어난 분이실 줄은 상상도 못 했습니다."

"놀라기는 나도 마찬가지야. 만약 제크가 없었다면 우리는 지금까지 우왕좌왕하고 있었을지 몰라. 게다가 다행인 것은 제크가 우리를 돕기로 했다는 것이지."

'데미안님, 제크님이 돕는 것은 우리가 아니라 바로 데미안님 한 분입니다.'

가볍게 목덜미 부근을 매만지던 데미안은 다시 한 번 흘러가는 구름을 바라보았다.

"우리의 임무가 막중하다는 것을 잘 알겠지? 샤드 공작 각하의 기대를 저버려서는 안 된다는 것을 잊지 마. 우리가 입수한 이 정보는 정말 가치를 따질 수 없을 정도로 귀중한 거야. 꼭 공작 각하께 바쳐야 해."

데미안이 갑자기 심각한 어조로 말을 하자 파이야와 슈벨만은 즉시 눈치 채고 맞장구를 쳤다.

"정말 험난한 길이었습니다, 데미안님."

"데미안님, 두둑한 포상금이 있겠죠?"

"그걸 말이라고 해? 일단 상금을 받으면…… 피해!"

데미안은 말과 함께 슈벨만을 힘껏 밀쳤다. 슈벨만은 맥없이 날아가 뒤로 나뒹굴었고, 좀 전 슈벨만이 앉아 있던 자리에서 3대의 화살이 소리도 없이 날아와 박혔다.

파이야는 이미 화살이 날아오는 순간 몸을 날려 화살의 공격 범위에서 벗어났고, 화살이 날아온 곳을 향해 달려갔다. 그러나 데미안의 경우에는 운이 나빴는지 미처 피하지 못하고 허벅지와 옆구리에 각기 한 발씩 화살이 박혀 있었다.
"앗! 데미안님!"
"나, 난 괜찮으니까 어서 피해."
데미안의 옆구리와 허벅지의 옷은 흘러내리는 선혈로 금새 흥건히 젖어들었다. 그 모습에 슈벨만은 빠른 속도로 스펠을 캐스팅하고는 파이야가 달려가는 곳을 향해 손을 뻗었다.
"파이어 피스!"
마치 여름 밤하늘을 수놓는 반딧불처럼 수없이 많은 불꽃들이 날아가 적들이 은신해 있는 숲과 나무를 순식간에 태웠다. 주위가 불바다가 된 것을 확인한 슈벨만은 파이야를 큰 소리로 불렀다.
"파이야, 어서 돌아와. 데미안님이 다치셨어!"
슈벨만의 외침에 파이야는 깜짝 놀라며 돌아왔고, 두 사람은 데미안을 양쪽에서 부축한 채 밀턴시를 향해 도주했다. 얼마나 다급했는지 데미안의 옆구리와 허벅지에는 화살이 여전히 박힌 상태였다.
데미안들의 모습이 까마득히 멀어지자 좀 전 데미안들이 앉아 있던 자리에 모습을 드러내는 자들이 있었다. 가장 앞쪽에 선 자는 싸일렉스 백작가에도 모습을 드러낸 적이 있던 후리오란 자였다. 그리고 그의 곁에는 20여 명의 청년들이 활과 검을 든 채 서 있었다.
"데미안이 맞은 것이 확실한가?"
"틀림없습니다. 저희들이 몇 번이나 확인했습니다."
"왠지 석연치 않아. 우리의 손아귀에서 몇 번이나 빠져 나갔던 데미안이 이렇게 쉽게 부상을 입다니……."
"대장님, 그렇지만 저희가 노린 때는 데미안이 동료를 감싸려고 할 때가 아닙니까? 이제 상처 입은 토끼를 사냥하듯 도망갈 곳만 막으면 되는 겁니다."

"으음."

후리오는 왠지 마음이 내키지 않았지만 더 이상의 방법이 없었다.

"그럼, 빨리 밀턴시에 있는 우리 측에게 연락을 해 데미안이 밀턴시에 들어가기 전에 막도록 해라."

"알겠습니다."

"그리고 나머지는 데미안의 뒤를 쫓는다."

"알겠습니다."

〈 5권에 계속 〉

사이케델리아
(PSYCHEDELIA)
이상규 판타지 장편 소설 / 1~9 / 값 7,000원

판타지 문학계의 시한폭탄 사이케델리아! 그 최종판!
사이케델리아는 기존의 판타지 소설을 벗어나 현실 세계를 도입한 새로운 판타지 소설이다.

"부탁이라니?"
"응, 간단한 거야. 우리 세계로 넘어와서 신하고 악마하고 패죽이면 되거든."

환타지 세계—아르카디아—에서 온 두 명의 미녀 영관(靈官)라케시스와 클로토. 그들이 천신과 천마를 소멸시키기 위해 선택한 중용자(中庸者)는 권강한! 바로 나다. 하지만 나는 다른 세계가 어떻게 되든 상관없어. '그냥 죽으라고 해' 라고 말했지만, 글쎄…… 라케시스가 나를 강아지로 만들어 버리지 뭐야?! 어쩔 수 없는 강압에 의해 또다시 환타지 세계로의 여행을 시작하게 되는데, 아아…… 나의 앞날은 과연 어떻게 될까…….

엘야시온 스토리
(Elyasion Story)

안소연 판타지 장편 소설 / 1~4 / 값 7,500원

**끊임없이 변화하는 세계관의 혼재 속에 자아를
성찰해 나가는 로맨틱 판타지의 정수!!
현실이 판타지 세계인가! 판타지 세계가 현실인가!**

시나는 평범한 일상을 겪던 도중 뜻밖의 사고를 당해 다른 차원-
엘야시온-으로 들어가게 된다. 그곳에서 지금은 최하층 계급의 사람이 되어 있는
과거의 연인 드라마를 만나 여행에 동행을 하게 되고,
사건이 전개됨에 따라 시나가 그렇게 돌아가고자 노력하던 '현실'이란 결국
시나가 만들어낸 허상에 불과한 걸 알게 된다.
시나는 정해진 운명에 의해, 자신의 이름을 찾기 위해, 그리고 자신이 진정으로
찾고자 하는 '현실'을 위해 영웅이 아닌 '살인자'로서
엘야시온 12세계를 여행하게 된다.

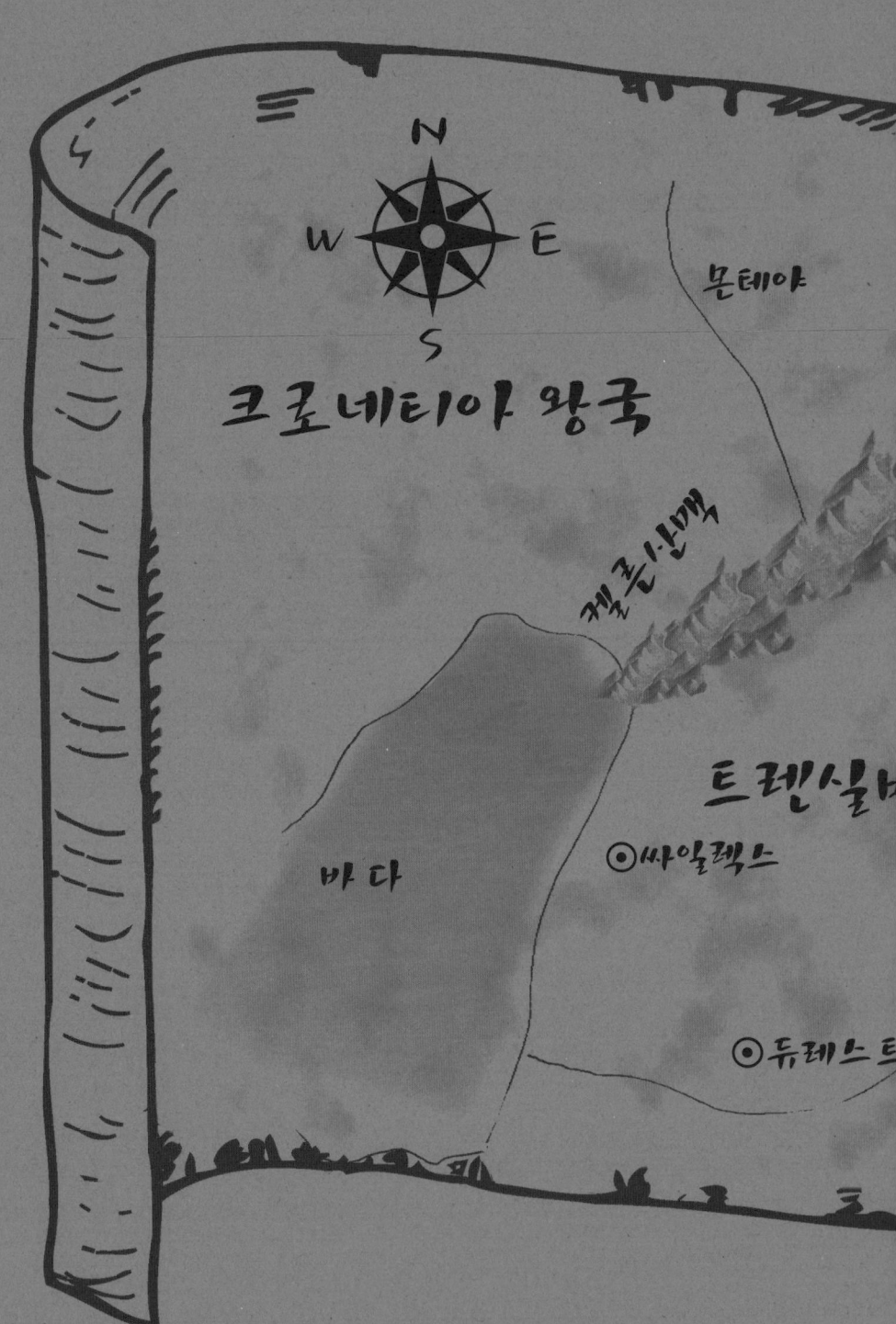

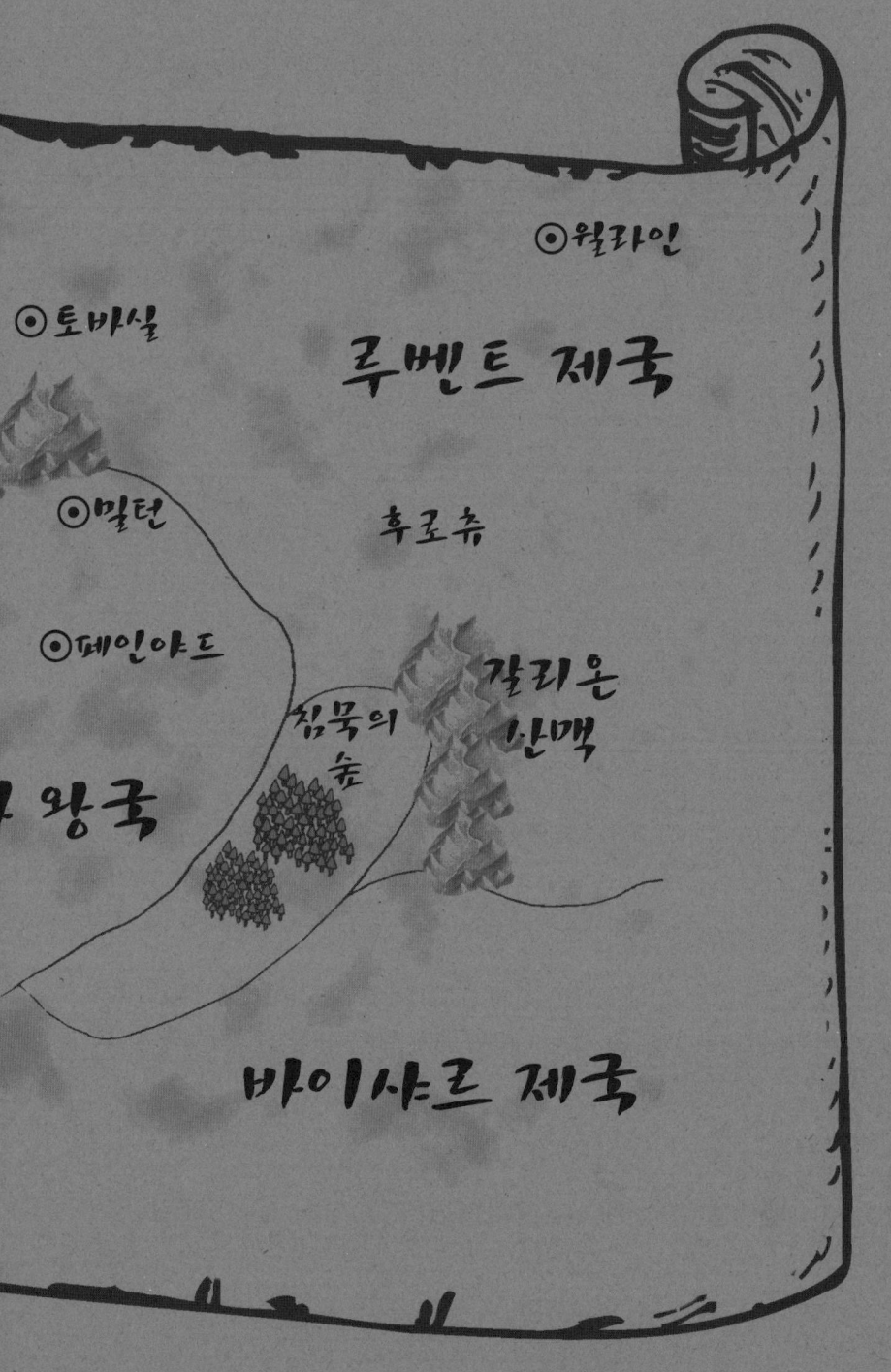